LE CRÉPUSCULE VIOLET

La Chronique des Joyaux 1

Mélanie Dufresne

Publié à Québec

Couverture par Deranged Doctor Design

ISBN-13 papier : 978-2-9819290-8-2
ISBN-13 ePub : 979-8-2013829-9-5

Dépôt légal : 2021
Bibliothèque et Archives nationales du Québec
Bibliothèque et Archives Canada

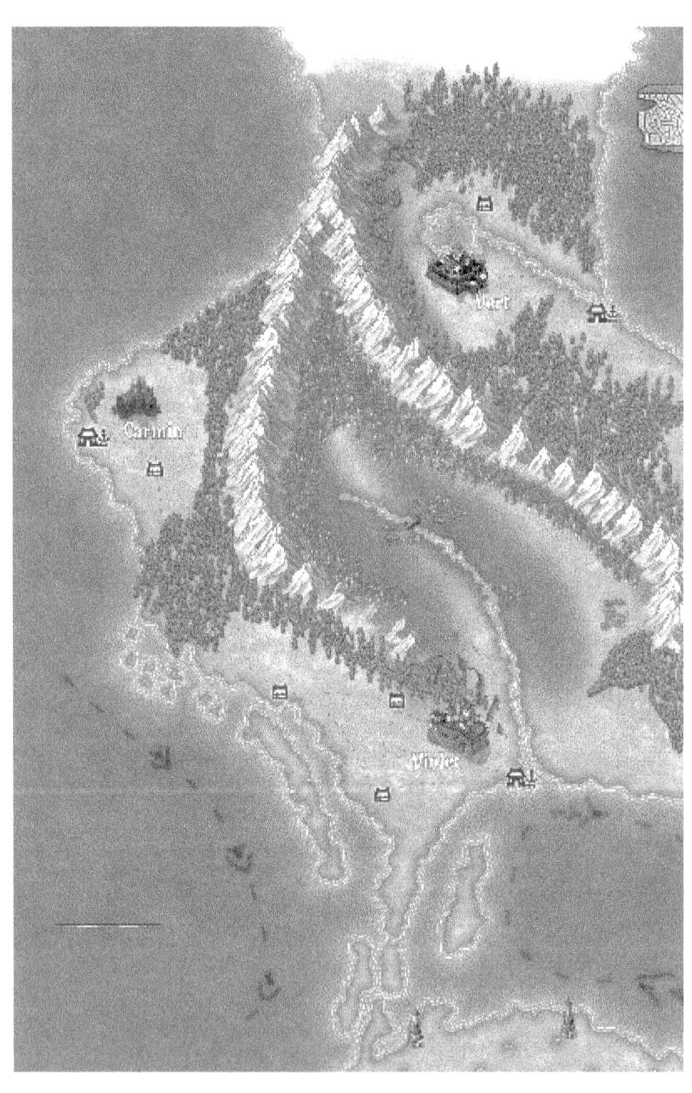
Carmin
Uert
Vizelor

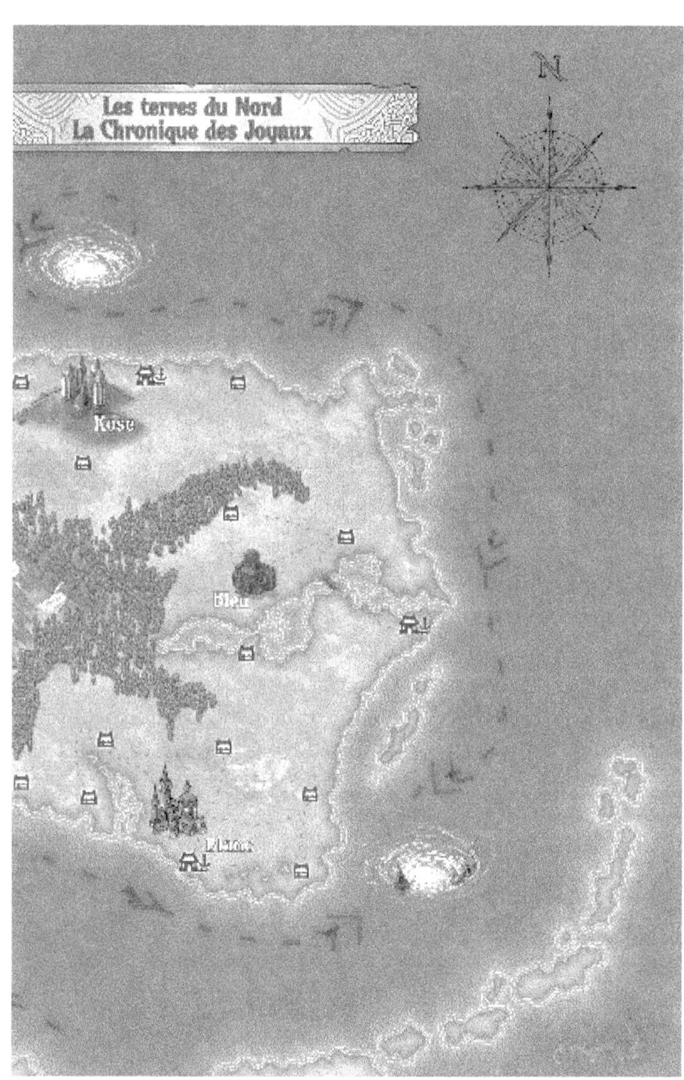

N
Les terres du Nord
La Chronique des Joyaux
Rose
Bleu
Blanc

PROLOGUE

Jonas

Ils avaient quelque chose à dissimuler, mais à ce compte-là, moi aussi. Je retins mon souffle et pris soin d'éviter les branchages. Les deux hommes n'avaient aucune idée de ma présence juste derrière eux. Je m'adossai à un arbre et étirai le cou pour voir ce qu'ils tenaient. L'éclat du soleil accrocha une des pierres et son reflet jaune illumina les mains de Terys. Il était plus costaud que moi, mais c'était surtout du gras et j'aurais pu le battre en combat singulier. Le deuxième, Edon, était l'homme le plus fort de la caravane et je n'avais pas envie de découvrir lequel de nous deux sortirait vainqueur d'un combat à mains nues.

– Combien en reste-t-il? demanda Edon.

De ma position, je devinais une dizaine de pierres aux différentes teintes de jaune parfaitement translucides. La plupart étaient minuscules, mais au moins deux avaient la taille d'un ongle. J'en avais rarement vu d'aussi grosses.

– Trop pour ma tranquillité d'esprit, répondit Terys. Mais le chef vient d'annoncer qu'on va arrêter au château dans la vallée. Ce ne sera pas l'endroit pour en vendre.

L'autre grogna son assentiment. Je fronçai les sourcils à cette déclaration. S'ils étaient restés discrets à chacun de nos arrêts, ils ne s'étaient jamais retenus pour trouver des acheteurs potentiels. Terys remit les joyaux dans leur pochette et la replaça dans sa veste. Je les regardai s'éloigner avant de porter mon attention sur le château au loin.

Au cours des derniers jours, la végétation s'était faite plus verte et plus dense que dans le détroit au Sud. La route était bordée de champs cultivés et de pâturages occupés par des moutons. Nous avions passé quelques hameaux et un bourg plus important se dressait entre nous et le château. La vallée autour des remparts semblait encore plus verdoyante que tout le reste, même si certains arbres commençaient à se parer de jaune et de rouge avec l'arrivée de l'automne. Il ne semblait pourtant pas y avoir de cours d'eau assez important pour justifier cette abondance de verdure. Je levai le nez vers le ciel.

D'autant qu'il n'avait pas plu depuis des jours.

Je sortis de ma cachette en faisant mine de rajuster mes jambières et retournai vers les chariots. Deux enfants passèrent en courant pour rattraper une poule en fuite. Les sifflements des conducteurs m'apprirent que les chevaux seraient bientôt attelés et prêts à partir. Mon propre cheval m'attendait un peu plus loin, la bouche pleine d'herbes. Je retirai les brins pris dans son mors et lui tapotai l'encolure. Le chef de caravane lança l'appel et je sautai en selle. Le grincement des roues et les renâclements des chevaux accompagnèrent notre départ.

Le nord était réputé pour ses joyaux. Si Terys et Edon avaient réussi à mettre la main sur autant de pierres précieuses, ça ne me serait pas impossible. En rejoignant la caravane, j'avais espéré que le Nord serait la réponse à mes problèmes. Je n'avais pas prévu que les choses se passeraient exactement de la sorte, mais j'étais prêt à beaucoup de sacrifices pour que mes plans aboutissent.

Ce ne serait pas un château qui m'arrêterait.

CHAPITRE 1
Sabaya

Je me plaquai contre le mur pour me fondre dans la pénombre. Le bruit des pas de l'intendante s'arrêta au bout du couloir. Je l'entendis soupirer avant de reprendre sa route. Je fermai les yeux de soulagement et appuyai ma tête contre la fraîcheur des pierres. Les dernières récoltes étaient imminentes et Tarinne s'inquiétait du manque de pluie. J'avais fait mon possible pour m'assurer que tout se passe bien. Le reste était hors de mon contrôle et elle le savait, mais ses inquiétudes la poussaient à me talonner.

J'étirai le cou pour être sûre que la voie était libre. Peut-être qu'elle ne penserait pas à venir me chercher dans les écuries. Un chatouillement me remonta la nuque et me fit changer de direction. Si je ne pouvais pas surveiller tous les habitants du château constamment, j'avais quand même toujours un œil sur les tout-petits.

Et l'un d'eux se promenait dans un corridor non loin de la maternité.

Les yeux fermés, je demandai au joyau de me présenter la disposition des pièces à cet endroit. Des lignes spectrales apparurent derrière mes paupières et je reconnus les escaliers non loin. Je n'aurais pas le temps d'y aller à pied. J'appuyai une main sur la pierre et invoquai la magie du joyau. Je la sentis remonter les murs du château et se regrouper sous mes pieds.

Mon corps se modifia et la pierre m'accueillit. Je me propulsai vers le niveau supérieur dans la tourelle où se trouvait la maternité. Des bruits et des présences effleurèrent ma conscience, mais je gardai le cap vers l'enfant. Le mur s'écarta finalement tel un rideau et je mis le pied dans le corridor.

L'enfant releva la tête en sursaut et éclata de rire en me voyant. Je mis mes mains sur mes hanches, mais ne pus réprimer mon sourire.

– Voilà une bien grande aventure que tu t'apprêtais à entreprendre.

– Sabaya!

La petite tendit les bras de façon impérieuse. Je l'attrapai sous les aisselles et l'installai sur ma hanche avant de prendre la direction de la maternité.

– Et qu'allons-nous dire à Serane?

L'enfant fit la moue et cacha son visage dans mon cou. Ses cheveux chatouillèrent mon nez avec son odeur semblable à celle du linge fraîchement lavé sur la corde. Je lui frottai le dos en chuchotant des paroles rassurantes. Arrivée devant la lourde porte de bois de la maternité, je n'eus pas besoin de la déverrouiller, sûrement la raison pour laquelle la petite avait pu s'échapper. Je poussai le battant du pied et entrai.

Serane releva la tête du livre qu'elle lisait aux enfants assis autour d'elle. Ses longs cheveux brun foncé étaient relevés en tresses élaborées, une technique qu'elle avait apprise dans son château d'origine. Avec le nuage de taches de rousseur sur ses joues, il nous arrivait de passer pour des sœurs, mais elle me dépassait d'une demi-tête.

Ses yeux s'arrondirent à la vue de ma charge et elle passa les enfants en revue avec un regard paniqué. Je refermai la porte derrière moi avec un clin d'œil rassurant. La petite se tortilla et je la déposai au sol. Elle trotta jusqu'à Serane et grimpa sur ses genoux, attirant l'attention de ses amis. L'institutrice pencha la tête pour que leurs regards se croisent.

– Kerina, à l'heure du conte, tu dois rester assise avec les autres. Va prendre ta place.

La petite glissa au sol et grimpa sur un coussin. Serane releva la tête vers moi et murmura un remerciement silencieux. Un des plus vieux suivit son regard et se tourna vers moi. À ma vue, il sauta sur ses pieds et se rua pour me faire un câlin, bientôt suivi par les autres. Je fis une grimace d'excuse à l'institutrice avant de rendre leurs étreintes aux enfants.

Une fois le calme revenu, Dyadis, le premier garçon, tira sur ma manche pour attirer mon attention.

– Dis, Sabaya, c'est quoi ta couleur à toi?

Je relevai les yeux vers Serane et elle agita le livre qu'elle tenait. Je reconnus un des premiers tomes des chroniques, la version utilisée pour enseigner notre histoire aux plus jeunes. D'un signe de la main, j'invitai les enfants à me rejoindre et pris place au milieu des coussins. La petite Kerina s'empressa de monter sur mes cuisses. Je l'entourai de mes bras, sa chaleur me réchauffant le cœur, et me tournai vers les autres.

– Ce n'est pas seulement ma couleur à moi, c'est celle de tous les habitants du château. C'est la vôtre aussi. Peux-tu deviner? dis-je à Dyadis.

Le garçon fronça les sourcils.

– Nous sommes le château Violet. Alors c'est notre couleur?

J'acquiesçai avec un sourire.

– Serane vous a sûrement appris la chanson.

Kerina se mit à taper des mains.

– Oui, chanson!

Dyadis roula des yeux, mais entonna le refrain avec tous les autres. Les petites voix s'élevèrent en chœur et Serane battit la mesure des mains pour les diriger.

« Que le vent m'emporte

Que ta main me guide

Le château Nacré est veille sur la contrée.
Le joyau t'accompagnera, ma douce
Que le vent m'emporte
Que ta main me guide

Le château Bleu est toujours méticuleux.
Le joyau veillera sur toi, ma douce
Que le vent m'emporte
Que ta main me guide

Le château Violet est le parfait relais.
Le joyau viendra à ton aide, ma douce
Que le vent m'emporte
Que ta main me guide

Le château Rose est le plus grandiose.
Le joyau répondra à ton appel, ma douce
Que le vent m'emporte
Que ta main me guide

Le château Vert règne sur les terres de l'hiver.
Le joyau suivra tes pas, ma douce
Que le vent m'emporte
Que ta main me guide

Le château Carmin est au bout du chemin.
Le joyau prendra soin de toi, ma douce
Que le vent m'emporte
Que ta main me guide

Le château Jaune a perdu son trône.
Le joyau sera là pour toi, ma douce
Que le vent m'emporte
Que ta main me guide »

Une des plus grandes filles se redressa sur ses genoux.

– Mais c'est moche d'être un relais.

Serane lui envoya un regard de réprimande.

– Nous sommes les premiers à recevoir les nouvelles et les marchandises. Ce n'est pas rien. Nos dames ont les plus belles robes, ajouta-t-elle avec un clin d'œil.

La fillette croisa les bras, peu convaincue, et se rassit. Dyadis tira à nouveau sur ma manche et je me penchai vers lui.

– Papa dit qu'on a besoin d'un maître d'armes pour défendre le château.

Je pouvais voir l'inquiétude dans ses yeux et mon cœur se serra pour lui, pour moi et pour tous les habitants du château. Je pris sa main dans la mienne et lui souris.

– C'est pour cette raison que notre seigneur est parti avec une délégation. Il ne tardera pas à revenir avec un candidat compétent.

Le garçon hocha la tête avec vigueur, aussi désespéré que moi de croire à un dénouement rapide. Un mouvement à la fenêtre attira mon attention et je remarquai l'ombre d'une aile. Je soulevai Kerina et la remis entre les mains de Serane après un dernier câlin. Je saluai les enfants et pris soin de bien refermer la porte derrière moi. Le couloir était désert, mais je pouvais entendre le bruit des cuisines à l'étage en dessous qui bourdonnaient d'activité en prévision du repas du soir.

Comme je ne souhaitais pas croiser l'intendante, je pris l'escalier vers le chemin de ronde. Mes jupes dans une main, je gravis les marches au pas de course. Je poussai le battant renforci et sortis sous la lumière du soleil d'après-midi. J'inspirai profondément et savourai la caresse du vent sur mon visage.

Un aboiement enjoué me fit ouvrir les yeux et mettre une main en visière.

Dans le ciel, un énorme chien ailé volait en cercles concentriques, ses ailes inclinées pour ajuster sa trajectoire dans ma direction. Le soleil faisait miroiter son pelage doré, semblable à celui des chiens de chasse élevés dans un des hameaux en périphérie du château. Les simargs étaient beaucoup plus gros, et si leur physique était semblable à celui des canidés, leur taille était plus proche de celle des petits chevaux de trait. La magie qui coulait dans ses veines fit écho à la mienne, la reconnaissant et l'accueillant comme une partie indispensable de la vie du château.

Le chien ailé me fit face avant de battre des ailes pour ralentir son atterrissage et je dus porter les mains à mes cheveux pour les garder en place. Il s'ébroua et fit quelques pas vers moi avec un regard plein d'espoir. Je tendis une main, où il poussa son museau, et son souffle chatouilla ma peau. Je passai mes doigts dans sa fourrure dorée et grattai juste derrière ses joues. Ses yeux se fermèrent de bonheur et il tendit le cou pour m'encourager à continuer.

Nym avait perdu son cavalier peu de temps auparavant et il avait refusé d'accepter un nouveau dresseur. Comme c'était un des plus beaux spécimens de la ménagerie, le capitaine des simargs le laissait faire à sa guise, tant qu'il répondait à mes appels.

Il étira ses ailes avant de s'asseoir, le nez dans le vent et les yeux mi-clos. Je mis les mains sur mes hanches avec un air faussement outré.

– Je suis venue profiter de la vue, pas pour admirer tes plumes.

Le simarg inclina la tête sur le côté et fit mine de me donner la patte. Je ne pus cacher mon amusement devant ses simagrées. L'amour qu'il me portait était réciproque, mais je ne pourrais jamais être sa cavalière. Il avait besoin de plus que le peu de temps que j'avais à lui consacrer. Je replaçai le pelage de son échine avec un soupir.

Ma situation était terriblement semblable à la sienne. La perte du maître d'armes du château était survenue quelques mois plus tôt dans des circonstances difficiles. Le seigneur Baygund avait espéré que je trouve un remplaçant parmi les effectifs de la garnison.

Mais j'avais été incapable de me prononcer.

Nous étions dans notre situation actuelle par ma faute. Depuis la fondation du château, je n'avais formé de liens qu'avec deux maîtres d'armes. Le premier avait vécu une longue vie bien remplie de plus de deux cents ans. Sa mort m'avait fait un tel choc que j'avais presque immédiatement formé un lien avec le vieux capitaine.

Malheureusement, sa force vitale était faiblissante après une vie bien remplie, et certains de ses organes avaient déjà commencé à défaillir avant mon intervention. Le joyau avait fait de son mieux pour prolonger ses jours, mais au final, il n'avait été à mes côtés que soixante-quinze ans.

Le chien geignit et poussa ma main de sa truffe. Je lui offris un sourire rassurant et repris mes caresses.

— Lord Baygund sera bientôt de retour et tout ira mieux.

Et j'aurais l'opportunité de me lier à un maître d'armes compétent dans la fleur de l'âge. La sécurité du château et du joyau en dépendait. Un claquement me fit relever la tête. Un jeune homme en veste capitonnée longeait le parapet dans notre direction.

Même sans son écusson, je l'aurais reconnu.

Tyrak était l'actuel capitaine de la garnison. Ses cheveux noirs étaient bouclés serrés et son teint avait la couleur de l'ocre rouge. Il avait peut-être été compétent pour épauler le précédent maître d'armes, mais je n'aurais jamais pu jeter mon dévolu sur lui. Je savais qu'il avait espéré le contraire et sa déception pesait entre nous tel un nuage d'orage.

Nym redressa les oreilles en remarquant sa présence et émit un aboiement étouffé. Je lui tapotai l'encolure pour confirmer que j'avais vu le nouveau venu. Tyrak me salua d'un hochement de tête formel.

– Je pensais bien te trouver ici, Sabaya. Les ouvriers ont terminé les réparations sur la palissade. Je voulais confirmer avec toi que la structure était solide.

Je fermai les yeux et étendis ma perception jusqu'au faubourg. La présence du joyau était forte à cet endroit grâce au nombre d'habitants qui y résidaient depuis plusieurs générations. Les racines du joyau s'étirèrent comme un chat dans une flaque de soleil.

Je pouvais sentir le sol fraîchement creusé, où les ouvriers avaient monté des renforts pour stabiliser le terrain. Le reste de la terre avait été piétinée par les allées et venues des équipes de travail. Mais les pieux et les planches étaient solidement ancrés. Avec un soupir de soulagement, je rouvris les yeux et souris au capitaine.

– Ils ont bien travaillé. Des nouvelles de la délégation?

Il secoua la tête et porta la main à sa ceinture, comme s'il cherchait le pommeau de l'épée qui n'y était pas.

– On ne les attend pas avant encore quelques jours, dit-il.

Son regard se porta vers l'horizon et je m'approchai du parapet pour regarder la vallée. Au sud-est, le ruban argenté du fleuve était visible entre les vallons. Ce serait de ce côté qu'arriverait lord Baygund. Un nuage de poussière attira mon regard vers le sud-ouest, sur la route entre le faubourg principal et le château. Une procession de chariots se dirigeait vers nos remparts. Je fronçai les sourcils et me tournai vers Tyrak.

– Pourquoi les caravaniers viennent-ils au château?

D'ordinaire, le sénéchal se chargeait de gérer l'approvisionnement avec l'intendante et nous avions seulement la visite des artisans les plus réputés. Le capitaine avala péniblement.

– Demain, ce sera nuit noire. Le sénéchal a jugé plus prudent de nous demander de les héberger dans la cour.

Un frisson me remonta les bras et Nym gronda en réponse à mon malaise. Tyrak se tordit les mains et j'eus pitié de lui.

– Tout ira bien. Tarinne m'a dit que nos réserves de torches sont encore suffisantes.

Les bras du capitaine se raidirent le long de son corps et je regrettai mes paroles. Je déplorais que notre relation paie le prix de ma prudence. J'avais vu Tyrak grandir et passer d'un adolescent gauche à un soldat fort compétent. Mais j'avais aussi entendu les domestiques discuter des récents problèmes de discipline parmi les soldats. Sa nomination aurait peut-être évité cette situation, mais je ne pouvais m'empêcher de penser que c'était une preuve supplémentaire qu'il n'était pas taillé pour le poste. Il pointa la caravane du menton.

– Je vais aller aux nouvelles, dit-il. Ils auront sûrement besoin d'aide pour s'installer.

Il tourna sur ses talons après un bref salut et reprit la direction de la tour d'angle. À mes côtés, Nym se releva et s'ébroua, projetant un nuage de poils autour de lui. J'agitai une main devant mon visage pour éviter d'en avoir dans le nez et reportai mon attention sur les remparts. Le premier chariot avait atteint la porte principale. J'entendis l'appel des soldats de garde, mais ne pus distinguer leurs paroles. Nym frotta son flanc contre moi et abaissa une aile pour m'inviter à monter. Je secouai la tête avec regret.

– Je vais aller faire un tour en cuisine et ensuite j'irai jeter un coup d'œil à nos invités.

Le chien abaissa ses oreilles avec un regard pitoyable.

– Nous irons voler juste avant le coucher du soleil, d'accord?

Il redressa la tête et battit de la queue. Je lui fis une dernière caresse et il en profita pour lécher ma joue d'un coup de langue rêche et baveuse. Avant que j'aie le temps de le repousser, le simarg bondit de côté pour grimper sur le parapet et prendre son envol. Ses griffes crissèrent contre les pierres alors qu'il sautait du mur et quelques battements lui suffirent pour prendre de l'altitude. Des cris d'enfants me firent baisser les yeux. Vu les couleurs disparates des chariots, c'étaient sûrement des Sudistes et il y avait de bonnes chances pour qu'ils n'aient jamais vu de chiens ailés avant.

Si la chance me souriait, leurs coffres auraient aussi quelques surprises pour moi.

CHAPITRE 2
Sabaya

Le bruit en cuisine était comme une musique à mes oreilles. Je me glissai le long du mur entre la table de préparation et les armoires à chaudrons. Le sous-chef redressa la tête de son plan de travail et haussa un sourcil à ma vue. Je mis un doigt devant ma bouche et il leva les yeux au ciel avant de reporter son attention sur son travail.

Un marmiton se précipita avec un seau plein d'épluchures et je l'évitai de justesse. Je pris soin de rester loin des feux de cuisson et me dirigeai vers la dépense. Sur la première tablette, j'y trouvai ce que je cherchais. L'énorme bocal en verre contenait les confiseries du moment. Romita, la cheffe cuisinière connaissait ma faiblesse pour les sucreries et elle avait déterminé que le meilleur moyen d'assurer une bonne communication entre nous était de toujours avoir un appât sous la main. Je devais avouer que la méthode était efficace.

Je pris un premier bonbon et savourai le goût riche du caramel. Ma main allait en attraper un deuxième pour la route lorsqu'une cuillère de bois se posa sur mon épaule. Je me tournai avec un air coupable pour me retrouver face à la formidable cheffe. Elle était aussi costaude que la plupart des hommes et elle aurait facilement pu être une excellente soldate. Sa blague préférée était de clamer que ses marmitons étaient mieux drillés que les soldats de la garnison, chose qui n'avait jamais manqué de faire blêmir l'ancien maître d'armes.

Je lui offris un sourire ingénu, le bonbon déformant ma joue en une preuve incriminante.

– Tarinne te cherche partout, dit-elle.

– Il y avait une urgence à la maternité.

Elle émit un grognement en guise de réponse. Si Romita ne s'ingérait jamais dans les affaires de l'intendante, elle protégeait farouchement son bonheur. Les deux femmes étaient en couple depuis plus d'une dizaine d'années, ce qui était un avantage certain aux yeux des habitants du château. Le seigneur Baygund avait bien eu quelques hésitations à laisser deux membres de son entourage entretenir une relation, mais les deux femmes n'avaient jamais laissé leur vie privée empiéter sur leur travail. Et les plaintes les plus délicates trouvaient toujours leur chemin jusqu'aux oreilles concernées.

Elle pointa la fenêtre de sa cuillère avec un regard sévère.

– J'ai entendu dire qu'une caravane arrivait dans la cour. Essuie ton visage et lave tes mains. En l'absence de lord Baygund, le petit Kiall aura besoin de toi.

Kiall avait plus de seize ans et n'était petit qu'aux yeux de Romita. J'acquiesçai tout de même et me dirigeai vers la chaudière près de la porte. J'attrapai une serviette et me nettoyai rapidement. Un regard à la ronde m'apprit que la cuisine avait repris ses activités habituelles et que plus personne ne me prêtait attention.

Je retournai vers les réserves et mis la main dans le bocal des carrés de sucre mou. Je pris le plus petit pour le glisser dans ma poche, puis d'un pas léger, je me dirigeai vers le dernier âtre. Celui-ci était plus difficile à garder à une température constante, car il était flanqué d'une fenêtre d'un côté et d'une porte de l'autre. Une chaise berçante en bois y était toujours stationnée et son occupante veillait à avertir les marmitons dès que le feu baissait. Je m'agenouillai devant Hella et pris une de ses mains parcheminées dans les miennes. Ses yeux voilés se posèrent sur mon visage et elle me sourit.

– Sabaya, va vite dans la cour. Tu dois absolument me dire s'il y a de beaux jeunes hommes parmi les arrivants.

Mon cœur se serra pour ma vieille amie. Nous avions partagé plus de quatre-vingts ans ensemble. Je l'avais vu naître et grandir. J'avais fait la connaissance de son mari et de chacun de ses cinq enfants. Mais le temps avait fait son œuvre sur elle, tandis que je restais inchangée. J'avais bien essayé de lui offrir un éclat de joyau pour prolonger ses jours, mais elle avait refusé. Sa vie avait été bien remplie et parfaitement satisfaisante. Elle n'était certainement pas la première amie à me quitter, mais j'appréhendais les prochains mois où l'inévitable finirait par se produire. Je déposai un baiser sur sa joue.

– Ce n'est pas le moment de me laisser distraire par un joli visage, dis-je. Lord Baygund doit revenir d'un jour à l'autre avec le nouveau maître d'armes.

– Ah, oui. Il devrait se dépêcher. Je vais bientôt être la seule personne vivante à pouvoir se vanter d'avoir connu trois maîtres d'armes d'un même château.

Je grimaçai. Si c'était un exploit pour une humaine, et une preuve de l'âge vénérable d'Hella, je n'étais pas sûre que c'était un compliment à mon égard. Elle me tapota la joue et repoussa ma main.

– Il n'y a aucun mal à apprécier les étalages.

Je sortis le carré de sucre mou de ma poche et le glissai dans sa main. Ses yeux se plissèrent et elle s'empressa de le mettre dans sa bouche. Elle mit un doigt sur ses lèvres avec un sourire conspirateur et je réprimai un gloussement. Un coup d'œil m'apprit que Romita était trop occupée à préparer la venaison du souper pour porter attention à sa mère. Hella tendit une main vers le feu et appela le marmiton le plus proche pour que ce dernier remette du bois.

Je me glissai par la porte avant d'être remarquée et empruntai le couloir de service jusqu'à l'extérieur. Le trajet me ferait sortir par le côté des réserves, mais ce serait l'endroit idéal pour observer le reste de la cour sans être vu.

CHAPITRE 3
Jonas

Les barres de torsion grincèrent lorsqu'Edon tira sur la roue et je grimaçai. Il faudrait réparer plus que les jantes. On aurait dit que des rongeurs s'étaient acharnés sur le moyeu.

Des pluies torrentielles avaient abîmé les routes au nord du détroit et les ornières avaient causé une succession de bris. Nous avions rapidement épuisé les roues de secours et, en dernier recours, j'avais réussi à faire des réparations de fortune, grâce auxquelles nous avions atteint le château.

Si mes prouesses à l'épée n'avaient impressionné personne, mes habiletés avec un marteau avaient rapidement fait fondre les réserves des caravaniers. Mais nous n'irions pas plus loin avant un bon moment.

Edon me fit signe du menton avant de mettre tout son poids sur la jante et je campai mes pieds sur le sol pour tirer. La roue se mit à rouler en oscillant et je fis de mon mieux pour garder le cap vers la forge. Lathar, le chef de la caravane, nous regarda passer avec les mains sur les hanches, la bouche pincée. Ses gens avaient intérêt à faire de bonnes affaires avec les habitants du château. Ou alors cet arrêt lui en coûterait cher.

Je savais qu'il avait espéré négocier avec le forgeron du village, car ce dernier aurait été plus abordable que celui du château. Mais le sénéchal avait refusé de nous céder un bout de terrain en périphérie du bourg. Il avait été question de la lune noire et d'une menace venue du ciel. Je réservais mon jugement sur les Nordiens, mais ils me semblaient plutôt superstitieux.

Une fois passé le toit en appentis, le forgeron nous indiqua l'endroit où placer les pièces abîmées. Quelques voyages supplémentaires furent nécessaires pour regrouper tous les morceaux brisés. Le forgeron étudia la pile avec une mine songeuse. Autour de lui, son atelier était propre et ordonné, autant qu'une forge puisse l'être. Les pièces visibles étaient de bonne qualité et son travail témoignait de son talent. Je tendis la main vers lui.

– Je suis Jonas. J'ai travaillé plusieurs étés avec un forgeron. Je pourrais vous aider.

Il attrapa ma main avec un hochement de tête.

– Mikel. Connais-tu quelque chose aux chevaux? J'en ai une cinquantaine à ferrer et ça doit être fait en priorité. Le fils du seigneur ne me laissera pas travailler vos roues avant que ça ne soit terminé.

Je sourcillai devant sa certitude, mais ne fis pas de commentaire. À mes côtés, Edon croisa les bras avec un regard sévère. Je pris la parole avant qu'il n'ait le temps de se mettre le forgeron à dos.

– Je peux ferrer un cheval sain assez aisément. Je m'y connais moins en parage correctif.

Mikel agita une main.

– Ce sont les chevaux de la garnison, et je m'occupe de la plupart d'entre eux depuis leur naissance. Lord Baygund ne tolère pas les chevaux boiteux.

J'acquiesçai. Mon père non plus n'avait pas toléré autre chose que des animaux sains. Ma poitrine se comprima à son souvenir et je repoussai la colère qui ne me serait d'aucune utilité. Je m'éclaircis la gorge et pointai les écuries de l'autre côté de la cour.

– À deux, ça devrait nous prendre au plus trois jours.

Le forgeron haussa un sourcil et m'étudia de la tête aux pieds.

– Est-ce que c'est un défi? Tu es costaud, mais la plupart des hommes ne peuvent pas ferrer plus d'une vingtaine de chevaux par jour.

Edon, qui s'était contenté de nous écouter en silence, se pencha vers le forgeron avec un haussement de sourcil provocateur.

– Voulez-vous prendre un pari?

Si les caravaniers étaient trop indépendants pour offrir leur aide de cette façon, ils ne manqueraient pas l'occasion de faire un peu de profit sur mon dos. Je lui envoyai un regard sévère, mais il se contenta de sourire. Le forgeron secoua la tête avec un air amusé.

– Je veux bien payer un pichet de bière à Jonas s'il est à la hauteur, mais les dieux me préservent de parier avec un caravanier.

Edon haussa les épaules, loin d'être insulté, et se dirigea vers l'extérieur. À en juger les bruits dans la cour, l'installation du campement avait commencé. Je m'arrêtai sous l'appentis pour observer les interactions entre Lathar et l'intendante. À en juger par les mouvements de bras du premier et les sourcils froncés de la deuxième, ils ne s'entendaient pas sur quelque chose. Mon regard se porta derrière eux pour voir le chariot de Moyra déjà installé, les panneaux ouverts sur ses confections ayant attiré l'attention des passants.

La sœur du chef se spécialisait dans la sculpture de bois flotté. Elle faisait toute sorte de pièces, allant du très utile au purement décoratif. Je devais reconnaître qu'elle avait énormément de talent et j'avais moi-même succombé et acheté une cuillère. Moyra prétendait que ses ustensiles amélioraient la saveur du ragoût, mais elle prenait toujours soin de le dire loin de son frère cadet, le cuisinier d'office de la caravane.

Une femme était debout devant Moyra et admirait les pièces, les mains croisées dans son dos, comme pour s'empêcher de toucher. Elle était légèrement plus petite que l'artisane, qui n'était pas elle-même très grande. Son teint était plus pâle que celui des caravaniers, et si ses cheveux étaient bruns comme ceux de Moyra, ils avaient une touche ambrée.

Moyra attrapa la pièce qui avait retenu l'attention de la femme et lui tendit ce qui ressemblait à un croissant de lune sur un lacet. La femme prit le pendentif avec précaution et le tourna vers le soleil, me dévoilant ainsi son visage. Ses yeux étaient d'un vert saisissant, comme ceux des mers du Sud. Un nuage de taches de rousseur décorait son nez et ses joues, lui donnant un air gamin même si elle devait bien avoir la mi-vingtaine, comme l'artisane en face d'elle.

Elle fit mine de redonner le collier à Moyra et cette dernière secoua la tête. Je devinais l'échange aisément, l'une plaidant qu'elle n'avait pas la monnaie et l'autre l'offrant en cadeau. C'était une des tactiques préférées de Moyra; s'attirer les bonnes grâces d'une dame de la place pour qu'elle passe le mot aux autres. La femme finit par accepter et passer le lacet à son cou avec une expression enchantée.

Comme Mikel était encore à mes côtés, j'en profitai pour assouvir ma curiosité et la pointai du menton.

– Qui est-ce?

Il suivit la direction de mon regard et sourcilla.

– C'est la précieuse.

J'avais rarement entendu une dame du château appelée ainsi, surtout par un ouvrier. À moins que ce soit une dame de compagnie, mais sa robe ne me semblait pas assez élaborée pour ce type de position.

– C'est la fille du seigneur?

Il secoua la tête avec une expression amusée.

– Non. Sabaya est notre précieuse. Méfie-toi, sous ses airs de jeune fille, elle cache un esprit vif et elle t'aura retourné comme une crêpe sans même que tu ne voies le coup venir.

Il me tapota l'épaule et retourna dans son atelier. Mon regard s'attarda sur la jeune femme, Sabaya, qui s'était dirigée vers notre campement temporaire. Elle salua Lathar avec candeur tandis que l'intendante pinçait les lèvres de frustration. Cette dernière passa un commentaire qui lui valut un regard contrit de Sabaya. L'intendante leva les yeux au ciel et la chassa d'un geste de la main avant de reprendre sa discussion avec le chef de la caravane. La jeune femme prit la direction de la première tour, celle où devait se trouver la grande salle et disparut dans l'embrasure.

Je me balançai sur mes pieds, luttant contre l'envie de la suivre. Mais comme la raison l'emportait, Lathar me héla pour que j'aide les hommes à déplacer les chariots et à monter des enclos pour les bêtes. Vu les délais annoncés par le forgeron, j'aurais assurément l'opportunité d'assouvir ma curiosité.

CHAPITRE 4

Jonas

Mon regard parcourut les draperies qui agrémentaient la grande salle. La couleur mauve semblait revenir avec la fréquence d'un thème étudié. À mes côtés, les caravaniers chuchotaient entre eux, hésitant à se mêler aux habitants du château. Je pris une gorgée de ma chope et me tournai légèrement pour avoir une meilleure vue sur la table d'honneur.

Le fils du seigneur, Kiall, avait pris la place du centre, en lieu et place de son père. S'il était plein de vie et en bonne condition, je doutais qu'il soit autre chose qu'un combattant médiocre. Mon père avait été le chef de guerre d'un grand seigneur du Sud et je savais que tous les dirigeants ne pouvaient pas être des guerriers, mais calculer mes chances était un réflexe acquis depuis longtemps.

Le jeune homme serait facile à éliminer, mais lui ou son père avait eu la sagesse de bien s'entourer. Sans être ouvertement menaçants, plusieurs des hauts gradés de la garnison étaient éparpillés un peu partout parmi les civils et je ne doutais pas une seule seconde de la nature stratégique de ce choix.

L'intendante était assise d'un côté de Kiall, avec un air imperturbable. À sa droite, le vieux maître archiviste et le capitaine de la garnison semblaient absorbés dans une discussion animée. De l'autre côté de Kiall, sa jeune sœur Elidine et Sabaya étaient assises avec le sénéchal Koberik. En face, Lathar avait été invité à prendre la place du centre. Il avait assis sa concubine du moment Ksara d'une part et son second Cynrad de l'autre. Aux extrémités de la table

31

venaient sa mère la doyenne de la caravane, avec son frère et sa sœur.

Dire que la caravane était une affaire familiale était un doux euphémisme. Si tous les membres n'étaient pas liés par le sang ou par le mariage, toutes les positions importantes étaient occupées par la famille. Ça en faisait probablement une des caravanes les plus paisibles que j'aie jamais côtoyées.

En tant que mercenaire, on m'avait installé au deuxième rang, ce qui me permettait d'avoir une meilleure vue d'ensemble. Les serveurs allaient et venaient de bon pas, les bras chargés, mais les épaules droites. De toute évidence, leurs conditions de travail étaient excellentes. Je surpris même quelques sourires, certains pour Kiall, mais la plupart pour Sabaya. Cette dynamique était de plus en plus curieuse. Vu la nature des interactions entre elle et le fils du seigneur, je doutais qu'elle fût sa promise.

Même si ce mystère était plutôt intrigant, il n'était pas ma première préoccupation. Je n'avais toujours pas aperçu de joyaux. Kiall portait une simple broche à la poitrine pour signaler son statut d'héritier, et sa sœur arborait plus de rubans que de réels bijoux. Même si elle avait hérité de ceux de sa mère, elle était encore jeune pour les porter. Quant à la vaisselle, elle était de bonne qualité, mais sûrement pas celle des grands banquets.

— La fille du seigneur est trop jeune pour toi, chuchota une voix à mon oreille. Ou alors est-ce le vieil archiviste qui a attiré ton regard?

Je me tournai vers mon voisin de table avec un froncement de sourcils. Luan me sourit de toutes ses dents et pointa son verre dans ma direction.

— Tous les goûts sont dans la nature, mais certains vont te faire jeter aux cachots plus vite que d'autres.

Je secouai la tête avec dégoût.

– J'ai très peu d'intérêt pour les cachots. Si quelqu'un attire le regard à cette table, c'est plutôt la voisine de la fille du seigneur.

Il étira le cou pour regarder par-dessus mon épaule et repoussa les cheveux sable qui lui tombaient sur les yeux.

– Ah, oui. Elle est charmante, comme le sont toutes les précieuses.

J'inclinai la tête à la mention de ce titre. Luan venait du Sud, mais je savais qu'il avait déjà traversé l'entièreté du continent, raison pour laquelle Lathar avait demandé ses services. En règle générale, il parlait trop pour son propre bien, mais c'était l'apanage des ménestrels et j'en avais fait mon deuil. Heureusement pour lui, il était un excellent musicien et un conteur décent.

– Qu'en est-il de ces précieuses?

Il vida sa chope et la repoussa vers le milieu de la table avant de me répondre.

– C'est ta première fois au Nord, n'est-ce pas? Elle est intouchable. Je te déconseille de l'approcher.

Il agita les sourcils de manière suggestive pour appuyer ses propos. Je haussai les épaules et reportai mon attention sur Sabaya. Elle riait de bon cœur aux paroles du jeune Kiall. Même Lathar et Ksara semblaient plus détendus en sa présence. Comme la table d'honneur avait terminé son repas, les domestiques récoltèrent les plats et débarrassèrent les couverts. Luan se leva et me salua d'une courbette.

– C'est à mon tour de performer.

Il ramassa l'étui de cuir sous la table et se dirigea vers l'avant de la salle. J'étais trop loin pour entendre leurs échanges, mais Kiall le reçut avec un sourire et un hochement de tête. Luan sortit sa guitare et ajusta les clés tout en grattant les cordes. Il s'assura de croiser le regard de toutes les personnes à la table d'honneur et se présenta. Sa voix claire me parvint par-dessus les conversations.

– Ma dernière visite au Nord remonte à quelques années déjà, mais j'en ai gardé d'excellents souvenirs. La chanson du pêcheur est une de mes préférées.

Quelques-uns des habitants du château s'exclamèrent pour l'encourager et Luan se lança dans une ritournelle animée. Il raconta les mésaventures d'un pêcheur qui n'avait pas écouté les prédictions météo de sa vieille mère. Rapidement, les gens se mirent à battre des pieds ou des mains. Luan enchaîna avec une chanson à répondre où un jeune couple annonçait leurs noces précipitées. Je vis une mère plaquer ses mains sur les oreilles de son fils avec le visage fendu d'un sourire.

L'ambiance était détendue et les enfants quittèrent leurs tables respectives pour s'attrouper autour du ménestrel. Des fiasques d'alcool fort changèrent de main aux tables plus éloignées. C'était le moment pour moi de m'éclipser. Je prétextai avoir besoin des latrines et me levai sans que mes voisins de table sourcillent. Je pris un des corridors moins fréquentés et me glissai dans l'ombre d'une alcôve.

Une fois certain que personne ne m'avait suivi, je poursuivis mon chemin.

La disposition du château était assez standard et les agrandissements avaient été faits avec un souci du détail évident. Il y avait peu de corridors obscurs ou de cul-de-sac, mais l'endroit était quand même vaste. La garnison comptait plus d'une centaine d'hommes, s'ajoutait à cela une cinquantaine de domestiques. La famille élargie du seigneur comptait bien pour une dizaine d'âmes de plus. Ce château était presque aussi important que la forteresse dans laquelle j'avais grandi.

Je venais de trouver les dépenses lorsque quelqu'un se racla la gorge derrière moi. Je fis volteface, ma dague en main. Sabaya leva les mains en signe de paix. Les ombres projetées par la torche au mur n'étaient pas suffisantes pour dissimuler son amusement. Je rangeai ma lame avec une grimace d'excuse.

– Si Tarinne te trouve ici, tu auras besoin de plus qu'un couteau à dépecer pour l'impressionner.

– L'intendante? Elle ne m'a pas semblé si terrible.

Le sourire de Sabaya s'étira un peu plus.

– Non, mais elle a l'oreille de la cheffe cuisinière. Tu pourrais te retrouver avec tous les morceaux calcinés.

– Si je me fie à la cuisine de ce soir, il ne doit pas y avoir de plats réellement indigestes servis ici.

La jeune femme acquiesça avec un sourire en coin puis s'approcha, les mains croisées dans son dos. Son pas était léger et ses mocassins de cuir souple ne faisaient aucun bruit sur la pierre, ce qui expliquait sans doute qu'elle ait réussi à me prendre par surprise.

– Cherchais-tu quelque chose en particulier?

Je laissai mon regard se promener sur le corridor et la série de portes fermées. L'endroit était propre et l'éclairage était fonctionnel, mais c'était loin d'être le genre d'endroit qui attire les visiteurs bien intentionnés. Je pourrais difficilement plaider m'être perdu sur le chemin des latrines, alors je haussai les épaules.

– Je plaide l'ennui. Tout le monde était absorbé par le ménestrel, mais après trois semaines passées en sa compagnie, j'avais besoin de changer d'air.

Une lueur amusée traversa son regard et quelque chose me dit qu'elle était loin d'être dupe. Elle se balança d'avant en arrière sur ses talons.

– Fasciné par les châteaux? Je pourrais te faire une visite guidée.

Je retroussai le nez.

– Tous les châteaux se ressemblent.

Son sourire se fit plus grand et je restai pris de court. La plupart des gens se seraient empressés de défendre leur foyer. Je révisai son âge de quelques années de plus.

– Je n'ai pas vraiment voyagé, contrairement aux caravaniers, mais je sais qu'il y a une chose qui fascine toujours les visiteurs du Sud. Veux-tu que je te le montre? Si tu n'es pas impressionné, je te concéderai le point.

Je plissai les yeux devant son air de défi. Comme je n'avais pas grand-chose à perdre, je lui fis une courbette exagérée et tendis la main pour qu'elle prenne les devants. Plutôt que de retourner sur ses pas, elle poursuivit vers l'extrémité du couloir jusqu'à arriver à une porte de service. Elle jeta un regard dans la cour et me fit signe de la suivre le long des baraques.

La nuit était tombée pendant le souper et l'éclairage ne suffisait pas à repousser les ombres. Elle prit soin de rester loin des torches et de leur halo de lumière. Comme elle semblait sur le qui-vive, je chuchotai.

– Pourquoi devons-nous être discrets?

Elle me lança un regard espiègle par-dessus son épaule.

– Parce qu'il y a toujours quelqu'un pour me demander quelque chose.

Après avoir longé les remparts jusqu'à la partie nord, elle poussa un battant de bois renforci. La tour de guet était juste au-dessus de nous et bien éclairée. Les silhouettes des soldats étaient faciles à distinguer. Le ciel était libre de nuages et un fin croissant de lune projetait une lumière faiblarde. Sabaya suivit la direction de mon regard avant de tirer sur ma manche pour que je la suive.

De l'autre côté du mur, une deuxième cour avait été aménagée en un énorme jardin. Des statues de créatures mythiques ornaient le début d'un sentier. Quelques plates-bandes avaient été soigneusement entretenues, mais le reste semblait laissé en jachère. Un peu plus loin, un bouquet d'immenses arbres plongeait le reste de la cour dans l'obscurité. Je fronçai les sourcils devant cette frivolité. Le risque d'incendie aurait fait blêmir mon père, d'autant plus que ça complexifiait la défense des lieux.

Des mouvements attirèrent mon attention sur le côté. Le long du rempart, des auges et des remises s'alignaient, semblables aux installations des écuries. Des hommes et des femmes s'affairaient à remplir des seaux et vider des brouettes. Certains portaient des habits de soldats, d'autres des simples vêtements de travail.

Puis je vis la première créature au-dessus de nos têtes.

Ses ailes étaient déployées pour lui permettre de planer au-dessus de la cour. La tête ressemblait à celle d'un chien de chasse et son pelage pâle faisait contrepoint sur la canopée, la lumière des torches du rempart lui donnant des reflets dorés. Avec quelques battements, elle ralentit sa descente et se posa devant une femme soldat. Cette dernière lui tapota l'encolure et l'entraîna vers un des seaux. À en juger par la stature de la femme, l'animal devait faire la même taille qu'un petit cheval de bataille. Ses pattes griffues avaient certainement la capacité d'étêter un homme adulte.

Le bruissement de plusieurs battements d'ailes me fit relever les yeux et une dizaine d'autres créatures apparurent au-dessus de nous. Certaines étaient noires, presque invisibles sur le ciel nocturne, alors que d'autres arboraient toutes les teintes depuis le brun café jusqu'au jaune pâle de la bière.

– Ils sont beaux, n'est-ce pas?

Je me tournai vers Sabaya qui les regardait avec un sourire affectueux. Mon attention se porta sur les hautes branches des arbres avec un regard nouveau. J'en avais rarement vu de semblables. Leur écorce semblait filandreuse, avec un relief tout en longueur. Les racines formaient des vagues tout autour de leurs pieds, et les troncs s'élevaient plus haut que la tour principale du château. Les premières branches étaient bien au-dessus de la tête d'un homme à cheval et y grimper exigerait des cordages ou une échelle.

– Les arbres, c'est là qu'ils nichent?

Elle acquiesça et me fit signe de la suivre sur le sentier. Les palefreniers allaient et venaient tandis que chaque soldat prenait un animal en charge. Les bêtes se laissaient brosser et bichonner comme l'aurait fait un cheval. Avec la proximité, les interactions entre les animaux et leur dresseur étaient plus faciles à étudier. L'affection était visible dans le comportement joueur de certains chiens ailés et les soldats prenaient visiblement leur rôle au sérieux.

– Les simargs de la ménagerie nichent dans le jardin, mais une colonie sauvage occupe les arbres aux pieds des montagnes.

– Ils doivent poser problème pour les troupeaux des hameaux environnants.

Elle secoua la tête.

– Il ne pousse pas grand-chose dans cette région. Les faubourgs sous notre protection sont tous à l'ouest du château, le long de la route par laquelle vous êtes arrivés, et un peu plus au sud. Il y a bien une tour de guet dans cette direction, mais ce sont nos soldats qui y assurent une présence.

Je calquai ma vitesse sur la sienne, satisfait d'observer les simargs et leurs cavaliers. Une brise m'apporta une odeur semblable à celle des chiens domestiques, mais avec une note fauve.

– On m'a dit qu'il n'y a pas de simargs au Sud, reprit Sabaya. Ils ne vivent qu'au nord du détroit.

– Je n'ai effectivement jamais rien vu de semblable.

Son sourire illumina son visage et elle écarta les bras avec satisfaction. Un aboiement nous fit tourner vers les créatures. L'une d'elles s'agitait et refusait la main tendue d'un palefrenier. Sabaya soupira et porta les doigts à ses lèvres pour siffler. L'animal redressa la tête comme un chien l'aurait fait à l'appel de son maître. Ses ailes s'agitèrent sur son dos, mais il se dirigea vers nous au petit trot sans prendre son envol.

Sa queue s'agita et son dos s'arrondit de plaisir. Il émit une sorte de ronflement avant de faire pleuvoir des coups de langue sur le visage de Sabaya. Elle s'exclama et le repoussa à deux mains, mais ses efforts semblaient manquer de vigueur. L'animal se tourna vers moi et prit une posture défensive. Je fléchis les genoux par réflexe, prêt à esquiver une charge, même si je doutais faire le poids devant la masse de la créature. Sabaya haussa les sourcils et me fit signe d'approcher.

– Celui-ci s'appelle Nym. Il est plus têtu que méchant. Dis bonjour, lui demanda-t-elle.

Le simarg s'assit sur son arrière-train et émit un « wouf » paresseux. La langue sortie, il avait l'air bien moins impressionnant. Je tendis la main et le laissai me renifler. Il fit un pas vers moi et inspecta la main tendue avant de remonter vers ma ceinture. Il inspira à quelques reprises et je sourcillai en repensant à la viande séchée dans ma pochette. J'en sortis un morceau sous le regard curieux de Nym. Ses oreilles se redressèrent à la vue de la nourriture et sa queue se mit à fouetter l'air. D'un mouvement de poignet, je lançai la viande séchée dans les airs et les mâchoires du chien claquèrent lorsqu'il l'attrapa.

– Maintenant, tu ne pourras plus t'en débarrasser, dit Sabaya. Il va te pourchasser partout dès qu'il t'apercevra dans la cour.

Je haussai les épaules tout en repoussant la truffe qui était revenue à la charge. Je ne pus m'empêcher de rire devant son expression implorante. Sabaya lui tapota le flanc.

– Assez, Nym, sois poli.

Le chien ailé se détourna à contrecœur pour aller donner un dernier coup de langue à Sabaya avant de s'éloigner au petit trot. Après quelques foulées, il étendit ses ailes et bondit pour prendre son envol. Je le suivis du regard jusqu'à ce qu'il disparaisse entre les branches.

– C'est incroyable. Et tu avais raison, je n'ai jamais rien vu de tel dans un château.

Le sourire de Sabaya était celui d'une gamine et je le lui rendis. Mon regard se reporta sur les frondaisons.

– Alors ils sont domestiqués?

Elle se mit à marcher en suivant le sentier, prenant garde à rester parallèle aux remparts, dans le halo des torches. La plupart des soldats avaient terminé leur routine du soir et souhaitaient bonne nuit à leurs compagnons ailés. Un simarg prit son envol juste à côté de nous et le courant d'air produit par ses ailes secoua les robes de Sabaya.

– La plupart. Nous avons une division de cavalerie à dos de simarg.

Elle salua un des soldats de la main et il lui répondit d'un sourire chaleureux avant de ramasser son seau. Les possibilités étaient intrigantes, et ceux qui chevauchaient de telles créatures avaient toute mon admiration, mais je n'étais pas certain d'être assez brave pour faire une tentative de vol.

– Quelle distance peuvent-ils parcourir? S'ils ne vont jamais au Sud, j'imagine qu'ils sont limités.

Sabaya retroussa le nez avant de contourner un bosquet pour prendre le chemin du retour.

– Ce ne sont pas des mammifères, mais des créatures magiques. Les archivistes pensent qu'ils sont liés aux gisements de pierres précieuses qu'on trouve au Nord.

Un frisson me traversa à cette mention, car si les deux étaient liés, cela signifiait qu'un tel gisement se trouvait à proximité du château. Je pris une inspiration calculée et m'assurai de garder mes muscles détendus.

– J'ai effectivement entendu parler des joyaux du Nord.

– Assurément.

Je fronçai les sourcils à son ton et elle agita une main en guise de réponse.

– Je n'ai peut-être pas voyagé, mais je sais ce qu'on en dit. Ce sont les plus gros du continent.

– C'est effectivement le mot qui court. Je suis d'ailleurs plutôt surpris, je m'attendais à en voir en exposition ou à l'honneur dans la grande salle.

Elle secoua la tête et s'arrêta devant la porte qui menait vers la cour principale.

– Ce ne sont pas des joyaux comme ceux qu'on utilise pour sertir les bijoux. Quoique certains soient montés en broche ou en collier. Comme les simargs, ils sont magiques de nature. On les traite différemment des pierres que vous trouvez au Sud.

Je me contentai de répondre avec un hochement de tête. Il valait mieux qu'elle ne soupçonne pas l'ampleur de ma curiosité. Visiblement, elle était ouverte à discuter avec un étranger et j'aurais d'autres occasions de profiter de sa volubilité. Elle passa l'arche et je refermai la porte derrière nous.

Dans la cour, les caravaniers avaient regagné leurs chariots et on les entendait se préparer pour la nuit. Plusieurs torchères sur pied avaient été allumées pour baliser le chemin. Sabaya me raccompagna en silence jusqu'au campement improvisé.

– Je suis contente d'avoir pu te surprendre, …

Comme elle cherchait visiblement mon nom, je lui fis une courbette faussement solennelle, ce qui la fit sourire.

– Jonas. Merci pour la visite guidée.

– Ce fut un plaisir, Jonas. Mais comme je te l'ai dit, ne laisse pas Tarinne te surprendre dans ses réserves.

Elle tourna les talons avec un clin d'œil et prit la direction de la tour principale. Un domestique arriva au pas de course et l'apostropha pour lui demander de la suivre. Elle lui emboîta le pas avec un sourire. Ses paroles me revinrent, voulant que quelqu'un avait toujours affaire à elle. Je n'étais pas encore sûr du rôle qu'elle jouait au sein du château, mais je finirais bien par comprendre.

Un des caravaniers me fit signe de venir l'aider à déplacer des barils et je le rejoignis. Jabal était un mercenaire, comme moi, mais il avait rejoint la caravane trois ans plus tôt et il semblait peu désireux de la quitter. Il me pointa l'endroit où nous devions entasser les barils et je me mis à l'ouvrage. Une fois cette tâche terminée, je replaçai les autres caisses pour éviter de bloquer le passage et me passai un bras sur le visage.

La nuit était fraîche, mais les barils étaient lourds. Lathar avait fait plusieurs acquisitions en chemin. Les producteurs de vin d'orge avaient été heureux d'échanger des rouleaux de tissu contre quelques tonneaux. Jabal s'essuya les mains sur ses braies et me lança un regard curieux.

– Tu avais l'air de bien t'entendre avec la demoiselle.

– Et alors?

Il haussa les épaules avec un sourire amusé. Jabal me précéda vers une des torchères installées au centre du campement. Barion, un autre mercenaire, était assis sur une caisse et frottait sa selle. Il nous salua d'un signe de tête et poursuivit sa tâche. Des tasses avaient été accrochées le long d'un baril d'eau et Jabal en attrapa deux avec un regard interrogateur. J'acquiesçai et soulevai le couvercle pour lui permettre de les remplir. Je pris celle qu'il me tendait, trinquai avec lui et calai ma tasse.

– Lathar a dit que tu étais à la recherche d'opportunités. La vie de château te fait-elle de l'œil?

J'eus un rire sans joie et Barion releva la tête pour écouter notre échange. Les événements de la dernière année m'avaient retiré toutes mes illusions sur la protection qu'offraient des remparts de pierre. Si la trahison venait de l'intérieur, l'épaisseur des murs importait peu.

– Je me laisserai peut-être tenter un jour par un joli sourire et un fauteuil au bord du feu, mais ce n'est pas demain la veille.

Barion agita ses sourcils de manière suggestive.

– Alors tu ne verras pas d'inconvénients à ce que je tente ma chance auprès de la dame?

Ma main se crispa sur ma tasse et je dus me retenir pour ne pas la lui lancer à la tête. Sabaya était trop bien pour un type comme lui. À la place, je lui offris une grimace.

– Ne te gêne pas. Surtout si tu veux que Luan te persécute.

Les deux mercenaires froncèrent les sourcils.

– Qu'est-ce que le ménestrel a à voir avec un joli brin de fille?

Je haussai les épaules avec un air faussement blasé.

– C'est lui-même qui m'a dit qu'elle était intouchable. Je ne voudrais pas être à la place de celui qui sera responsable si on se fait jeter hors du château avant que Lathar ne rentabilise son déplacement.

Barion se renfrogna et recommença à frotter le cuir de ses étriers avec plus de vigueur. Jabal ricana devant sa frustration.

– Les jolies choses sont généralement plus de troubles que d'agrément. Sur ce, je vous souhaite bonne nuit.

Je le saluai de la main et replaçai le couvercle sur la réserve d'eau. Barion replaça sa selle dans son coffre et s'étira avec un grognement. Dans l'obscurité, on pouvait entendre le souffle régulier des animaux accompagné par des bruits de mastication. La plupart des chariots étaient sombres ou alors la lanterne avait été voilée pour la nuit.

Une silhouette avec un capuchon apparut entre deux chariots et se dirigea vers nous. Elle s'arrêta en remarquant notre présence, et je reconnus Ksara, la compagne du chef de la caravane. Le terme n'était probablement pas approprié, car les deux ne partageaient pas un chariot, mais bien souvent, lorsque j'étais de garde au petit matin, on pouvait voir l'un sortir du chariot de l'autre. Comme leurs arrangements m'importaient peu, je n'avais pas posé de questions.

Barion se redressa en la remarquant.

– En parlant de jolies choses, en voici une.

Le regard de Ksara alterna entre nous puis le baril d'eau. Je pouvais presque voir son débat intérieur, mais elle finit par s'approcher et remplir la cruche qu'elle avait à la main. Elle était effectivement une beauté au sens exotique du terme. J'avais rarement vu de tels traits au Sud.

Ses cheveux noirs n'étaient pas si singuliers à proprement parler, mais leur longueur et leur épaisseur étaient impressionnantes. Elle avait des traits délicats, avec de hautes pommettes et un menton pointu. Mais c'étaient ses yeux qui attiraient réellement le regard. La couleur était la même que celle des alcools forts; ambrée avec une qualité presque translucide. On aurait dit les yeux des grands félins sauvages du Sud.

Barion contourna la réserve d'eau pour se retrouver à ses côtés et se pencha vers elle. Son ton était bas, mais je compris aisément ses mots.

– Cherches-tu un lit pour passer la nuit, belle Ksara?

Elle se raidit à ses mots et fit un pas de côté, envoyant de l'eau partout autour. Barion grogna en guise de réprimande.

– On ne gaspille pas l'eau ainsi.

Je m'avançai pour m'interposer et répondis sur le même ton.

– On ne dérange pas les dames à cette heure. Ksara, Lathar m'a dit de m'adresser à toi pour un cataplasme. Mon cheval s'est blessé au pâturon.

Elle acquiesça sèchement.

– J'ai ce qu'il faut à mon chariot.

Je lui fis une courbette solennelle.

– Montre-moi le chemin.

Barion me fusilla du regard, mais nous laissa partir en silence. J'entendis Ksara relâcher son souffle alors que nous approchions de la torchère près de son chariot. Je la regardai fouiller dans ses coffres en silence. Elle me tendit un pot de terre cuite et débita machinalement la meilleure façon de l'appliquer. Mon père avait insisté pour que je sois familier avec le soin des chevaux et j'avais passé plusieurs saisons à travailler avec le maître des écuries de notre forteresse. Ses explications étaient excellentes, mais inutiles dans mon cas.

– Pourquoi ne le dis-tu pas à Lathar?

Elle releva la tête et son regard croisa le mien. Je pouvais comprendre qu'elle était plus réservée, mais rien ne justifiait qu'elle subisse ce type de comportement.

– Ce n'est rien.

Je fronçai les sourcils. Aucun homme de la garnison de mon père n'aurait parlé ainsi à ma sœur. Quelle que soit leur relation, Lathar ne me semblait pas non plus le genre d'homme à accepter que les femmes soient traitées de la sorte. Je savais aussi que Barion avait déjà été sanctionné pour des décisions irréfléchies.

– Ce n'est pas rien. Et tu le sais.

Elle pinça les lèvres.

– Bonne nuit, mercenaire.

Je penchai la tête en signe d'acceptation, mais si elle pensait que j'allais lâcher le sujet aussi facilement, elle se trompait. Et Barion aurait intérêt à se tenir à carreau. Je la regardai grimper l'échelle de son chariot et refermer la porte derrière elle avant de m'éloigner.

Je pris la direction des chevaux et en profitai pour étudier les tours de ronde des gardes. Si l'ensemble paraissait impeccable, je savais de première main qu'une faiblesse existait toujours. J'étais dans ma situation actuelle parce que le seigneur pour qui mon père travaillait avait eu une confiance exagérée dans l'imprenabilité de sa forteresse. Et si Sabaya n'était pas nécessairement une faiblesse, elle pourrait me renseigner sur les joyaux et la façon la plus facile de m'en procurer.

CHAPITRE 5
Sabaya

Je retins un bâillement et m'adossai contre le rebord de la fenêtre. Ma nuit avait été écourtée par une demande de Romita. Des rats avaient fait des dégâts dans une des réserves de la cuisine principale et elle m'avait demandé d'aider à sécuriser la pièce. Ce genre d'attention aux détails avait exigé plus d'énergie que ma surveillance habituelle et je n'avais pas encore eu la chance de manger pour faire le plein.

Le sénéchal Koberik termina son rapport sur les activités du tribunal cantonal. Les derniers jugements concernaient un voyageur kleptomane et une dispute de voisins. Kiall posa son sceau sur les documents officiels et Tarinne roula les parchemins avant de les rendre au sénéchal. Ce dernier s'éclaircit la gorge avant de m'envoyer un regard en coin.

— Les fermiers ont soulevé quelques inquiétudes quant à la santé du bétail.

Kiall s'agita dans le fauteuil de son père.

— S'ils ont besoin d'eau...

Koberik secoua la tête et se balança d'avant en arrière sur la plante de ses pieds.

— Ils ont plutôt parlé de problèmes de gestation chez les brebis. Elles ne portent pas à terme. Plusieurs animaux ont succombé à la suite d'une fièvre et au moins deux bergers ont aussi été malades. En temps normal, ton père passerait dans les champs pour étendre l'action du joyau aux troupeaux. Comme son retour n'est pas imminent, tu pourrais peut-être essayer d'y aller.

Il se tourna vers moi avec un sourire crispé.

– Si son lien avec le joyau est suffisamment fort, bien sûr.

Tous les regards se posèrent sur moi et j'avalai péniblement. En tant que membre de la famille de lord Baygund, Kiall possédait un lien naturel depuis sa naissance avec le joyau. Ce lien serait décuplé le jour où il hériterait du rôle de seigneur. S'il allait dans les champs, le joyau serait effectivement capable de toucher les bêtes par son entremise, pas aussi efficacement que si c'était le seigneur lui-même, mais assez pour que ça fasse une différence.

Un frisson me remonta la nuque à l'idée de laisser Kiall quitter les murs du château. Mon seigneur était encore à plusieurs lieues et l'absence de maître d'armes me donnait l'impression d'avoir perdu un membre. Kiall et sa sœur Elidine étaient mes seuls liens tangibles. Tarinne dut deviner mon malaise, car elle secoua la tête.

– Nous sommes sensibles à leurs préoccupations, mais vu la situation, nous ne pouvons pas prévoir une sortie aujourd'hui ou demain.

Kiall leva les yeux vers elle et acquiesça en silence. Les mâchoires de Koberik se crispèrent, mais il n'insista pas. La culpabilité me fit serrer les poings et je les cachai dans mes jupes.

– J'irais consulter les archives pour voir si nous avons un remède traditionnel pour cette maladie.

Il s'inclina en guise de remerciement et prit son congé auprès de Kiall.

Comme la porte se refermait derrière lui, Kiall se frotta la nuque sans lâcher sa plume, se barrant la joue d'un trait d'encre au passage. Tarinne s'éclaircit la gorge et lui tendit un mouchoir avec un regard appuyé, mais Kiall était trop absorbé pour le remarquer. Elle m'envoya un regard concerné et je haussai les épaules.

Nous l'avions toutes les deux connu aux couches. Le regarder se débattre avec le rôle de seigneur par intérim n'était pas chose facile, mais c'était un passage obligé. Il écarta les parchemins devant lui et croisa les mains comme son père le faisait si souvent.

— Quel est le prochain point?

— J'ai consulté le capitaine Tyrak au sujet des défenses du château pour ce soir, dit Tarinne. Notre réserve de torches sera suffisante, mais il faudra prévoir une corvée de flèches bientôt.

Il avala péniblement et ses mains se crispèrent sur les appui-bras de sa chaise.

— N'y a-t-il pas la moindre des chances que les gargouilles n'attaquent pas?

Je pinçai les lèvres et laissai l'intendante lui répondre. Mes mots n'auraient rien eu de diplomatique. Le seigneur Baygund était parti au début de l'actuelle petite sécheresse. Avec les cieux sans nuages des dernières semaines, la lumière de la lune avait suffi à tenir les ignobles créatures à distance. Mais ce soir, nuage ou non, ce serait la lune noire. Notre défunt maître d'armes était mort lors d'une telle nuit. Ça avait été la deuxième attaque que le château avait essuyée quelques mois plus tôt. Mais cette offensive, contrairement à la précédente, avait duré toute la nuit.

Lord Baygund était parti avec le plus petit régiment possible pour recruter un nouveau maître d'armes, mais notre garnison était sous les ordres d'un capitaine inexpérimenté. La défense du château reposerait presque entièrement sur mes épaules, et sur le nombre de torches que nous serions capables d'allumer sur les remparts, en espérant que ce serait suffisant.

— Des nouvelles de mon père?

Je redressai la tête pour voir Kiall et Tarinne qui m'observaient avec espoir. Comme aucun messager n'était venu annoncer le retour imminent du seigneur, je me doutais de la réelle nature de leur demande. Je fermai les yeux et connectai avec le joyau sous les fondations du château. Sa chaleur pulsa en moi et me fit oublier momentanément ma fatigue. Repérer les habitants du château était une tâche facile, mais plus je m'éloignais de l'enceinte principale, plus la connexion était ténue.

À la limite des champs, ça m'était impossible, mais le lien entre le joyau et la lignée du seigneur était assez fort pour que je sente sa présence s'il était dans le rayon d'action du joyau. Je poussai ma conscience vers les limites extérieures et fus surprise de constater que les racines du joyau s'étaient encore étendues. La dernière année avait été bonne, malgré tout, et il y avait eu plusieurs naissances dans les faubourgs environnants. Les récoltes avaient été abondantes et les fermiers avaient embauché plus de main-d'œuvre. Tous ces facteurs nourrissaient le joyau et contribuaient à sa santé.

Un léger fourmillement attira mon attention sur la route de l'Ouest. Je poussai le plus loin possible, mais le seigneur Baygund était encore hors de ma portée. Grâce aux sources souterraines qui courraient du château vers le fleuve, j'avais été en mesure de suivre sa traversée, comme un écho lointain. Quelques jours plus tôt, sa colère et son agitation m'étaient parvenues avec clarté. Quelque chose s'était produit, mais je le savais bien portant. Je réservais donc mes questions pour son retour. Inutile d'inquiéter Tarinne et Kiall alors que la situation était hors de notre contrôle, et probablement résolue. Je leur donnai la réponse qu'ils espéraient.

– Il devrait être en vue de la première tour de guet demain.

Tarinne joignit les mains avec un sourire forcé.
– Quelle excellente nouvelle!

Kiall se contenta de pincer les lèvres, sa peau paraissant encore un peu plus pâle contre son pourpoint rouge. Il avait sans doute espéré pouvoir lui remettre le commandement avant d'essuyer une autre attaque. Je lui fis un sourire rassurant.

— Nous savons à quoi nous attendre.

L'intendante poussa une pile de parchemins devant le jeune seigneur, bien décidée à le distraire.

— Voici les demandes d'approvisionnement pour l'hiver.

Alors qu'elle débitait les demandes des différents maîtres, un éclat de bruit attira mon attention vers la cour. Je me penchai au-dessus du rebord de la fenêtre et poussai le battant un peu plus loin. Un attroupement s'était créé autour de la forge, un mélange de caravaniers, de soldats et de gens du château. Je plissai les yeux et crus reconnaître la chevelure noire de jais de Jonas. Il s'était révélé d'agréable compagnie la veille. Son aplomb était sans faille, alors que la plupart des caravaniers que j'avais côtoyés avaient tendance à être évasifs.

Il était penché au-dessus de la patte arrière d'une jument à la robe blanche, raison pour laquelle sa chevelure était aussi facile à repérer. Il maniait un couteau d'une main experte et ses jambes étaient protégées par d'épaisses jambières de forgeron. Mikel était non loin, lui aussi occupé avec un cheval. Je survolai l'attroupement du regard et trouvai le maître des écuries, les bras croisés et la mine sévère. Un espace s'était dégagé autour de lui et plusieurs palefreniers rôdaient derrière.

Un des soldats cria quelque chose alors que Jonas appliquait ce qui semblait être le dernier fer pour son cheval. Un palefrenier partit en courant vers les écuries et ressortit rapidement avec une nouvelle bête. Jonas n'eut que le temps d'essuyer la sueur sur son front avant que l'échange se fasse.

Il prit le temps de considérer les aplombs du cheval, même si certains spectateurs l'encourageaient à garder la cadence.

Un jeune garçon arriva avec une chaudière et deux tasses pour ravitailler les hommes. Jonas avait commencé le premier sabot de son nouveau cheval lorsque Mikel termina le sien. J'ignorais si l'un des deux hommes avait déjà une longueur d'avance, mais à en juger l'engouement des spectateurs, la lutte était serrée.

Mon ventre gargouilla pour me rappeler à l'ordre. Je lançai un coup d'œil par-dessus mon épaule pour confirmer que Tarinne et Kiall étaient plongés dans les requêtes. Je refermai le battant et me dirigeai vers la porte. Un raclement de gorge me fit pivoter alors que j'allais mettre la main sur la poignée. Je me plaquai un sourire poli sur les lèvres et ouvris de grands yeux.

– Si vous voulez bien m'excuser, je n'ai pas encore mangé ce matin.

Tarinne me lança un regard peu impressionné, mais Kiall fronça les sourcils.

– Ça ne peut pas être une bonne chose. Vous devez être en forme pour ce soir.

L'intendante roula des yeux et me chassa de la main.

– Je t'enverrai quérir s'il y a autre chose.

Je fléchis le genou en une rapide révérence et me sauvai avant qu'elle ne change d'avis. Mes sens parcoururent le château par habitude, me confirmant que tout le monde était à sa place. Les enfants semblaient plus tranquilles qu'à l'habitude, sensibles à la nervosité des adultes. La diversion apportée par Jonas était la bienvenue, tout compte fait.

La compétition amicale éviterait que les hommes et les femmes de la garnison ne s'épuisent avant que les véritables combats ne commencent. Je descendis les escaliers de pierre et traversai le passage pour aller aux cuisines. À cette heure, l'endroit était plus paisible. L'effervescence du repas du matin était passée et les préparatifs pour le midi n'avaient pas encore commencé.

Au tournant du corridor, une bourrasque chaude me fouetta le visage, signe que les fourneaux fonctionnaient encore. Je passai la porte et parcourus la pièce du regard. Romita était assise aux côtés de sa mère tout au fond, une tasse de liquide chaud à la main. Zastan était non loin avec la théière et me fit signe de les rejoindre. Il remplit une tasse qu'il déposa devant une place vide avec un sourire. Je me penchai à son oreille pour chuchoter.

– J'ai manqué le petit déjeuner.

Il retira sa toque avec une grimace, dévoilant son épaisse chevelure rousse.

– Honte sur toi, de venir à cette heure. Tu vas faire mourir Romita.

Je haussai les épaules.

– C'est elle qui a failli à me nourrir avant que Tarinne vienne me chercher.

Il pointa la chaise à côté de la cuisinière avec un regard sévère.

– Assieds-toi, ne dis rien. Je reviens.

Je murmurai un remerciement et pris place aux côtés d'Hella. La vieille femme tendit la main et je la pris dans la mienne.

– J'ai entendu dire que tu as trouvé un charmant caravanier, dit-elle.

Je sourcillai. Les palefreniers avaient la langue déliée. Romita ouvrit de grands yeux et me regarda pour en avoir la confirmation. Je pris une gorgée de thé et acquiesçai.

– Il voulait explorer et je l'ai accompagné. Les Sudistes sont toujours impressionnés par les simargs.

Hella sourit, son regard voilé perdu dans le vide.

– Mon Tom aussi adorait regarder les chiens ailés. C'est bon signe quand un homme peut encore apprécier la beauté de la nature.

L'expression de Romita se fit orageuse.

– Les caravaniers ne restent pas. N'encourage pas Sabaya à courir après un cœur brisé.

Zastan revint à ce moment avec une assiette qu'il déposa devant moi. Il avait regroupé une tranche de pain tartinée de beurre au miel, un morceau de fromage de brebis, quelques tranches de saucisson et une pomme. Bien plus que ce dont j'avais besoin. Je le remerciai d'un sourire et haussai un sourcil moqueur à l'intention de la cuisinière.

– S'ils promettent de me nourrir régulièrement, je pourrais me laisser tenter.

Romita m'offrit une grimace moqueuse.

– Si tu as le ventre vide, c'est par ta propre faute.

Hella frappa sur la table avec ses jointures avant d'agiter un doigt de réprimande.

– Prends soin de ta précieuse, ma fille, car si nous ne le faisons pas, qui le fera?

Le visage de Romita prit une teinte rougeaude et je pinçai les lèvres pour ne pas rire. La cuisinière ne se gênait jamais pour partager le fond de sa pensée, mais sa mère avait toujours mérité son respect. Prise entre l'envie de me rabrouer et celui d'écouter sa mère, elle pouvait difficilement me faire des reproches. Je déposai un baiser sur la joue d'Hella et me relevai.

– S'ils ne restent pas, ils font quand même leur part pour nourrir le joyau.

Je me tournai vers Zastan.

– Penses-tu que je pourrais t'emprunter un panier? Je crois qu'un certain caravanier aura besoin d'une pause bien méritée.

Le sous-chef se dirigea vers une étagère où il prit un linge et un panier en osier tressé. Romita le regarda emballer mon déjeuner avec une moue.

— J'ai entendu dire qu'ils ont pris des paris. Si tu déconcentres le caravanier, ça donnerait une chance à Mikel de gagner.

Zastan secoua la tête et me tendit le panier.

— Notre forgeron est excellent à ce qu'il fait. Il n'a pas besoin d'une distraction pour gagner. Mais quelqu'un devrait lui rappeler que l'orgueil mal placé ne mène qu'à la perte. Quelqu'un me le rappelle sans cesse.

Il envoya un regard appuyé à Romita, mais cette dernière se contenta de répondre par un sourire hautain. Je me tapotai les lèvres du doigt.

— On m'a qualifié de bien des choses au fil du temps, mais rarement de distraction. Ce sera une expérience intéressante.

— Jamais ouvertement, dit Hella. Mais le maître d'armes s'en est déjà plaint.

Je fronçai les sourcils et considérai ma plus ancienne amie.

— Pourquoi aurait-il dit une chose pareille?

Hella pinça les lèvres et inclina la tête, refusant visiblement de répondre. Romita secoua le liquide au fond de sa tasse avec un soupir.

— C'est une arme à deux tranchants d'utiliser une jolie fille pour motiver les troupes.

Mon regard alterna entre la cuisinière et sa mère. Zastan ramassa un torchon et s'éloigna en faisant mine de nettoyer quelque chose. J'avais mis le pied dans un nid d'abeilles, de toute évidence.

— Veux-tu dire que je suis la raison pour laquelle la garnison est indisciplinée depuis le décès de maître Olenor?

Hella secoua la tête.

– Non, bien sûr que non, dit-elle. Ce que ma fille dit, c'est qu'un vieil homme obtus a choisi la mauvaise façon de mener ses troupes, et que le pauvre Tyrak en paie le prix. Le prochain maître d'armes va avoir du pain sur la planche.

Elle se tourna vers moi et ses yeux trouvèrent les miens, même si je savais qu'elle ne voyait plus depuis bien longtemps.

– Va rejoindre le caravanier et passe le bonjour aux soldats. Ils seront tous contents de te voir.

Romita se releva et me fit une accolade vigoureuse avant de se diriger vers l'âtre principal pour y mettre du bois.

– Parlant de pain, j'ai quelques fournées à faire. Allez ouste. Si tu ne m'aides pas, alors libère le plancher.

Comme elle adressait cette phrase à ses marmitons plusieurs fois par jour, je n'en fis pas de cas. Je me penchai pour faire une dernière étreinte à Hella avant de sortir des cuisines. Le vieux maître Olenor avait eu une façon bien différente d'opérer de celle de son prédécesseur. Mon tout premier maître d'armes était arrivé avec le seigneur qui avait fondé le château. C'était un homme de peu de mots; posé, mais décisif.

Olenor avait été un contraste, mais j'avais accueilli le changement sans trop d'inquiétude. Sa mort soudaine avait visiblement créé des vagues au sein de la garnison que je ne m'expliquais pas. Sauf si Hella avait raison et qu'Olenor m'avait mise sur un piédestal. Je grimaçai à cette idée.

Dans l'histoire des joyaux, il était arrivé que des étrangers interprètent à tors la nature des précieux et leur lien avec le château. J'existais grâce à une relation symbiotique entre le joyau, la terre, le bâtiment et ses habitants. En retirant ne serait-ce qu'un seul élément de cette équation, l'équilibre serait rompu.

Une précieuse n'était pas une divinité à vénérer.

Le soleil dans la cour m'éblouit momentanément et je pris une profonde inspiration. Je fondais beaucoup d'espoirs sur le prochain maître d'armes. Ma relation avec le vieil Olenor m'avait appris à ne pas sous-estimer l'importance de communiquer. Son âge lui avait donné la conviction qu'il connaissait la voie la plus avisée, mais il avait oublié que les années avaient peu d'importance pour moi. La création du joyau se perdait dans l'aube de l'humanité, et si mon existence physique n'était pas aussi ancienne, mes souvenirs remontaient bien plus loin. Le passage du temps ne m'influençait que rarement, mais j'attendais anxieusement le retour du seigneur Baygund et de sa délégation.

Un palefrenier passa au pas de course avec un cheval en laisse. Le bruit des sabots sur les pavés de l'allée résonna et les soldats attroupés s'écartèrent pour le laisser passer. Je m'arrêtai aux côtés du maître des écuries qui n'avait pas changé de position. Galdir me dépassait d'une bonne tête, avec des membres sinueux, sans une miette de gras, peu importe les rations que Romita lui servait. Il me salua d'un signe de la tête, mais garda son regard rivé sur Mikel et Jonas.

– Je suis surprise que tu ne te sois pas opposé à ces frivolités.

– Mon accord n'a pas été sollicité. Mais si Tyrak veut garder son titre de capitaine, il a intérêt à faire un meilleur travail.

Alors que Mikel terminait de ferrer un autre cheval, les soldats et les caravaniers échangèrent des pièces. Jonas le suivit de peu et plusieurs exclamations soulignèrent son geste de triomphe. Le cheval fit un écart, surpris par le mouvement brusque, et Maître Galdir fit un pas en avant.

– Assez. Laissez les chevaux tranquilles et prenez une pause. Je n'ai pas envie de vous regarder estropier une de mes bêtes.

Son regard parcourut l'assemblée et la plupart des spectateurs détournèrent les yeux. En quelques minutes, la cour se vida et le calme revint. Plusieurs soldats me saluèrent de la main, mais personne ne s'arrêta pour discuter. Les palefreniers accompagnèrent les deux derniers chevaux jusqu'aux écuries. Galdir me salua d'un hochement de tête avant de les suivre. Une brise souffla dans la cour et m'apporta une vague de chaleur de la forge. Je m'approchai de l'appentis et changeai le panier de bras. Mikel prit une tasse d'eau et l'envoya sur son visage avant de s'ébrouer. Jonas était assis sur un coffre, la tête basse et les mains sur la nuque. Les deux hommes étaient en sueur, le souffle court.

– Zastan m'a suggéré de vous rappeler que l'orgueil a un prix.

Jonas releva la tête avec un demi-sourire.

– Pour l'instant, ce prix a été prélevé sur la solde de la garnison.

– Nous sommes à égalité, gronda Mikel.

Le sourire de Jonas s'élargit et il se releva. Il étira ses bras au-dessus de sa tête avec un grognement. Je mis une main sur mon cœur et inclinai la tête.

– Je ne suis pas trop orgueilleuse pour te remercier, Jonas. Même si vous semblez déterminés à vous tuer à la tâche pour savoir qui est le meilleur, ton aide est grandement appréciée.

Mikel fit une grimace amusée et tendit la main vers Jonas. Ce dernier lui attrapa l'avant-bras et lui tapota l'épaule.

– Toujours aussi sage, Sabaya. Je vais aller voir si Romita a pitié de moi, même s'il n'est pas encore l'heure du repas.

Comme le forgeron s'éloignait dans la cour, je fis face à Jonas et pointai le panier.

– Romita a eu pitié de moi, mais mon assiette était bien trop grosse pour une seule personne.

Il haussa un sourcil amusé.

– Comment pourrais-je refuser?

Il pivota sur lui-même et récupéra sa veste abandonnée sur un clou au mur. Il se l'envoya sur l'épaule avec une grimace et s'essuya le front. Je lui fis signe de me suivre.

– Le jardin des simargs est tranquille à cette heure. Et le soleil t'évitera de prendre froid.

Je traversai la cour en direction de la courtine qui menait vers la ménagerie. Des lavandières sortirent par une porte de service, les bras chargés de seaux en direction du puit. Je les saluai de ma main libre et envoyai ma conscience sous les pavés pour m'assurer qu'il y avait suffisamment d'eau. Une petite poussée sur les sources souterraines suffit pour remonter le niveau.

Voilà qui leur faciliterait la tâche.

Je reportai mon attention sur la porte devant laquelle Jonas s'était arrêté. Il me considérait avec un air songeur, la tête inclinée. Je lui souris et poussai le battant pour passer de l'autre côté. Le soleil nous baigna de sa lumière, les pierres derrière nous ayant emmagasiné une bonne dose de chaleur. Je pointai un des bancs et m'assis lorsque Jonas me céda la place.

Sous les frondaisons, de jeunes simargs se pourchassaient d'une branche à l'autre, utilisant leurs ailes pour planer. Au sol, une mère était étendue avec sa plus récente portée. Les chiots n'avaient pas encore acquis leur plein équilibre, mais ça ne les empêchait pas de sauter et d'essayer d'attraper la queue de leur voisin. Je posai le panier entre nous et ouvris le rabat. Jonas détacha son regard des chiens ailés pour jeter un coup d'œil aux victuailles. Il releva un regard agréablement surpris.

– Et la cuisinière t'a laissé partir avec tout ça?

Je haussai les épaules.

– Elle m'aime bien.

Il prit quelques morceaux et entama une tranche de saucisson. Je profitai du fait qu'il avait la bouche pleine pour poser ma question.

– Ce ne sont pas toutes les caravanes qui ont la chance d'avoir un forgeron. Où as-tu appris à ferrer les chevaux?

Il secoua la tête et brisa un morceau de fromage en deux.

– Je ne suis pas avec la caravane à titre de forgeron.

Il prit une bouchée, le regard amusé, comme s'il avait fait exprès de me fournir une réponse obtuse. Je repensai à la soirée d'hier et aux commentaires que j'avais entendus de la part des caravaniers ce matin. La lumière se fit.

– Tu n'es pas l'un d'eux, mais tu voyages avec eux.

Il acquiesça et prit une bouchée supplémentaire. Je plissai les yeux devant son évidente mauvaise foi. Les bras croisés, je me penchai au-dessus du panier.

– Est-ce que je dois deviner?

Il acquiesça, la bouche toujours pleine, et les yeux pétillants.

– Qu'est-ce que j'obtiens si j'ai raison?

Il avala et se pencha. Son visage se retrouva à quelques centimètres du mien et mon souffle se coinça dans ma gorge. Son regard brun était si foncé que ses yeux paraissaient presque noirs.

– Toute mon admiration, dit-il.

Je fronçais les sourcils et me redressai.

– Et si tu me le disais et qu'en échange je te montrais où sont les bains?

Son sourire s'élargit.

– Tu pourrais faire une bonne caravanière. Marché conclu.

Et il prit une autre bouchée de pain. Je roulai des yeux et ses épaules se mirent à sauter d'amusement. Il leva une main pour me faire patienter et avala.

– Lathar m'a embauché comme mercenaire pour la protection de la caravane.

– Voilà qui explique l'épée.

Il fronça les sourcils et m'étudia.

– Quand as-tu vu mon épée? Je ne l'ai pas porté depuis que nous sommes au château.

Je dissimulai mon sourire devant son air outré.

– À l'arrivée de la caravane dans la cour.

– J'aurais juré que Moyra avait accaparé toute ton attention.

J'ouvris de grands yeux ingénus.

– On dirait que l'espion s'est fait épier.

Son sourire se fana et il reporta son attention sur le panier. J'inclinai la tête, surprise par ce changement d'humeur, mais j'hésitais à poser la question. Il s'éclaircit la gorge et ses yeux trouvèrent les miens.

– Dis-moi, quel genre de rôle permet à une jeune femme de côtoyer les caravaniers, tout en siégeant à la table d'honneur; qui lui permet à la fois de pique-niquer avec un étranger, mais qui justifie que tous les domestiques lui courent après?

Je me tapotai les lèvres d'un doigt.

– Quel mystère, en effet.

Il m'envoya un regard de réprimande, visiblement conscient que je lui retournais la monnaie de sa pièce. Je ne pus réprimer mon sourire alors qu'il énumérait sur ses doigts.

– Tu n'es pas l'intendante ni la cuisinière. Tu pourrais être une domestique, mais j'en doute. On m'a présenté le fils et la fille du seigneur, mais tu n'as pas été mentionnée. Jusqu'à maintenant, deux personnes m'ont dit que tu étais précieuse.

Je pointai les pieds et les balançai dans le vide comme le faisaient parfois les enfants.

– Est-ce ainsi qu'ils m'ont qualifiée?

Jonas fronça les sourcils et hocha lentement la tête. Je fis mine d'y réfléchir avant de hausser les épaules.

– Le mystère s'épaissit.

Les Sudistes comprenaient encore difficilement le fonctionnement des joyaux et les seigneurs du Nord ne semblaient pas souhaiter les détromper. Ils comptaient sur les rumeurs pour tenir les curieux à distance. La guerre contre les sylphes avait aussi découragé bien des Sudistes de venir explorer le Nord. Une chose en entraînant une autre, la plupart de nos visiteurs ne comprenaient pas mon rôle ou ma place au château. Et lord Baygund et ses prédécesseurs avaient été contents de laisser les choses ainsi.

Jonas replaça le rabat du panier avec un regard pointu.

– Je vais trouver une réponse à ma question.

– J'espère bien. Tes recherches promettent d'être fort divertissantes.

Je lui servis un sourire encourageant qui me valut un grognement. Loin d'être impressionnée, je me levai et repris le panier. Un chatouillement me traversa les pieds et je tournai mon attention vers ce que le joyau essayait de me montrer. Mon nom avait été mentionné dans la grande salle et Kiall allait avoir besoin de moi. Je reportai mon attention sur Jonas et pointai une des tours.

– Descends d'un niveau sous les baraquements. Au bout du corridor, tu auras accès aux bains. L'eau vient d'une source souterraine, alors elle est froide, mais le plus petit bassin est chauffé matin et soir.

Jonas s'inclina avec formalité.

– Merci, madame, pour votre générosité.

Je grimaçai et agitai un doigt de réprimande.

– Et ne t'avise pas de faire perdre tout leur argent aux soldats. Ou son orgueil à Mikel.

Il me considéra avec une expression indéchiffrable.

– Est-ce une requête?

Son ton sérieux me fit hésiter.

– Une demande amicale?

Le coin de sa bouche se retroussa en un sourire de voyou.

– Je ne promets rien.

Il se dirigea vers la porte menant à la cour principale et me fit signe de passer devant lui. Si la grande majorité des habitants du château étaient toujours polis avec moi, peu le faisaient de façon parfaitement désintéressée. Mes interactions avec Jonas n'en étaient que plus savoureuses, mais je savais qu'il finirait par être mis au courant de mon réel statut et je craignais que ça ne colore son regard. Je le remerciai et lui souhaitai une bonne fin de journée.

Un frisson d'anticipation me traversa. La journée avait été bonne jusqu'ici. Je m'attendais à ce que la nuit soit une tout autre affaire.

CHAPITRE 6
Sabaya

Mon regard fit le tour de la grande salle une fois de plus. L'endroit avait été transformé en dortoir pour la nuit. Serane et les enfants étaient attroupés autour de l'âtre principal. Les domestiques s'étaient regroupés en petits îlots un peu partout dans la salle. Des paillasses et des lits de camp avaient été disposés d'un côté, mais je doutais qu'ils servent. J'avais déjà fait ma tournée de câlins pour rassurer les tout-petits et je ne pouvais pas faire grand-chose de plus pour leur paix d'esprit. Tyrak fit signe à deux soldats d'attendre et s'approcha de moi.

– À moins que tu souhaites passer la nuit avec eux, c'est le moment de sortir. Nous allons barricader les portes.

J'acquiesçai et posai la main sur l'épaule de la femme soldat la plus près de moi.

– Je vous fais confiance pour veiller sur ce que nous avons de plus précieux.

Elle avala péniblement et hocha la tête en silence. Son compagnon me fit un salut formel et je lui souris en retour. Le détachement responsable de la grande salle était composé d'une poignée de soldats expérimentés et d'une majorité de plus jeunes. C'était une décision à la fois stratégique et désillusionnée. Nous ne pouvions pas dégarnir les rangs des soldats qui affronteraient les gargouilles au-dehors. Et si les créatures maléfiques arrivaient jusqu'à la grande salle, il n'y aurait probablement pas assez de soldats pour les sauver.

Tyrak passa le seuil et je le suivis dans le corridor. Derrière nous, les portes se refermèrent et le travers de bois cogna dans ses ferrants. Le raclement des lourds coffres confirma que les barricades étaient en place. Je pris une profonde inspiration et rattrapai Tyrak qui sortait dans la cour. Le crépuscule était imminent et le haut des remparts était baigné par les derniers rayons du soleil. J'enfilai l'escalier vers le parapet à la suite du capitaine et l'écoutai donner ses consignes aux soldats. Mon regard se posa sur une poignée de caravaniers dans la cour, aux côtés d'une section de cavaliers.

Kiall leur avait offert le choix de prendre refuge dans la grande salle ou de participer à la défense du château. La plupart avaient accepté la première offre, mais le chef de la caravane et plusieurs de ses hommes avaient revêtu des armures de cuir bouilli, épée courte en main, pour défendre leurs chariots. Les bêtes avaient été regroupées et les hommes avaient monté des barricades pour les empêcher de s'enfuir sous le coup de la panique.

Jonas releva la tête et son regard croisa le mien. Un chatouillement me remonta les membres devant son air déterminé. Mon premier maître d'armes avait souvent affiché cette expression avant un affrontement, que ce soit un combat à l'épée ou une joute verbale. Je lui fis un salut de la tête et il leva le pommeau de son épée à son front en réponse. Un souvenir titilla ma mémoire, celui d'un visiteur des grandes citées sudistes, qui m'avait déjà offert un tel salut.

Tyrak lança le signal d'allumer les torches et je me tournai pour voir les dernières lueurs du jour disparaître à l'horizon. Du côté des montagnes, le ciel avait revêtu la couleur de l'encre. Si notre ennemi restait fidèle à ses habitudes, nous ne tarderions pas à voir les sinistres silhouettes se profiler.

Les torches étaient presque toutes allumées et le château baignait dans une aura dorée. Les chevaux piaffaient dans la cour, sensibles à l'agitation de leurs cavaliers et le bruit de leurs sabots résonnaient entre les murs de la cour. À l'extérieur des remparts, les escadrons de simargs étaient disposés à intervalles réguliers dans les vallons. Aucun aboiement ou hurlement ne venait troubler la nuit, les chiens ailés étaient trop bien dressés pour se laisser aller, mais on pouvait entendre des battements d'ailes à l'occasion.

Au loin, un feu s'alluma dans la tour de guet de la vallée. Je relevai les yeux pour voir notre feu de signalement s'embraser. De l'autre côté, les tours de guet suivirent et les faubourgs firent tinter leurs carillons cinq fois. Le silence tomba sur la région tout entière. Jusqu'à ce que les créatures repérées par le guetteur apparaissent finalement.

Leurs cris perçants me firent grimacer et je portai les mains à mes oreilles. Les simargs prirent leur envol par vague. Je me déplaçai sur les remparts pour suivre les combats. Ma connexion au joyau me permettait de percevoir tout ce qui était au sol, mais les airs n'étaient pas aussi faciles à contrôler. Je relevai mes jupes et courus vers l'escalier le plus près pour monter en haut de la tourelle. Je sortis sur le chemin de ronde au milieu d'une poignée d'archers.

Dans l'obscurité, les cris des gargouilles se mêlaient aux aboiements des simargs. Nos soldats gardaient leur formation, mais les attaquants ne cessaient de les obliger à se séparer. On aurait dit un murmure d'étourneaux, la volée constamment en mouvement, évasif et trop rapide pour l'œil. Je projetai ma conscience dans les environs, poussant plus loin que la muraille, vers les arbres et les collines. Je comptais au moins une cinquantaine d'individus. Un frisson horrifié me parcourut, c'était aisément le double de la première attaque que nous avions essuyée.

L'inévitable finit par se produire et un groupe de gargouilles traversa les rangs des défenseurs pour s'attaquer aux remparts. Les torches illuminèrent les horribles bêtes. Si leur morphologie ressemblait à celle des chiens ailés, c'était bien leur seul point commun. Leur peau était grisâtre et écailleuse. Leur queue rappelait celle des félins, avec des pointes acérées à l'extrémité. Leur dos était hérissé d'une crête osseuse et leurs yeux luisaient d'un éclat jaunâtre sous la lueur des torches. Le pire restait les ailes. On aurait dit une parodie de celles des simargs, en cuir noirâtre et huileux, sans aucune grâce.

Au signal de Tyrak, les archers firent feu.

Plusieurs tirs touchèrent leur cible, mais une seule flèche ne suffirait jamais à abattre une gargouille. Les volées se succédèrent et mes poings se crispèrent contre mes jupes. Finalement, une des bêtes flancha et heurta le rempart. Je projetai mon énergie dans la pierre et changeai sa résistance. Le rempart se dissout avant de se solidifier à nouveau par-dessus les pattes de la gargouille. Les soldats ne perdirent pas de temps à lui trancher la tête et j'ordonnai à la pierre de la relâcher. Son corps inarticulé tomba au bas des remparts et je reportai mon attention sur le ciel.

Les escadrons de simargs avaient perdu du terrain et les combats aériens étaient presque au-dessus de nos têtes. Les archers criaient pour se faire ravitailler et les apprentis couraient en tous sens.

Une paire de cavaliers à dos de simargs vint à bout d'une gargouille et elle chuta dans la cour. Les cris des caravaniers attirèrent mon attention et je me penchai par-dessus les remparts. La créature n'était pas encore complètement hors d'état de nuire et elle tourbillonnait, sa queue fouettant l'air et renversant tout sur son passage.

Jonas et Lathar l'avaient prise en tenaille et dansaient autour d'elle pour la maintenir en place. Les animaux de la caravane poussaient des cris affolés dans les enclos voisins, attisant l'agressivité de la gargouille.

J'envoyai un filament d'énergie pour faire remonter de l'eau à la surface afin de ramollir le sol. La créature s'enlisa, incapable de se déplacer aussi rapidement que les deux hommes, et ils eurent tôt fait de l'abattre. Je m'empressai de retirer l'eau du sol pour éviter de nuire aux combattants. L'énergie s'éparpilla tout autour de la cour, me laissant vacillante.

Des cris retentirent sur les remparts et je réalisai que mon inattention avait coûté cher à Tyrak et ses hommes. À son appel, les archers autour de moi quittèrent leur poste pour prêter main-forte aux autres. Je me retrouvai seule avec ma culpabilité en haut de la tour.

Des gargouilles avaient pris d'assaut les remparts et des dizaines de soldats avaient dégainé leurs épées pour se défendre. Je cherchais la meilleure façon de les aider lorsqu'un fourmillement attira mon attention vers la base de la tour.

Un enfant sortit en courant d'un corridor et s'élança vers la cour. Je reconnus la tête blonde de Dyadis, un des enfants sous la supervision de Serane. Je fermai les yeux et captai la panique dans la grande salle. Le garçon avait utilisé le couloir de service des cuisines pour échapper à la supervision des adultes.

Je me penchai par-dessus le parapet et vis Dyadis, un couteau de cuisine en main, se mettre à crier et charger la gargouille la plus près. Alertée par le bruit, la bête bondit hors d'atteinte des soldats pour faire face à cette nouvelle menace, qui avait plus de points communs avec un repas facile qu'un prédateur. La voilure de ses ailes claqua d'un mouvement sec et elle montra les crocs. L'enfant trébucha de peur, mais il avait trop d'élan pour changer sa course.

Une silhouette surgit d'une alcôve et sauta pour attraper l'enfant comme la gargouille flanquait un coup de patte. Les griffes lacérèrent le dos de l'adulte tandis que

Dyadis criait de terreur. Une brûlure se répandit dans mon propre dos et je sus qui était venu au secours de l'enfant. Kiall roula au sol sans prêter attention à sa blessure et se releva, l'enfant toujours dans ses bras.

La panique me saisit à la gorge. Qu'est-ce qui avait bien pu pousser l'enfant à quitter la sécurité de la grande salle? Si Kiall mourait aujourd'hui, alors que son père était au loin et alors que la position de maître d'armes était vacante, la stabilité du joyau en serait ébranlée. Je pivotai à la recherche des meilleurs renforts à leur envoyer, mais les caravaniers n'avaient pas perdu de temps à saisir la gravité de la situation et avaient convergé vers la scène.

Jonas sauta sur le dos de la gargouille tandis que Lathar et ses hommes l'encerclaient. La créature feula et se débattit furieusement. Une paire de soldats sortirent de la tour et attrapèrent Kiall et Dyadis pour les ramener vers la sécurité relative des murs. Les coups des caravaniers obligeaient la gargouille à pivoter en tous sens et Jonas parvint finalement à loger sa lame entre les vertèbres vulnérables de la nuque. Le monstre s'affaissa tandis que Jonas bondissait pour éviter d'être écrasé.

Ce combat devait se terminer, peu importe le prix à payer. Je devais m'assurer que Kiall allait bien, que le petit Dyadis avait eu plus de peur que de mal. Nous ne pouvions pas essuyer plus de pertes.

Je me plaçai au centre du toit de la tour et écartai les mains. Le joyau était au cœur du château, siégeant dans ses fondations, mais ses racines s'étendaient sur toutes les terres avoisinantes. Et si le siège de son pouvoir était dans la terre, je pouvais influencer plus que la surface. J'appelai le vent à moi et l'invitai à tourbillonner. Les bourrasques prirent en vigueur et mes cheveux me fouettèrent le visage.

Comme s'ils avaient reconnu mon intervention, les simargs piquèrent du nez et prirent refuge dans les hautes cimes des arbres. Quelques gargouilles tentèrent de les suivre, mais je leur envoyai des rafales pour les dissuader.

Je me tournai vers les remparts, où une dizaine de créatures avaient réussi à atterrir. Les bras tendus, je poussai mon énergie vers les torches et nourris leur feu. Les flammes pétillèrent et des tisons s'élevèrent dans les courants d'air. Les gargouilles s'égayèrent dans un mouvement de panique. Le ciel se retrouva bientôt presque vide.

J'en profitai pour enliser celles qui restaient dans la pierre des remparts. Les soldats encore debout les abattirent à grands coups de lames. Et il ne resta plus aucune gargouille en vue.

Des appels commencèrent à fuser, des demandes d'aide et de brancard.

Mes bras retombèrent à mes côtés. Ma respiration me cisaillait les côtes. J'avançai vers le parapet et me penchai pour regarder en bas. Les chariots des caravaniers étaient intacts et je repérai rapidement la tête sombre de Jonas, qui se déplaçaient entre les soldats, visiblement en meilleur état que la plupart d'entre eux. Puis la noirceur emplit mon champ de vision et je sombrai.

CHAPITRE 7
Sabaya

Mes tempes pulsaient au rythme de mon cœur, un rappel douloureux de mes limites physiques. Le joyau avait accès à des réserves de pouvoirs inégalées, mais je n'étais qu'un conduit, une manifestation de sa conscience, et j'étais limitée par ma chair, même si j'étais capable de bien plus qu'un humain normal. Je roulai sur le côté avec un grognement.

– Doucement, dit une voix grave au-dessus de moi.

Je clignai des yeux contre la lueur des torches et reconnus les traits austères de Jonas. Ses sourcils étaient droits, à peine accentués vers la fin, et donnaient une qualité pratiquement féroce à son regard. L'obscurité donnait l'impression que ses iris étaient complètement noirs, mais je les savais du même brun que la terre fraîchement retournée. Des mèches de cheveux s'étaient libérées de la torsade qui les retenait habituellement et le vent les balayait contre ses mâchoires. Je levai une main pour les replacer avant d'y réfléchir, mais arrêtai mon geste devant son froncement de sourcils inquiet. Mon regard balaya le chemin de ronde, pour réaliser que nous étions seuls.

– Que fais-tu ici? demandai-je d'une voix rauque.

Il pinça les lèvres et plaça ses mains sous mes aisselles pour m'aider à me redresser. Une fois en position assise, je m'adossai contre le parapet avec un soupir. Il détacha une gourde de sa ceinture et me la tendis. Ses mains étaient couvertes de suie et de sang, et mon attention resta fixée sur elles.

– Sabaya?

Quelque chose dans son ton me disait que ce n'était pas la première fois qu'il prononçait mon nom. Je relevai les yeux et croisai son regard.

– Pourquoi es-tu seule ici? N'aurais-tu pas dû être dans la grande salle?

Je secouai la tête.

– Je fais partie des défenses du château.

Il jura tout bas.

– Tu es une sylphe, c'est ça?

Je secouai la tête. À ma connaissance, il restait peu de sylphes vivants et ils prenaient soin d'éviter les châteaux. Mais ces créatures humanoïdes pouvaient contrôler la magie sauvage et je comprenais son raisonnement. Un sylphe aurait pu invoquer les vents violents comme je l'avais fait.

– Est-ce que je dois te cacher le temps que tu récupères?

Mes sourcils grimpèrent tout en haut de mon front. Je ne me serais pas attendue à ce qu'il m'offre sa protection. Mais après tout, il était un Sudiste et la guerre contre les sylphes l'avait sûrement moins touché. Je lui rendis sa gourde en secouant la tête.

– Est-ce que Kiall et Dyadis vont bien?

Son regard sombre me scruta un instant avant qu'il acquiesce.

– Le petit voulait prouver à sa sœur qu'elle n'avait rien à craindre. Les blessures de Kiall sont superficielles. Je ne suis même pas sûr que ses cicatrices seront suffisantes pour impressionner les dames.

Le soulagement me fit glisser vers le sol et Jonas m'attrapa avant que je n'entre en contact avec les pavés. Je pris appui sur une main et me redressai tant bien que mal, la tâche rendue difficile par les éclairs de douleurs qui parcouraient mes bras.

Une femme soldat arriva en courant en haut des marches et déboula sur le chemin de ronde. Elle stoppa net en nous voyant, moi assise au sol et Jonas à genoux. Elle se tourna vers la cage d'escalier et mit ses mains en forme de porte-voix.

– Je l'ai trouvé!

Jonas m'envoya un regard interrogateur et je lui tapotai le bras.

– Merci pour l'eau.

Je mis une main au sol pour me relever, mais mes jambes n'étaient pas vraiment prêtes à coopérer. Il m'attrapa de justesse sous le coude avant que je ne m'aplatisse de tout mon long et m'aida à me redresser. Je le remerciai tout bas avec une grimace alors qu'une série de bruits de pas se faisait entendre dans les marches.

Tyrak et Tarinne débouchèrent sur le toit de la tour, à bout de souffle. Le capitaine mit ses mains sur ses genoux pour reprendre son souffle tandis que le regard de Tarinne survolait la scène. Son visage prit une teinte rouge alors qu'elle se tournait vers le capitaine.

– Pourquoi Sabaya était-elle seule sur le toit?

Tyrak se redresse en fronçant les sourcils. Il n'eut même pas le temps de répondre que Tarinne se lançait dans une diatribe selon laquelle une escorte aurait dû m'être attribuée. Le capitaine et l'intendante étaient trop occupés à se renvoyer la balle, la femme soldat figée devant ce spectacle peu honorable.

Jonas m'attrapa par les épaules comme je chancelais. Il me poussa vers les escaliers sans dire un mot. Je me laissai faire et m'appuyai contre le bras qu'il m'offrait pour descendre les marches. Je le laissai me guider un moment, avant de réaliser qu'il m'avait amené jusqu'aux cuisines. Sur le seuil, il s'arrêta et parla d'une voix forte.

– Où est la cuisinière?

Romita passa entre les marmitons et les aides qui s'étaient attroupés dans la pièce.

– Qui la demande?

– Si vous êtes aussi attachée à Sabaya qu'elle le croit, vous allez prendre soin d'elle.

Son ton était étrangement agressif et je relevai les yeux vers lui, perplexe. Qu'est-ce qui l'avait mis dans cet état? Romita m'étudia de la tête aux pieds avant de s'étrangler sur un grognement. Elle se mit à donner des directives à tout va et la cuisine devint un chaos ordonné de tâches. Avant que je ne réalise ce qui m'arrivait, je me retrouvai sur la chaise d'Hella, devant le feu, une tasse dans les mains. J'allais protester que ma vieille amie aurait besoin de sa place, mais Romita m'interrompit.

– Ne sois pas sotte, elle est au lit depuis que les combats ont cessé.

J'entendis la cuisinière poser des questions à Jonas, mais je n'arrivais pas à me concentrer sur les réponses. Je pris quelques gorgées du liquide fumant et soupirai d'aise. Les flammes dans l'âtre dansaient et je me laissai bercer par le crépitement.

J'avais visiblement dépensé trop d'énergie et mon esprit tournait au ralenti comme un moulin dont le cours d'eau est à sec. Une part de moi aurait eu envie de se secouer, il y avait tant à faire, mais j'en étais incapable. Le visage de Romita coupa mon champ de vision.

– Tiens, un peu de soupe.

Je murmurai un remerciement et échangeai ma tasse contre le bol. Le goût était excellent, mais au bout de quelques bouchées, j'arrêtai de manger, le bol oublié sur mes genoux. J'entendis Romita jurer puis revenir avec une poignée de bonbons durs. Je me redressai et attrapai une des confiseries avant qu'elle ne change d'idée.

– Est-ce que c'est vraiment sage? demanda Jonas derrière moi.

La voix de Zastan lui répondit.

– C'est ce qu'elle préfère. Ça ne peut pas faire de mal.

Le goût du caramel m'enroba la langue et je ne pus réprimer un sourire. Romita tira une chaise et s'assit près de moi. Elle récupéra le bol pour le mettre de côté puis elle prit mes mains dans les siennes.

– Est-ce que le joyau va bien?

J'acquiesçai. Ce dernier n'avait jamais même été en danger de la soirée. Si les gargouilles avaient pénétré dans le château, je n'en aurais peut-être pas été aussi sûre, mais c'était ma faiblesse et non la sienne qui m'avait mise dans cet état.

Je fronçai les sourcils.

En présence d'un maître d'armes, j'aurais dû être capable de canaliser bien plus d'énergie. Je ne savais pas si je pourrais répéter l'exploit de ce soir sans m'infliger des dommages permanents. Il ne me restait qu'à espérer que le seigneur Baygund revienne avec un candidat avant la prochaine attaque.

– Veux-tu aller t'étendre? demanda Romita.

Je secouai la tête et lui souris pour la rassurer.

– Merci, je vais mieux. J'aimerais aller évaluer les dégâts dans la cour.

Je me rappelais avoir vu quelques gargouilles arracher des pierres avec leurs serres. Il faudrait organiser une corvée de réparation rapidement. Je me levai et déposai la couverture sur la chaise, mon regard parcourant la pièce. Les marmitons se tenaient autour des tables de préparation, en silence, avec des mines épuisées. Jonas était debout non loin, les bras croisés, avec une expression indéchiffrable. Je lui souris et le remerciai d'un signe de tête.

– Peut-être que tu devrais te reposer encore un peu, tu es toute pâle, insista Romita.

J'agitai une main et pris la direction du corridor.

– Les bonbons ont fait leur travail. Ce sont tes marmitons qui devraient aller se coucher.

Elle m'étudia un instant avant de soupirer et se tourner vers son équipe. Ils ne se firent pas prier pour s'éparpiller et rejoindre leurs quartiers. Je pris la direction de la cour, bien consciente d'être suivie par mon protecteur silencieux. Les habitants du château se préoccupaient toujours de mon bien-être, mais je ne me souvenais pas d'avoir jamais eu une ombre aussi insistante. Je repoussai cette distraction et entrai dans la cour.

Comme la forge était illuminée, je m'y dirigeai en premier. Mikel me tournait le dos, aussi je frappai sur un des montants de l'appentis pour ne pas le surprendre. Il se tourna et son froncement de sourcil se transforma en un sourire à ma vue.

– Sabaya, tout le monde te cherchait.

– Comment ça s'est passé? As-tu beaucoup de réparations à faire?

Il me pointa une pile d'épées abîmées, quelques plaques de poitrine et un heaume.

– Elles ont le cuir dur, ces satanées bestioles. J'en ai pour plusieurs heures de travail, mais l'armurerie est encore bien garnie.

Il lança un regard par-dessus mon épaule vers Jonas.

– Ça ne devrait pas retarder mes autres engagements.

– Bien. N'hésite pas à me le dire, si je peux t'être utile.

Il acquiesça et me souhaita bonne nuit avant d'éteindre les lumières dans la forge. Je tournai sur mes talons et pris la direction de la tour principale. Kiall était facile à repérer malgré ma connexion fragile avec le joyau. Je le trouvai dans le bureau de son père, entouré de Tyrak, Tarinne et Koberik. Ma main se crispa sur le battant de bois devant la scène qui se déroulait.

Un tabouret avait été approché du feu pour assurer le meilleur éclairage possible. Kiall était assis tandis qu'un soigneur terminait de bander son dos. L'odeur poivrée de la pommade me chatouilla le nez. Je fus rassuré de le voir se tenir par ses propres moyens. Ses blessures étaient moins importantes que je ne l'avais craint.

Le soigneur l'aida à enfiler une chemise avant de lui prodiguer quelques conseils pour la nuit à venir et se dirigea vers la porte. Il me salua d'un hochement de tête en passant le seuil et son regard s'attarda sur Jonas derrière moi avant de descendre vers le niveau inférieur. Je pris une bonne inspiration et entrai dans la pièce. Jonas hésita puis se fondit dans les ombres du corridor. Je le laissai faire, peu inquiète pour lui.

— La voilà, dit une voix rauque.

Je me tournai vers un des fauteuils pour voir le maître archiviste Jaclin. Je m'approchai de lui et lui tendis une main qu'il serra avec un sourire.

— Comment vont les habitants du château? demandai-je.

Le connaissant, il avait certainement fait sa tournée avant de venir ici. Et même si je pouvais évaluer l'état général des humains dans l'enceinte, la santé mentale n'était pas toujours au même niveau que la santé physique.

— Ils se remettent de leur frayeur. Leur confiance en toi est forte.

Il tourna la tête vers Kiall avec un regard pénétrant.

— Le sauvetage de Dyadis en a impressionné plus d'un. Sauf que si le jeune Kiall meurt, sa réputation aura peu d'importance.

Les épaules du jeune homme s'affaissèrent et le maître archiviste agita un doigt.

– L'absence de ton père en laisse plusieurs nerveux. Un jour tu seras seigneur et ils devront s'en remettre à toi. Tu dois être responsable avant d'être courageux.

Je ne pus m'empêcher d'adoucir les paroles du vieil archiviste.

– La perte de Dyadis aurait été douloureuse pour nous tous. Merci.

Kiall acquiesça avec une grimace, sa posture rigide. Je me tournai vers les autres et détournai l'attention pour éviter que maître Jaclin poursuive ses remontrances.

– Avons-nous perdu plusieurs soldats?

Tyrak se frotta la nuque avec un soupir.

– Deux morts et une dizaine de blessés. Les troupes ont été prudentes. Mais ces bourrasques nous ont compliqué la tâche. Tu aurais dû me consulter avant de déchaîner les éléments.

Je crispai les mâchoires pour éviter de lui faire une remarque désobligeante. Tarinne m'envoya un regard d'excuse.

– Le vent a bien causé quelques dommages, mais rien d'irréparable.

Je pris une bonne inspiration et acquiesçai aux paroles de l'intendante. Mon attention se porta sur Tyrak et je sentis mon visage se durcir devant son expression belliqueuse. Les mots franchirent mes lèvres avant que j'aie le temps de réfléchir à leur impact.

– Le retrait des archers ne m'a pas vraiment laissé de choix. Je ne pouvais pas laisser les hauteurs sans protection.

Tous les regards se posèrent sur le capitaine et il s'empourpra. Ses mauvais calculs m'avaient poussé à des mesures draconiennes. Nous n'étions ni l'un ni l'autre maître d'armes et nos décisions n'étaient visiblement pas sans conséquence. Pour la survie du château, il fallait impérativement quelqu'un de plus expérimenté en poste lors de la prochaine attaque. Car il y en aurait une à n'en pas douter.

Koberik agita une main pour diffuser la tension.

– Les faubourgs s'en sont bien tirés. Les archers postés sur les toits n'ont même pas épuisé leurs réserves de flèches. C'était une bonne idée.

Tyrak hocha la tête d'un geste sec. Le sénéchal se leva de sa chaise et s'inclina devant Jaclin puis Kiall.

– Si vous voulez bien m'excuser, la nuit a été longue et ma femme m'attend.

Kiall lui souhaita bonne nuit et nous invita à faire de même. Tyrak ne se fit pas prier et passa le seuil, les poings serrés. Je tendis une main pour aider le maître archiviste à se lever. Il me remercia d'un sourire et disparut dans le corridor à la suite de Tarinne. Leur conversation résonnait dans les couloirs, mais la distance rendait les mots indiscernables. Kiall était allé se poster à la fenêtre, le visage dans ses mains. Je fis un pas vers lui pour le réconforter, mais il se tourna à demi et m'arrêta d'un geste.

– Bonne nuit, dame Sabaya.

Je lui fis une courte révérence même s'il ne pouvait pas la voir et fermai la porte du bureau derrière moi. Jonas était adossé au mur de pierre en face. Ses yeux noirs me parcoururent de la tête aux pieds et il arqua un sourcil interrogateur auquel je répondis par une autre question.

– Puisque tu es encore là, j'imagine que tu vas me raccompagner à mes quartiers?

Il s'écarta du mur d'un mouvement fluide et me tendit son coude. Je m'étais attendue à une réplique, de l'humour ou des reproches, et je ne savais pas trop comment réagir. Finalement, je posai ma main sur son bras et le suivis.

La fatigue de la nuit revint en force et je ne pus réprimer un bâillement. J'avais rarement une escorte, mais j'étais bien contente de pouvoir prendre appui sur lui dans les marches rendues glissantes par la patine du temps.

Arrivé au bas du palier, Jonas s'arrêta pour étudier les différents couloirs devant nous. Il ouvrit la bouche, sûrement pour me demander où étaient mes quartiers, lorsqu'un palefrenier arriva en courant. Complètement hors d'haleine, il nous fit des signes de main pour indiquer la cour et les écuries.

Tandis que Jonas lui posait des questions pour comprendre la situation, je poussai ma conscience dans les fondations. Des frissons d'épuisement me remontèrent les bras et un haut-le-cœur m'obligea à fermer les yeux. Ce qui me venait si facilement d'ordinaire était presque une torture, mais je parvins finalement à me projeter jusqu'aux écuries.

– Une jument met bas, dis-je.

Le palefrenier avait suffisamment repris son souffle pour terminer.

– Et ça ne se passe pas bien. Maître Galdir veut votre aide. Vite!

Le jeune homme n'attendit même pas de voir si nous le suivions pour repartir en sens inverse. Jonas m'envoya un regard interrogateur et j'acquiesçai, reconnaissante une fois de plus pour son aide. Le maître des écuries allait être amèrement déçu. Les naissances étaient souvent un moment de réjouissance chargé d'énergie et le joyau pouvait m'aider à faciliter les choses. Mais il me faudrait un miracle pour faire quoi que ce soit ce soir. Jonas dut sentir mon malaise et pencha la tête vers moi alors que nous traversions la cour vers les écuries.

– Qu'espère-t-il que tu puisses faire?

Je haussai les épaules et lui donnai une réponse différente de celle qu'il attendait sûrement.

– J'ai des petites mains, c'est pratique pour tourner les poulains mal placés.

Ses lèvres se pincèrent en une mince ligne et je regrettai mon manque d'honnêteté.

– Comme la plupart des apprentis, dit-il.

Notre arrivée devant les portes doubles m'épargna de lui répondre. Je lâchai son bras et me glissai dans l'ouverture laissée par le palefrenier dans sa hâte. L'odeur de foin frais m'accueillit, accompagnée par les bruits de mastication des chevaux. La plupart avaient les yeux mis clos, quelques-uns avaient la tête dans l'allée pour observer l'agitation. Les lumières avaient été tamisées, mais on voyait assez bien pour circuler sans gêne.

Un attroupement silencieux de palefreniers et d'apprentis s'était formé au milieu de l'allée, mais je pouvais entendre la voix de maître Galdir dans l'enclos du fond. Le groupe me laissa passer avec des expressions anxieuses et je leur adressai un sourire rassurant.

La vie était l'addition de toutes les naissances suivies des décès. La plupart des humains passaient dans ma vie si rapidement que je n'avais pas le temps d'apprendre à les connaître. Chaque naissance me remplissait de joie, chaque décès m'attristait. Mais j'avais rarement regretté cette fatalité. Le dénouement de la soirée risquait fort d'être douloureux pour le maître des écuries et son équipe, mais les choses étaient ainsi faites.

Le dernier enclos au bout de l'allée faisait le double de la superficie des autres et le sol avait été recouvert d'une couche généreuse de paille fraîche en vue de l'arrivée du poulain. La jument était étendue de tout son long, son ventre secoué par sa respiration saccadée. Sa peau frissonnait en contretemps, sous la puissance des contractions rapprochées. Galdir était agenouillé à la tête de l'animal avec un regard frustré. Je reconnus la longue liste blanche qui ornait le front de la poulinière. C'était une des favorites du seigneur Baygund et sa perte en serait encore plus difficile. Je pinçai les lèvres et m'approchai, bien décidée à ne pas abandonner avant d'avoir essayé.

– Le poulain est tourné et je n'arrive pas à le remettre en position, dit Galdir alors que je m'agenouillais dans la paille.

Je posai les mains sur le ventre de la jument et fermai les yeux. L'énergie était là, frémissante au bout de mes doigts, celle du poulain. Celle de la mère fluctuait et s'affaiblissait. Il n'était pas encore trop tard, mais la mienne était terne en comparaison et je ne pourrais rien lui apporter. J'envoyai une requête vers le joyau, mais il ne me transmit qu'une vague de regret. Mon enveloppe n'en tolérerait pas plus ce soir.

Des larmes roulaient sur mes joues lorsque je rouvris les yeux et le regard de Galdir me confirma qu'il avait deviné ma réponse. Je me laissai retomber sur les fesses, les épaules agitées de sanglots.

– Quelle est la valeur de ce poulain pour vous? demanda Jonas.

Je relevai les yeux vers lui, surprise d'avoir oublié sa présence. Galdir fronça les sourcils, ses mains sur le chanfrein de la jument.

– C'est le dernier poulain du défunt étalon favori de lord Baygund. Si c'est un mâle, il reprendra sûrement sa suite comme reproducteur dans un autre château.

Jonas se tourna vers moi.

– Un des caravaniers pourrait aider. Mais Lathar demandera sûrement un dédommagement.

Galdir répondit avant que j'aie le temps d'ouvrir la bouche.

– Allez le chercher. Je me débrouillerai avec les conséquences plus tard.

Jonas pivota et sortit des écuries en courant sous les murmures perplexes des palefreniers. Je me déplaçai vers la tête de l'animal pour m'asseoir aux côtés de Galdir et libérer l'espace. Rapidement, les pas de Jonas se firent entendre à nouveau sur les pavés et il apparut en compagnie du caravanier en question. Je fus légèrement surprise de reconnaître la compagne du chef, Ksara. Mais c'était logique, ou presque, puisqu'on m'avait dit qu'elle était accoucheuse. Comme il y avait des différences entre les femmes et les juments, je supposais que cette dernière devait aussi avoir une quelconque expérience avec les chevaux pour que Jonas la juge compétente.

La faible lueur des lanternes se reflétait dans ses yeux ambrés tandis qu'elle s'avançait sur la paille. Elle retira son capuchon, dévoilant ses cheveux noirs comme les plumes des corbeaux. C'était une beauté excentrique, de celles que je n'avais pas vues depuis plusieurs années. À une certaine époque, j'avais régulièrement vu des hommes et des femmes avec des traits semblables. Ma mémoire me faisait défaut, mais je retrouverais sûrement le souvenir en question.

Ksara tendit sa cape à Jonas pour qu'il l'accroche dans l'allée. Ses mains nouèrent sa jupe d'un geste habile pour en faire des braies improvisées. Elle s'agenouilla à mes côtés et posa ses mains sous les yeux de l'animal. La jument tenta de relever la tête, mais sa respiration était toujours aussi saccadée et Ksara murmura des paroles de réconfort. Elle poursuivit son examen, déplaçant ses mains le long de l'encolure pour finalement s'arrêter sur la peau frissonnante des flancs. Ses palpations se firent de plus en plus vigoureuses, jusqu'à ce qu'elle pousse carrément de tout son poids. La jument couina de douleur et agita ses jambes, comme pour se relever.

– Gardez-là au sol, ordonna Ksara.

Galdir obtempéra et je me déplaçai vers la croupe pour lui prêter main forte. Ksara poussa de nouveau et un fourmillement me traversa, comme le crépitement des éclairs dans un amas de nuages. Ma prise se relâcha de surprise, mais un regard de Ksara me fit reprendre ma position. Elle n'avait pas de joyau sur elle, ni aucun tatouage typique des mages du Sud.

Les flancs de la jument se soulevèrent, cette fois sous les mouvements du poulain. Avec un peu de chance, les manœuvres de Ksara lui auraient permis de se retourner. Les poils de mes bras se dressèrent à nouveau lorsqu'elle poussa une dernière fois avant de se positionner à l'arrière de l'animal.

Elle prit appui sur la croupe et poussa une main dans les entrailles de la jument, probablement dans l'espoir d'attraper les pattes du poulain. Un frisson me remonta la nuque et me traversa la tête, me faisant crisper les mâchoires pour éviter de grogner et attirer l'attention. Mais je pouvais voir le courant violet passer de la femme vers la jument, nourrissant les réserves de cette dernière, lui redonnant ce qu'il fallait pour lui permettre de terminer le travail.

Et je me souvins finalement de l'époque à laquelle j'avais côtoyé des gens aux cheveux de corbeau et aux yeux d'ambre. Bien avant la Guerre des sylphes, un peu plus d'un siècle plus tôt. Mon regard alterna entre Ksara, qui avait réussi à attraper les pattes du poulain, et Jonas qui était accroupi sur le seuil avec une expression concentrée. Le maître des écuries tenait toujours la jument, lui chuchotant des encouragements.

Avec un peu de chance, je serais la seule à avoir deviné son secret. Car elle paierait sa générosité de sa vie, si la rumeur venait à courir. Car lord Baygund était tolérant, mais certains habitants des hameaux voisins, là où les histoires des combats étaient encore bien fraîches dans les mémoires, ne le seraient pas.

Ksara grogna et les muscles de ses bras se bandèrent alors qu'elle tirait de toutes ses forces. Les sabots apparurent enfin et elle prit une pause. Aussitôt que la peau du ventre de la jument se tendit, elle reprit ses tractions, faisant apparaître les genoux, puis la tête.

À la contraction suivante, le corps du poulain sortit tout d'une traite et la jument poussa un cri aigu, à la fois de douleur et de soulagement. Galdir se redressa et contourna la mère rapidement pour évaluer l'état du poulain. Ksara recula pour s'éponger le front et j'en profitai pour attraper une poignée de paille. Je frictionnai le poulain avec délicatesse pour le stimuler.

Ses naseaux frémirent et il se mit à donner des coups de patte. Je relevai les yeux avec un sourire vers Galdir et ce dernier soupira avant de retourner à la tête de la jument pour l'encourager à se redresser. Un palefrenier arriva avec un seau d'eau tiède et une couverture.

Après quelques gorgées et des encouragements, la jument se releva et s'ébroua avant de finalement s'intéresser à son nouveau-né. Des exclamations de joie éclatèrent dans l'allée et le poulain roula sur le côté de surprise, déclenchant un fou rire général. Galdir chassa les palefreniers et les apprentis du bâtiment, mais ses lèvres étaient pincées pour éviter de sourire.

Le cœur était à la fête, car nous avions sauvé les deux animaux et nous aurions au moins une bonne raison de nous réjouir malgré la menace qui pesait sur le château. Je me tournai pour voir Jonas à mes côtés qui souriait d'une oreille à l'autre. Il m'attrapa par les épaules et me serra contre lui, son regard sur les premières tentatives du poulain pour se lever. Je soupirai de soulagement et m'appuyai un peu plus contre Jonas. Mes yeux se fermèrent d'eux-mêmes et se rouvrirent seulement lorsqu'il se déplaça. Son regard se fit sévère.

– Au lit.

Je saluai maître Galdir et remerciai Ksara qui aidait le poulain à prendre sa première tétée. Elle m'envoya un bref sourire avant de retourner à la tâche de guider le petit nez inquisiteur. La jument lui renifla les fesses et le poussa doucement, visiblement en rémission des événements de la soirée. La fatigue faisait traîner mes pieds, mais mon cœur était aussi léger qu'une plume emportée par le vent. Je pris la direction de mes quartiers et sombrai dans le sommeil au moment où ma joue toucha mon oreiller.

CHAPITRE 8
Jonas

Je martelai le dernier clou et changeai de position pour râper l'extérieur du sabot. Le nez du cheval me chatouilla le bas du dos et je l'éloignai du coude avant de déposer son pied au sol. Je reculai d'un pas pour évaluer mon travail et le cheval étira le cou pour quêter une caresse. Satisfait, je lui passai une main sur le front et me tournai vers l'espace de travail de Mikel. Le forgeron avait terminé quelques minutes avant et le palefrenier repartait avec son dernier cheval. Il se passa un bras sur le front et replaça ses outils de l'autre main.

– On va pouvoir commencer à réparer les essieux cet après-midi.

Je grognai en m'étirant le dos.

– C'est Lathar qui va être content.

Mikel se tourna vers la pile de roues avec un regard calculateur.

– Ça nous prendra quelques jours. Vous serez sûrement encore ici au retour du seigneur Baygund.

– Est-ce que c'est une bonne ou une mauvaise chose?

Il m'envoya un regard amusé et retira son tablier de cuir.

– C'est un homme honorable et patient, mais il est reconnu pour s'en tenir aux traditions. Il lui arrive d'avoir des différends avec les caravaniers.

Le forgeron haussa les épaules.

– Ça dépend toujours du chef et de sa façon d'aborder les choses.

Je répondis d'un grognement neutre, ayant peu envie de me prononcer sur le sujet. Il me chassa d'une main.

– Va chercher quelque chose à manger. On se retrouve lorsque le soleil aura commencé à décliner. Hors de question que j'allume la forge par cette chaleur.

Malgré la fin de la saison chaude, la journée était splendide, avec un ciel clair et pas un souffle de vent. C'était le genre de journée parfaite pour aller explorer les soubassements du château. Personne ne pourrait me reprocher de chercher un peu fraîcheur.

Je saluai Mikel et passai sous l'appentis. Un détour vers les chariots me permit de mettre la main sur ma gourde. La plupart des caravaniers avaient profité du beau temps pour aller faire un tour au faubourg et vendre des babioles au marché. Luan grattait sa guitare sous un des auvents, et je ne pouvais pas m'empêcher de me demander si les notes mélancoliques étaient la cause de l'absence d'auditoire, ou si le choix de la chanson avait été inspiré par sa solitude. Il me fit un clin d'œil sans s'arrêter et je le saluai d'un hochement de tête. Même s'il voyait la direction que j'allais prendre, Luan n'était pas du genre à rapporter quoi que ce soit. Le ménestrel parlait beaucoup, mais rarement pour nuire aux autres.

Après un coup d'œil aux gardes sur les remparts, je pris la porte de service de la tour principale, le bruit de mes pas comme seul compagnon. Une corvée de flèches avait été annoncée le matin même et les couloirs étaient déserts; tous les habitants du château regroupés dans la grande salle. Au second palier de marches, j'attrapai une torche murale inutilisée et l'allumai avec sa voisine.

Le reste du trajet n'était pas illuminé, mais l'endroit était propre, sans aucune poussière ni fils d'araignée. Soit l'intendante y veillait personnellement, soit les domestiques étaient terriblement assidus dans l'exécution de leurs tâches.

Les souterrains de la forteresse où j'avais grandi n'avaient jamais été aussi propres, malgré un intendant zélé. J'arrivai finalement au dernier niveau devant une série d'arches en pierre taillée.

La galerie se transformait en dédale, avec des embranchements visibles dans toutes les directions. Je pris celle où le courant d'air semblait le plus fort et notai les détails des fresques pour me repérer sur le chemin du retour. Les murs étaient recouverts de gravures; des textes, des paysages, ou des scènes de combats épiques. C'était le genre de chose que ma mère aurait passé des heures à étudier.

Mon cœur se pinça à son souvenir et je secouai la tête pour chasser cette pensée. Le gargouillis d'un cours d'eau attira mon attention et je ralentis le pas, le bras tenant ma torche tendu. Vu la proximité d'une source, je me serais attendu à ce que la roche suinte, mais le tunnel était toujours aussi sec.

Je débouchai finalement dans une grande pièce circulaire, traversée par le ruisseau en question. Quelques petites mares s'étaient formées de part et d'autre, résultat du terrain inégal. Des amas rocheux étaient recouverts de mousse. L'endroit aurait dû être caverneux et glauque, mais la pièce de résistance au milieu changeait tout.

Le joyau était tout simplement énorme.

La pierre trônait, car il n'y avait pas d'autre mot pour la décrire. Elle était aussi haute qu'un homme et presque aussi large. Une lueur violette en émanait, projetant des ombres partout autour. Je m'avançai en prenant garde à ne pas glisser dans l'eau et sautai sur la passerelle naturelle.

Arrivé au centre, je tendis une main sans y toucher. Aucune chaleur n'en émanait et sa lumière semblait constante. Aucun des saphirs que j'avais vus dans ma vie ne s'y comparait. J'approchai mon visage de la surface et tournai la tête de droite et de gauche, mais aucune impureté n'était visible. Le joyau était cristallin et ses facettes étaient parfaitement lisses.

On m'avait bien dit que le nord possédait les plus gros joyaux, mais cette taille dépassait l'entendement. Je me tournai vers le reste de la salle et étudiai les arches. Le château avait dû être bâti par-dessus cette crypte, car il aurait été physiquement impossible de faire passer une telle pièce par les tunnels.

Je me penchai pour attraper deux cailloux et les cogner l'un contre l'autre. Le bruit roula et son écho me revint. Je retroussai le nez en pensait au bruit que produirait un marteau et une cisaille. Impossible de tailler le joyau sans attirer l'attention de la moitié de la garnison. Je repris mon exploration de la plateforme naturelle où se trouvait le joyau, à la recherche d'une faille ou d'une faiblesse.

Un clapotis me fit relever les yeux et je manquai tomber à la renverse. Sabaya était perchée sur un des rochers, son menton dans sa main, et me fixait avec un sourire espiègle.

— Il te faudrait une dizaine de bœufs pour le tirer de là. Et encore, je doute que tu y parviennes.

Je m'éclaircis la gorge et baissai les yeux en prétextant reprendre pied. Mon orgueil était suffisamment froissé sans que j'ajoute une chute. Une fois ma position plus stable, je pointai le joyau de ma torche.

— C'est un gros caillou.

Je n'allais certainement pas avouer mon idée de voler ce qui devait être la possession la plus précieuse du château. Mais je voyais mal en quoi cette richesse pouvait bénéficier aux habitants. Sabaya haussa un sourcil.

— C'est plus que ça. Le château Violet ne s'appelle pas ainsi parce que sa première dame était adepte de la couleur.

Elle se leva et sauta d'une pierre à l'autre d'un pied sûr. Une fois assez près, elle posa une main sur la pierre et la lumière s'intensifia à cet endroit. Son regard se posa sur moi et elle sourit.

– Le joyau violet est le château, et le château est le joyau violet.

– Alors, quoi? Vous le taillez pour vendre des éclats? C'est ainsi que vous faites vivre la région?

Sabaya secoua la tête, son regard soudainement triste.

– Un éclat de joyau doit toujours être offert, et non pris par la force. Les éclats obtenus par la violence ou la ruse portent malheur.

Je haussai un sourcil devant son apparente superstition. Elle ne m'avait pas semblé particulièrement crédule durant nos conversations. Comme je cherchais quelque chose qui me permettrait d'amasser des fonds rapidement, j'avais besoin de plus d'informations, alors je jouai le jeu.

– Et qui peut offrir ces éclats?

Sabaya sourit et la lueur du joyau illumina ses traits. Si les fées des vieilles légendes de ma gouvernante existaient vraiment, c'était à ça qu'elles devaient ressembler. Elle était magnifique, comme une créature exotique peut l'être, mais j'aurais été fou de la croire vulnérable. Je clignai des yeux et reculai d'un pas pour reprendre mes esprits. Ce n'était pas le moment de tomber dans le sentimentalisme.

– Moi, dit-elle.

– Toi, répétai-je. Pas le seigneur ni son fils. Ou encore l'intendante.

Elle acquiesça et fit quelques pas vers moi. J'écartai ma torche pour éviter que sa lumière blesse ses yeux et fronçai les sourcils.

– Qu'est-ce qui te donne ce droit?

Son regard devint triste alors qu'elle croisait les mains dans ses jupes. Elle se balança d'avant vers l'arrière, comme je l'avais déjà vu faire. Cette habitude lui donnait l'air d'une gamine, mais c'était terriblement trompeur. Le poids des émotions que je lisais sur son visage était celui d'une personne qui a vécu et qui a souffert autant qu'elle s'est réjouie. Quelqu'un qui connaît la valeur des moments de répit et qui apprécie l'énergie de ceux plus chaotiques.

– Je suis le joyau.

Mon regard alterna entre la femme devant moi et l'énorme pierre précieuse. Comme elle attendait ma réaction, je secouai la tête.

– Je t'ai vu manger, et dormir. Je t'ai vu te brûler sur ta soupe et te frotter les mains pour les réchauffer.

Elle acquiesça.

– Le joyau m'a créé pour interagir avec les habitants du château et veiller sur eux. Je suis lui, mais il n'est pas moi. Ma présence dépend de la vie du château et des terres avoisinantes. Si la lignée du seigneur venait à s'éteindre, si les gens désertaient les lieux, alors je disparaîtrais. Et le joyau se replierait sur lui-même.

Je pivotai, mon regard parcourant la caverne, à la recherche d'une sortie aussi bien que d'une explication logique. Sabaya s'éloigna, la tête basse, et mon cœur se serra. Au cours d'une autre discussion, elle avait appelé les simargs des créatures magiques. Ça n'en faisait pas moins des animaux de chair et de sang. Sabaya était une créature magique, liée au plus gros joyau que je n'ai jamais vu.

Ma poitrine se creusa, mais pour une autre raison. Je ne pourrais jamais me procurer suffisamment de ces pierres précieuses pour lever les troupes armées dont j'avais besoin. Je fermai les yeux pour contenir ma frustration. Ce n'était qu'un retard de plus sur une route difficile. Si je voulais sauver mon père avant qu'il ne meure, de vieillesse ou par la torture, je devrais trouver un autre plan. Et rapidement.

Après une bonne inspiration, je rouvris les yeux et cherchai Sabaya du regard. Elle s'était agenouillée devant une des mares et contemplait le fond. Elle ressemblait à n'importe quelle femme que j'aurais pu croiser dans la forteresse de mon enfance. En fait, non. Elle avait cette joie de vivre et cette énergie pétillante assez particulière, que je n'avais vue que chez les enfants.

Peu d'adultes pouvaient traverser la vie sans s'en départir. Si elle était aussi vieille que le château, elle avait assurément quelques siècles. Mes notions de l'histoire du Nord étaient assez vagues, mais le premier château avait été fondé près de cinq cents ans plus tôt. Je repensai à la comptine que les enfants avaient chantée après le souper l'autre soir, sous la direction de l'institutrice.

– Est-ce que chaque château du Nord possède un joyau?

Elle releva la tête avec un haussement de sourcils surpris, comme si elle s'était attendue à ce que je parte sans lui adresser la parole. Elle hocha la tête et reprit pied après avoir essuyé ses mains.

– Oui, chacun d'une couleur différente, avec une précieuse ou un précieux pour veiller sur le joyau et les habitants du château.

Je repensai aux événements de la veille et son état d'épuisement.

– Et c'est grâce au joyau que tu as pu combattre les gargouilles.

Ce n'était pas une question, mais elle acquiesça tout de même avant de grimacer.

– Nous attendons l'arrivée d'un nouveau maître d'armes. Les choses seront plus faciles ensuite.

Un étrange frisson me parcourut et je fus saisi par l'envie de lui offrir mes services à ce titre. Mon père m'avait préparé à prendre sa suite comme chef de guerre et j'étais bien versé en stratégie. J'avais mené un régiment sous ses ordres, et la gestion d'une garnison n'avait pas de secrets pour moi.

J'eus une vision momentanée de ce à quoi ma vie ressemblerait si je m'installais ici, aux côtés de Sabaya et des habitants du château Violet. Je serais utile, respecté, et je pourrais mettre mes connaissances à profit; accomplir ce que mon père avait passé sa vie à m'enseigner. La dure réalité ne tarda pas à écraser ces vœux pieux. L'amertume me fit crisper les poings et Sabaya inclina la tête avec un regard interrogateur. Je me tournai vers l'humour comme échappatoire.

– Je t'offrirais bien mes services, mais j'ai une dette de sang à régler.

Elle sourcilla et me lança un regard moqueur, loin d'être dupe.

– Je suis terriblement flattée. Et qu'est-ce qui peut bien te pousser dans une telle quête?

Ma tentative s'était retournée contre moi et j'avalai péniblement.

– Mon père a été... injustement accusé et emprisonné.

L'expression de Sabaya se fit compatissante.

– Je suis désolée de l'apprendre. Où est-il détenu?

J'agitai une main.

– Au sud du détroit, dans une des grandes citées.

– Bien au-delà de mon influence, termina-t-elle. Si jamais je peux faire quelque chose pour t'aider, n'hésite pas à m'en parler, mais j'ai bien peur de ne pouvoir t'offrir plus que mes sympathies.

Je m'efforçai de sourire et lui fis une courbette.

– C'est bien gracieux de votre part, ma dame, et plus que je ne peux demander.

Son sourire se fit dérisoire et elle souleva ses jupes pour me faire une révérence parfaitement exécutée. Je haussai les sourcils.

– Je ne t'aurais pas cru aussi versée dans les manières de la cour.

Elle roula des yeux avec une grimace.

– J'ai souvent assisté aux leçons des enfants de mon seigneur. Et je ne parle pas que de lord Baygund. Des instructeurs distingués sont passés entre nos murs au fil du temps. Je ne pourrai malheureusement jamais utiliser ces connaissances.

C'était dit avec tellement de fatalité que je ne pus résister à la questionner.

– Ne souhaiterais-tu pas que les choses soient différentes? Ne rêves-tu pas de quitter ses murs et de partir?

Elle secoua la tête sans hésitation et tendit une main vers le joyau.

– Mon existence est liée à ce lieu. Pour que le joyau florisse, il faut que le château et les environs prospèrent. Sans eux, je ne suis rien. Je ne peux pas souhaiter les choses différemment, car je ne pourrais pas être autrement.

Elle releva les yeux et inclina la tête comme si elle écoutait quelque chose. Je tendis l'oreille, mais les seuls bruits étaient ceux du ruisseau et l'écho de nos mouvements. Elle reporta son attention et me sourit.

– Nous devrions remonter. Je crois que Mikel sera bientôt prêt à reprendre le travail.

Je n'osais pas demander comment elle le savait. Une chose était sûre, j'avais sous-estimé la jeune femme que j'avais vu à mon arrivée dans la cour du château. Déjà, elle n'avait de jeune que les traits – quoique son cœur semblait l'être resté aussi – et elle manifestait une conscience particulièrement aiguë de son domaine.

Je lui fis signe de passer devant, m'inclinant à partir de la taille, un bras dans le dos. Son sourire ne manqua pas d'illuminer son visage, comme chaque fois que je la traitais avec cérémonie. Mon cœur se serra douloureusement. Peut-être qu'elle ne se languissait pas d'une vie différente, mais en ce moment, j'aurais vraiment souhaité que ma réalité soit tout autre. Mais ma route ne m'aurait certainement pas menée ici si ça avait été le cas. J'aurais été trop occupé à prendre la relève de mon père et déjouer les attaques de nos voisins.

Sabaya montait les marches devant moi, vêtue de sa robe à la coupe simple, mais tissée de bleu et de mauve. C'étaient les habits d'une personne vivant une existence confortable. Rien à voir avec le fils d'un chef de guerre déchu. Si les moments que nous passions ensemble étaient agréables, ils ne mèneraient à rien de plus. J'étais destiné à laver une dette de sang, et elle à veiller sur les siens.

Une fois revenu au niveau principal, un domestique arriva au pas de course et l'apostropha pour lui poser une question. Je m'éloignai sans rien dire, pour nous épargner cet au revoir, même si ça n'en était qu'un parmi d'autres, d'ici à ce que nos chemins divergent.

CHAPITRE 9
Sabaya

Jonas avait disparu lorsque le jeune page me laissa finalement reprendre mon chemin. Je soupirai, ne sachant trop si c'était une bonne chose ou non. J'avais craint que son regard ne change une fois qu'il saurait ce que j'étais réellement. La plupart des habitants du château me traitaient comme un membre de la famille dirigeante, ou alors comme un membre de leur propre famille, mais d'autres faisaient preuve d'une crainte respectueuse et évitaient ma compagnie. J'aurais bien la chance de le revoir et d'en avoir le cœur net.

Quelque chose agita la fontaine dans le jardin non loin et titilla mes sens. Si la pierre était malléable grâce à mes pouvoirs, mon contact avec l'eau était encore meilleur.

Une cour intérieure avait été aménagée en retrait de la cour, entre la tour principale et la garnison. Le petit jardin avait été l'endroit favori de la défunte femme du seigneur Baygund et les domestiques l'entretenaient à sa mémoire.

Je traversai les pavés et envoyai un signe de la main pour saluer Moyra qui discutait avec des femmes du château. Nicor, le cuisinier de la caravane et le frère de Lathar si ma mémoire était bonne, était penché au-dessus d'un feu de cuisson. L'odeur du poisson me chatouilla les narines et j'inspirai avec plaisir. Si Romita voulait bien sortir de sa cuisine et jeter un coup d'œil à la sélection d'épices des caravaniers, j'en serais la première réjouie.

Je hâtai le pas et passai l'arche qui menait au petit jardin, soulagée de ne pas être interceptée à nouveau. La position des murs faisait en sorte que le soleil était moins fort et l'endroit embaumait encore de dernières floraisons de la saison. Ksara était assise sur la margelle de la fontaine, la tête entre les mains. Ses cheveux et le bord de sa chemise étaient humides, preuve qu'elle les avait trempés dans l'eau.

Comme je ne voulais pas la prendre par surprise, j'attrapai un arrosoir oublié dans un coin et le remplis d'eau. Au son du clapotis, elle se redressa avec alarme. Je lui souris et me dirigeai vers les rosiers pour leur donner de l'eau. La caravanière ne bougea pas et sa respiration reprit un rythme plus raisonnable. Je déposai l'arrosoir un peu plus loin, là où un jardinier le trouverait facilement. Je me tournai vers Ksara et inclinai la tête sur le côté. Elle avait remis une main à l'eau et faisait aller et venir ses doigts dans le bassin.

L'effort requis était infime, et je poussai mon attention dans la fontaine. Ma perspective changea des couleurs normales à celle des courants d'énergie vitale. Et la raison de la détresse de Ksara devint évidente. Son bas-ventre était illuminé du bleu de la vie, le chatoiement presque plus vif que celui de sa propre énergie. Cette grossesse allait certainement la taxer, mais je n'étais pas trop inquiète.

– Depuis combien de temps les nausées ont-elles commencé? demandai-je.

Ses épaules s'affaissèrent et elle baissa la tête. Je ne pus résister à mon élan de compassion et m'avançai pour prendre ses mains dans les miennes. Elle releva un regard humide et me sourit malgré tout.

– Quelques jours seulement. J'espérais que c'était la nourriture.

Je me tournai vers l'arche qui donnait sur la cour avec un éclair de compréhension.

– Mais l'odeur du poisson a suffi à te mettre dans cet état. Le père est-il...?

Je me mordis les lèvres pour ne pas terminer la question. S'il s'était agi d'une habitante du château, je n'aurais pas hésité. Les enfants illégitimes des domestiques étaient élevés avec les autres et se verraient offrir d'apprendre un métier le temps venu. Mais les caravaniers n'étaient que de passage et j'outrepassais les dictats de la bienséance. Ksara soupira et ses mains se resserrèrent autour des miennes.

— Lathar ne le sait pas. Nous sommes... Nous ne sommes pas unis.

Je hochai la tête en silence. Ce n'était pas ma place de lui offrir des conseils sur leur relation, mais je pouvais quand même lui proposer une autre possibilité.

— La vie de château n'est pas si mal, si jamais tu souhaites rester. Tu n'as qu'à me le demander et je ferai en sorte que ce soit possible.

Elle écarquilla les yeux avant de secouer la tête.

— Merci pour ton offre. J'y penserai si les choses deviennent trop difficiles.

Le vent choisit ce moment pour se lever et les odeurs de cuisson se faufilèrent dans le jardin. Ksara se couvrit la bouche à deux mains. Alors qu'elle allait se tourner vers un seau, je l'attrapai par les épaules et lui envoyai une onde de fraîcheur. Ses muscles se relâchèrent sous mes mains et elle ouvrit les yeux. Son sourire était faible, mais reconnaissant. Je lui fis signe d'attendre et m'agenouillai au milieu des pavés.

— Je ne peux peut-être pas régler tous tes problèmes, mais je peux amenuiser celui-là.

Ma conscience s'insinua entre les roches et la terre jusqu'à connecter avec le joyau. Il reçut ma demande avec curiosité, mais s'exécuta tout de même. Les pavés se déplacèrent sous mes mains et un éclat violet refléta les rayons du soleil. Ksara inspira bruyamment, figée de surprise. Je me relevai, le fragment du joyau dans ma paume. Lorsque je le lui tendis, elle secoua la tête.

– Je ne peux pas accepter un tel cadeau.

– La pierre t'aidera à avoir une grossesse plus facile. Et tu pourras l'utiliser comme prétexte pour camoufler ton utilisation de la magie sauvage.

Elle se figea, les épaules raides, et son regard se porta sur l'arche menant à la cour. Je lançai moi-même un coup d'œil, mais je savais avec certitude que personne n'était à portée de voix. Je me penchai tout de même vers elle pour poursuivre plus bas.

– Tu as sauvé le poulain grâce à tes pouvoirs et je t'en remercie. Je ne voudrais pas que tu t'attires des ennuis en accomplissant de bonnes actions. Prends-le.

Les yeux sur l'éclat, elle avança une main hésitante. Un frémissement me remonta le bras lorsque sa magie entra en contact avec la mienne. Je lui souris.

– Nos énergies ont la même couleur, alors la pierre ne devrait pas interférer avec ton usage de la magie.

Ce commentaire sembla déclencher sa curiosité et elle prit la pierre pour la porter à ses yeux, se tournant vers le soleil pour mieux l'étudier. Il était assez gros pour être porté en pendentif ou en bracelet. Je pourrais toujours demander à Mikel de le sertir; le forgeron ne me poserait pas de questions gênantes. Ksara redescendit sa main et me sourit.

– C'est stupéfiant. Nos magies se mélangent comme les courants d'une rivière. Je me demande pourquoi les seigneurs des châteaux ont décidé d'exterminer les sylphes.

Mon cœur se serra à ces souvenirs et je pris place sur la margelle.

– Je suppose que tu connais peu tes ancêtres.

Ksara acquiesça avec les lèvres pincées et je poursuivis.

– Ton peuple considérait les joyaux avec respect, mais ils refusaient de vivre à proximité. Quand les hommes du Sud ont réveillé la précieuse du château Nacré, ils n'ont pas vraiment protesté. Mais lorsque les frères du premier seigneur ont fouillé la région pour dénicher tous les autres joyaux, ils ont commencé à intervenir. Comme les discussions ne menaient à rien, les sylphes sont devenus plus agressifs dans leurs interventions.

Elle sourcilla.

– Alors nous avons attaqué en premier?

Je haussai les épaules.

– Peut-être pas. Mais les joyaux florissent avec la présence des humains, et cette relation est mutuellement bénéfique. Les sylphes voulaient détruire cet équilibre naissant. Alors les seigneurs se sont unis pour éliminer la menace.

Elle se frotta les lèvres et observa l'éclat entre ses mains avant de se tourner vers moi.

– Et pourquoi m'aides-tu? Tu ignores si je partage les opinions de mes ancêtres.

Je fis une grimace et me tournai vers la fontaine pour passer mes doigts au-dessus de l'eau.

– Nous avons assisté à la fin d'une ère lorsque les seigneurs ont vaincu les sylphes. Le reste du continent a observé les combats et s'est rangé du côté des vainqueurs. La réputation de ton peuple a été ternie par les livres d'histoire. Mais la lignée du château Violet n'a jamais été opposée aux sylphes. Ces murs en ont vu passer plusieurs et j'ai eu la chance de discuter avec eux.

Je relevai les yeux pour rencontrer les siens et lui souris tristement.

– Nous aurions pu cohabiter, mais il en a été décidé autrement par une poignée d'individus. Tu peux passer le mot auprès des tiens; ils seront toujours bien accueillis au château Violet.

Elle se contenta de hocher la tête et de mettre l'éclat dans sa poche.

– Je m'en souviendrai. Bonne journée.

Elle tourna les talons et passa l'arche pour rejoindre les caravaniers. La brise porta leurs voix et j'entendis les salutations et les taquineries. La Guerre contre les sylphes était une tache noire de notre histoire et je ne pouvais pas faire grand-chose pour corriger la situation. Mais peut-être qu'un jour les survivants sortiraient de l'ombre et nous pourrions passer par-dessus nos différences.

Mon regard se porta sur la surface scintillante de la fontaine. Le poids des années et la solitude me coupèrent le souffle. La mort de mon maître d'armes avait laissé un trou béant, autant dans mes défenses que dans mon quotidien. Doublée de l'absence du seigneur du château, j'avais l'impression d'être une feuille ballottée par le vent.

Je fermai les yeux et plongeai ma main dans l'eau jusqu'au poignet pour prendre contact plus facilement avec le joyau. Dans mon esprit, la source d'eau s'illumina tel un sentier balisé par des torches. Je poussai plus loin, jusqu'à sortir des limites du château. Le cours d'eau sinuait au travers des terres et communiquait avec d'autres sources. Je sautai d'un courant à l'autre et remontai finalement jusqu'à un énorme château, le plus ancien. Ma conscience toucha celle du joyau nacré. Son nom portait parfois à confusion, car il était en réalité plus semblable à un diamant, parfaitement transparent. Il reconnut ma présence et envoya un influx d'énergie. Je sentis Dariane prendre contact avec une fontaine.

Je rouvris les yeux et attendis que les vertiges passent. Mon esprit et mon corps reprirent enfin leur place respective et mon regard se baissa vers le bassin. Le visage de Dariane y apparaissait, le jardin du château Nacré derrière elle. Ses yeux étaient d'un brun rouge dans un visage ovale. Nous partagions la même couleur de peau, les taches de rousseur en moins. Certains artistes nous avaient peintes côte à côte, et je devais avouer que la ressemblance portait à croire que nous aurions pu être liées par le sang.

– Je suis contente de te voir, Sabaya.

– Moi aussi. Ça faisait un moment.

Elle sourit tristement et son regard se fixa sur quelque chose à ses côtés avant de revenir.

– Il y a toujours tant à faire. Mon seigneur me dit que ton nouveau maître d’armes est en route. Comment se passe la transition?

Je ne pus retenir ma grimace.

– Nous avons encore été attaqués hier. Les pertes sont minimes, mais la situation est loin de s’améliorer.

– Ne perds pas espoir. Lord Baygund est un bon souverain et tes habitants sont bien portants.

Je soupirai et les doigts de la main qui n’était pas dans l’eau pianotèrent sur le bord de la margelle.

– Je le sais. C’est l’attente qui érode mes certitudes.

Le rire de Dariane me fit relever les yeux.

– Tu as trop l’habitude d’être au cœur de l’action. Les provinciales comme moi savent que ces choses prennent du temps.

Je lui envoyai un regard incrédule, un sourcil arqué.

– Je vois mal comment la plus grosse cité du Nord pourrait être qualifiée de provinciale. Si ton seigneur t’entend parler, il se sentira obligé d’organiser un autre festival.

Elle agita une main avec un sourire taquin.

– Tu devrais convaincre lord Baygund d’en organiser un. Juste pour bénéficier de toute l’énergie que les voyageurs émettent, ça vaut bien le coût financier. Nous avons eu nos meilleures récoltes depuis une génération complète.

Mon sourire s'effaça.

– Il faudrait que la menace des gargouilles soit éradiquée. Je me vois mal convaincre les gens de mettre leur vie en danger pour une fête. Si ce n'était pas de notre position stratégique, je suis presque sûr que nous aurions vu une baisse des arrivages de marchandise. N'est-ce pas la première inquiétude que Caysen a soulevée?

L'expression de Dariane se fit songeuse et elle attrapa sa longue natte blonde pour jouer avec les brins.

– Le château Carmin a eu de mauvaises récoltes suivies d'une épidémie. Ce n'est pas tout à fait la même chose. Ton sénéchal a-t-il mentionné certaines préoccupations?

Je secouai la tête.

– Je pourrais peut-être parler avec Caysen pour voir s'il a des conseils à me donner.

Elle fronça les sourcils.

– Il ne répond pas à mes appels depuis un moment. J'ai suggéré au conseil d'envoyer un détachement ailé, mais je crois que les inondations sur la côte ont mobilisé nos troupes. Peut-être que lord Baygund acceptera de le faire lorsque votre situation sera plus stable?

J'acquiesçai. Sauf en cas de sécheresse, les joyaux étaient en mesure de rester en contact. Si le château Carmin ne répondait plus aux appels, c'était très mauvais signe. La relation d'un précieux ou d'une précieuse avec ses habitants allait plus loin qu'un simple échange bénéfique et je craignais que le pire ne soit arrivé à Caysen. Dariane dut deviner mes inquiétudes, car elle se pencha vers la surface de l'eau.

– Aie confiance en lord Baygund. J'ai entendu parler du maître d'armes qui l'accompagne et je suis convaincue que tu approuveras son choix. À notre prochaine discussion, nous pourrons mettre ces moments difficiles derrière nous.

Je hochai la tête et demandai des nouvelles de son entourage. Un sourire éclaira son visage.

– Vyn et Jana ont maintenant cinq ans et leurs tuteurs ne savent plus trop quoi faire pour les garder en place.

– Comment va leur père?

– Bien.

Je sourcillai à cette réponse brève, mais n'insistai pas. Brenlir était devenu maître d'armes quelques années avant la naissance des jumeaux. Sa femme était décédée en couches et Dariane avait veillé à ce que les enfants ne manquent de rien et ne souffrent pas de l'horaire chargé de leur père. La relation entre Dariane et Brenlir semblait difficile et les rares fois où elle en avait parlé me faisaient penser qu'elle aurait bien aimé que les choses soient différentes.

– Je vais te laisser retourner à tes occupations, dis-je.

Elle inclina la tête et me salua avant de retirer sa main de l'eau. L'image se brouilla et la surface de la fontaine s'agita. Des gouttelettes éclaboussèrent ma manche et je fixai les traces sombres. Une image de Jonas en armure s'imposa à moi. Vu ses prouesses à la forge, il avait certainement le physique de l'emploi. Mais il en fallait plus pour mener une garnison et coordonner les défenses d'un château.

Je soupirai et pris la direction de la cour. Je perdais mon temps à imaginer de tels scénarios. De toute façon, il avait d'autres projets que de s'installer ici. Nous n'étions peut-être pas en province, comme Dariane l'avait mentionné, mais nous étions tout de même très loin des grandes cités portuaires du Sud, où il avait vraisemblablement grandi.

Je traversai la cour d'un pas rapide pour aller aux cuisines. Une bouffée de chaleur m'accueillit et je fis un premier arrêt pour saluer Hella. Elle agita la main entre deux consignes au plus jeune marmiton. Un énorme chaudron trônait sur le feu en avant d'elle et je reconnus l'odeur du bouillon. Je tapotai affectueusement l'épaule du petit garçon alors qu'il s'essuyait le front et il me rendit mon sourire. Sous les directives d'Hella, il ajouta un morceau de bois avec des mains agiles. Les marmitons de Romita avaient la réputation d'être les meilleurs devant un fourneau et la raison de ce succès se berçait à quelques pas.

L'endroit n'était pas encore au paroxysme de son agitation en vue du repas du soir, mais plusieurs personnes allaient et venaient. Je longeai le mur pour éviter d'être une nuisance. Zastan me repéra rapidement et je lui envoyai un regard implorant. Il me fit signe d'attendre et revint avec un bol de soupe et un morceau de pain. J'eus à peine le temps de le remercier qu'il me chassait déjà d'un geste de la main. Je m'arrêtai dans un corridor menant à la grande salle et pris place sur un banc. Si j'avais le malheur de croiser quelqu'un, je mangerais ma soupe froide. Si je parvenais à la manger.

Je venais de prendre la dernière bouchée lorsque Tarinne sortit des cuisines avec une équipe de ménage.

– Te voilà, Sabaya. Viens, Kiall nous demande. Le capitaine Tyrak a eu une idée pour défendre le château ce soir.

Elle se tourna vers un des garçons et lui fit signe de débarrasser ma vaisselle. Je le remerciai et m'essuyai les mains discrètement avant de la suivre. Avec ou sans maître d'armes, la vie au château continuait.

À notre arrivée dans l'étude, Kiall et Tyrak étudiaient une carte de la région. Le pupitre était recouvert de parchemins roulés qu'ils avaient écartés à la hâte. Le capitaine parlait avec de grands mouvements de bras et poussait des pièces de part et d'autre. Au cliquetis de la porte, Kiall releva la tête et soupira de soulagement à notre vue. Il nous fit signe d'approcher, recevant un froncement de sourcils de Tyrak.

Tarinne contourna le pupitre et je la suivis, les mains croisées dans le dos. Je me penchai pour observer la carte et reconnus les terres entre le château et le littoral du fleuve. Des pions avaient été placés au nord-ouest, sûrement pour faire face aux incursions de gargouilles. Je fronçai les sourcils en reconnaissant le terrain accidenté en question.

Plus bas sur la carte, les terres descendaient doucement vers le fleuve, mais à cet endroit, il y avait plusieurs falaises et une série d'aplombs rocheux. Les simargs aimaient s'y prélasser au soleil lorsque les températures se faisaient plus froides, mais c'était en dehors de mon rayon d'action immédiat. Kiall fit un geste de la main à l'intention du capitaine.

– Pourriez-vous reprendre vos explications?

Tyrak transforma sa grimace en sourire, mais pas suffisamment vite pour passer inaperçu. Les épaules de Tarinne se raidirent et le capitaine s'empressa de pointer la carte et d'enchaîner. Il déplaça plusieurs pièces, mentionna les courants aériens et l'avantage du terrain. L'intendante posa quelques questions, encourageant Kiall à faire de même. Plus d'une fois, je sentis le regard de Tyrak peser sur moi, mais je gardai mon attention sur la carte.

Kiall parvint finalement à une décision et autorisa le capitaine à mener son projet à bien. Je fis une rapide courbette et pris la direction du couloir, soulagée de ne pas avoir eu à me prononcer. Le claquement saccadé de semelles rigides sur les pierres me fit tourner et j'étouffai un grognement lorsque Tyrak s'arrêta à mes côtés. Il lissa sa chemise et replaça sa ceinture avant de m'inviter à reprendre ma route en sa compagnie. Je reportai mon attention vers les marches et fis de mon mieux pour garder une cadence posée. Mes jambes fourmillaient de l'envie de me sauver en courant pour me soustraire à cette discussion.

– Je n'ai pas pu faire autrement que constater que tu es restée silencieuse, dit-il.

– Kiall n'avait pas réellement besoin de mon approbation. Les combats ne sont pas mon domaine d'expertise.

J'adoucis mes paroles d'un sourire, mais la bouche du capitaine se pinça.

– En effet. N'est-ce pas ironique que le choix d'un maître d'armes repose sur tes épaules alors que les fonctions de cette position te sont inconnues?

J'ouvris la bouche pour répondre, mais rien ne sortit. La méchanceté de ses paroles m'avait prise au dépourvu. Ou peut-être avait-il vu quelque chose qui m'avait échappé?

– Je m'excuse si mes paroles étaient trop directes, Sabaya. Loin de moi l'idée de t'offenser. Ce n'est qu'une constatation.

Je secouai la tête, incapable de lui offrir une réponse gracieuse. La pause entre ses paroles et ses excuses avait été assez longue pour me faire douter de sa sincérité. Il reprit sans attendre ma réaction.

– Je sais que l'absence de notre seigneur rajoute un fardeau à ta tâche et je ferai de mon mieux pour gérer les problèmes liés au départ précipité de maître Olenor.

J'inclinai la tête et trouvai enfin une réponse diplomatique.

– C'est tout à ton honneur de prendre l'intérim. Heureusement, le retour de lord Baygund est imminent.

Le sourire de Tyrak était aussi crispé que le mien. Comme nous étions arrivés au bas des marches, il prit son congé et traversa la cour intérieure. Je le regardai s'éloigner avec un mélange d'inquiétude et de doute.

Mon dernier choix en matière de maître d'armes n'avait pas été avantageux pour le château et ses habitants. Cependant, dans toutes les chroniques des terres du Nord, jamais un joyau n'avait sciemment mis ses gens en danger. Je devais me raccrocher à la sagesse de la pierre sur laquelle les fondations du château Violet reposaient.

Une vague de chaleur traversa les pavés pour s'enrouler autour de mes pieds, tel un chat invisible. Je laissai mon énergie se mélanger à celle du joyau avec un soupir de contentement. Tyrak semblait tour à tour crouler sous le poids des responsabilités puis s'en draper tel un manteau d'orgueil.

Ma longue existence m'avait appris que les esprits qui craquaient sous la pression avaient tendance à affecter leurs proches. Pour Tyrak, ce ne serait peut-être pas aujourd'hui, mais la prudence ne coûtait rien. D'une rapide pulsation, je demandai au joyau de me garder informée de ses déplacements.

CHAPITRE 10
Sabaya

Je traversai la cour en direction de la plus petite tour. La porte donnant sur l'atelier était ouverte et je pouvais voir quelques artisans à l'œuvre. Le bruit des rouages des métiers à tisser et des tours de potier ne couvrait pas complètement la chanson à répondre des travailleurs. Je souris aux paroles grivoises et relevai mes jupes pour emprunter l'escalier qui montait à l'étage supérieur.

Une légère bouffée de chaleur m'effleura le visage lorsque je mis le pied dans la salle des archives. Je trempai mes mains dans la petite bassine à l'entrée, les lavai puis les séchai avec attention. Je n'avais aucune envie d'essuyer des remontrances de la part du maître archiviste.

Les volets avaient été ouverts du côté où le soleil plombait, laissant une partie des rayonnages dans la semi-obscurité. Plusieurs braseros avaient été allumés à intervalles réguliers pour chasser l'humidité et les couverts à demi refermés projetaient des ombres dansantes tout autour. À l'autre extrémité de la salle, la lumière des chandeliers irradiait et je pouvais entendre maître Jaclin donner des précisions à un apprenti d'une voix basse et posée.

Des bruits de pas attirèrent mon attention sur le côté et je vis une jeune femme avec les bras chargés d'ouvrages. Elle haussa les sourcils à ma vue et s'empressa de déposer les livres sur un chariot.

– Sabaya, c'est un plaisir de t'accueillir aux archives. Est-ce que je peux t'être utile dans tes recherches?

La voix de maître Jaclin se fit entendre depuis sa table de travail.

– J'ai déjà trouvé ce qu'elle cherche, Sanika. Envoie-la-moi.

Je tournai la tête dans sa direction et plissai les yeux, suspicieuse, avant de faire face à l'apprentie de nouveau. Elle pinça les lèvres pour réprimer un sourire et tendit la main pour m'inviter à prendre les devants vers l'autre extrémité. La lueur de sa lanterne éclaira les tablettes autour de moi et mon ombre me précéda alors que je traversais les rayons.

Au passage, je tendis les doigts et effleurai les épines des livres. Toute l'histoire du château Violet y était relatée. Une bonne partie de celles des autres châteaux aussi. Nos archivistes avaient toujours tenu le plus haut standard de qualité et nombre de nos apprentis étaient devenus maîtres auprès d'autres seigneurs.

Il était d'ailleurs prévu que Sanika aille faire un séjour de perfectionnement au château Nacré au cours de la prochaine année. Vu la qualité de son travail, je soupçonnais Dariane de vouloir la recruter pour un poste permanent.

Arrivée à l'extrémité de la rangée, je clignai des yeux pour ajuster ma vue à l'intensité des chandelles. Maître Jaclin révisait un parchemin, tandis que l'apprenti à ses côtés continuait de transcrire un texte. Les grattements de sa plume cessèrent à mon arrivée, mais un regard appuyé du maître archiviste suffit pour qu'ils reprennent.

Maître Jaclin pointa le fauteuil à ses côtés et je pris place.

– Je ne trouverai pas la réponse à ma question en restant assise.

– Tarinne m'avait averti de ta venue alors j'ai pris la liberté de commencer sans toi.

Un sourire étira mes lèvres malgré ma contrariété. Il me tendit le parchemin qu'il étudiait à mon arrivée. J'y vis les détails d'une épidémie précédente, avec les symptômes des animaux et les effets sur les bergers. Les soigneurs avaient finalement réussi à sauver le troupeau grâce à une herbe aromatique. Ils avaient infusé l'huile utilisée pour mélanger la moulée des bêtes.

La solution semblait relativement simple et efficace. Les bergers seraient en mesure de l'appliquer rapidement. Et tant qu'aucune femme enceinte n'était en contact avec les animaux atteints, les risques seraient minimes. Un soupir de soulagement m'échappa. Je relevai la tête pour voir maître Jaclin m'étudier avec un sourire satisfait, les mains croisées sur sa poitrine.

– C'est l'aromate préféré de Romita pour son mijoté, notai-je.

Il acquiesça et tapota le haut du parchemin.

– Il suffirait de lui demander de récolter tout ce dont elle peut se passer. Certains villageois en font probablement aussi pousser. Tu pourras demander au messager de livrer les herbes à Koberik avec cette missive.

– Merci. J'aurais dû venir plus tôt et m'en occuper.

Il agita une main en direction de ses apprentis.

– Ils avaient besoin de faire autre chose que de chroniquer des attaques de gargouilles. Ça nous a fait du bien de changer un peu.

Je roulai le parchemin avec soin et acceptai le ruban que Sanika me tendait. Le papier était tiède dans mes mains et je pouvais sentir l'odeur âpre de l'encre. Ma gorge se serra.

– Penses-tu que j'ai eu tort d'empêcher Kiall d'aller dans les champs?

Le silence de maître Jaclin me fit relever les yeux. Il fit un geste de la main et les deux apprentis prirent chacun une pile de tomes et s'éloignèrent pour les replacer dans les rayonnages. Son regard revint vers moi et il tapota ses doigts sur les accoudoirs de son siège.

— Tu as laissé ta peur guider tes choix.

J'avalai péniblement et acquiesçai.

— Ce n'est pas une mauvaise chose, surtout lorsque les menaces sont tangibles. En l'absence de maître d'armes, et si tu venais à perdre la lignée du seigneur, nous serions tous dans une situation précaire.

— Des gens et des animaux sont morts...

— Et d'autres mourront. C'est toi qui m'as expliqué le cycle de la vie, lorsque mon père est mort alors que je n'étais qu'un bambin. Nous étions d'ailleurs dans cette pièce. Tu m'as assis sur tes genoux et tu m'as raconté des histoires jusqu'à ce que je comprenne.

J'eus un pincement au cœur à ce souvenir. Même tout petit, Jaclin avait été vif et curieux, son esprit sans cesse à la recherche des liens entre chaque chose. Sa peine m'avait interpellée et je n'avais pu le quitter tant que le petit n'avait pas retrouvé son calme. Sa voix, maintenant beaucoup plus grave qu'à l'époque, me rappela au présent.

— Tu portes actuellement le poids de tout le château sur tes épaules. Ce sera le cas d'ici au retour de notre seigneur. Si tes décisions nous permettent de tenir jusque-là, nous ne pouvons que t'en être reconnaissants. Les terres du Nord sont inhospitalières, et sans le joyau, nous serions condamnés à l'exil.

Je soupirai et resserrai mes mains sur la missive.

— Le messager devra partir rapidement, si Koberik doit la recevoir avant la tombée de la nuit.

Maître Jaclin inclina la tête et se leva pour m'accompagner jusqu'aux escaliers.

— Comme tu me l'as déjà dit lorsque j'ai commencé mon apprentissage comme scribe : fais de ton mieux, et le joyau fera le reste.

Je lui rendis son sourire et m'engageai dans l'escalier. Mes yeux se remplirent de larmes et je m'armai de la certitude de maître Jaclin comme d'un bouclier contre mes doutes.

CHAPITRE 11

Jonas

De ma position, je pouvais voir toute la grande salle. Le jeune fils du seigneur se tenait au milieu, aux côtés de son capitaine, et tentait de répondre aux questions de Lathar. Mis à part quelques bafouillements, il s'en sortait plutôt bien. Il ferait un bon seigneur.

Éventuellement.

Sabaya se tenait en retrait, les bras croisés, mais avec une expression sereine. Quelque chose me disait que c'était son visage des mauvais jours. J'aurais aimé lui demander ce qui la dérangeait, mais je n'étais pas sûr que mon inquisition aurait été bien reçue, par elle ou par son entourage. L'intendante était à ses côtés et son regard s'était posé sur moi à plusieurs reprises.

Lathar acquiesça finalement à la proposition de Kiall et fit signe aux gens de la caravane de se regrouper autour de lui. J'avançai de quelques pas pour être en marge du cercle, mais il me pointa du menton pour que je le rejoigne.

— Nous allons nous séparer en deux. Je vais rester au château pour protéger les chariots avec Cynrad, Edon et Jabal.

Cynrad, le second de Lathar fronça les sourcils.

— On devrait simplement reprendre la route.

Lathar secoua la tête.

— Tu as entendu ce qu'ils ont dit. Les créatures attaquent de nuit noire. Avec les nuages d'aujourd'hui, même une pleine lune ne suffirait pas.

— Quand même, poursuivit-il. C'est leur problème, pas le nôtre.

Je me penchai vers lui.

– Si le seigneur du château ne trouve pas une solution permanente, ce sera notre problème une fois sur la route.

Cynrad plissa les yeux, mais le hochement de tête de Lathar lui fit ravaler sa réponse.

– Mieux vaut s'allier aux habitants du château. Lorsque la lune sera bien haute dans le ciel, on décidera si notre objectif vaut la peine de poursuivre plus au nord ou si on change de direction.

Edon serra les poings pour faire saillir ses bras.

– Je suis toujours partant pour buter des monstruosités. Peu importe la cause.

Le regard de Lathar fit le tour du groupe et Jabal se contenta d'acquiescer. Comme il ne semblait pas y avoir d'autre opposition, il se tourna vers moi.

– Jonas, je t'enverrais avec Nicor, Terys et Barion.

Je lançai un coup d'oeil au frère de Lathar et il montra les dents à ma question silencieuse. À titre de cuisinier de la caravane, je l'avais vu manier les couteaux et je n'étais pas trop inquiet pour lui. Terys était notre meilleur archer, et même si Barion était un abruti, il visait juste. Je me tournai vers Lathar avec un hochement de tête. Il m'envoya une claque sur l'épaule et nous fit signe d'aller nous préparer.

Mon regard se reporta vers l'avant de la salle et je croisai celui de Sabaya. À ses côtés, Kiall et Tyrak échangeaient des propos animés, mais son attention était rivée sur moi. Je portai ma main à mon front, même si mon épée ne s'y trouvait pas. C'était le signe du guerrier, à la fois un salut et une promesse. Celle de vaincre son ennemi et de revenir célébrer la victoire.

Elle cligna des yeux et se tourna pour répondre à Kiall.

Ma poitrine se mit à brûler à cette coupure. J'aurais voulu être celui vers qui elle se tournait avec tant de familiarité. Mais la distance physique entre nous ne faisait que souligner l'impossibilité d'une proximité sociale entre nous.

Je profitai de ce que Sabaya était autrement occupée pour sortir dans la cour, avant de commettre l'irréparable et d'aller mettre un genou à terre devant, en signe de loyauté. Les soldats traversaient des baraquements vers les écuries, ou vers la courtine qui menait au jardin des simargs. Plusieurs s'arrêtaient à la forge où Mikel leur remettait des pièces d'armures et des épées. Je zigzaguai dans la cohue pour regagner mon chariot et me préparer.

Comme je partageais l'espace avec les autres mercenaires, il me fallut déplacer quelques coffres. Le mien était facile à reconnaître dans la pénombre du chariot, avec les armoiries de ma famille. Je passai les doigts sur la gravure que ma mère avait faite lorsque j'avais commencé ma formation.

Des éclats de voix et des bruits de sabots sur les pavés me rappelèrent à l'ordre. Je soulevai le couvercle et fis ma sélection. Ma brigandine de cuir serait moins encombrante pour le type de mission que Tyrak avait en tête. Je resserrai les attaches aux épaules et fis faire un deuxième tour à la ceinture. Mon épée retrouva son fourreau et je passai la ganse de mon bouclier dans mon dos. Mon carquois vide le rejoignit et j'attrapai mon arc court.

J'avais accompli cette routine des centaines de fois. Mes gestes étaient machinaux, ma respiration calculée, et mon cœur battait en cadence. La décision d'aller affronter notre ennemi avait été prise, et l'heure des doutes et des hésitations était passée. Peu importe ce que le champ de bataille m'offrirait comme surprise, il ne restait d'autre choix que de persévérer jusqu'à l'issue des combats.

Une fois sorti, je me dirigeai vers la garnison. La porte de l'armurerie était ouverte et des novices distribuaient les flèches. Une fillette aux cheveux tressés serrés et au regard sérieux me tendit les miennes. Je la remerciai d'un hochement de tête et parcourus du regard les soldats autour de moi.

Les âges étaient variés et si la plupart semblaient expérimentés, une sorte de malaise flottait dans la cour. Plusieurs regards étaient échangés et des petits groupes s'étaient formés pour discuter à voix basse. Si j'avais été leur capitaine, j'aurais fait une ronde pour comprendre et dissiper le malaise. Mais ce n'était pas mon rôle aujourd'hui.

Les trois caravaniers me rejoignirent rapidement, équipés de manière semblable. Nicor portait une veste renforcée que je l'avais vu utiliser à la chasse au sanglier. Terys avait une brigandine similaire à la mienne et Barion portait une armure de cuir bouilli. Je ne devais pas être le seul à sentir l'agitation des soldats, car Nicor se pencha vers moi.

— Ils ont tous l'air de pucelles le soir de leur nuit de noces.

Je lui répondis d'un grognement amusé et pivotai sur moi-même. Lorsque je trouvai celui que je cherchais, je le pointai du menton avant de reporter mon attention sur le cuisinier.

— D'après moi, c'est l'inexpérience du marié qui les effraie.

Barion eut un rire moqueur en observant Tyrak qui piétinait en donnant des ordres à tout vent.

— Je ne vais certainement pas mourir pour faire plaisir au capitaine. Il a intérêt à donner le change.

Comme ça ne méritait pas vraiment de réponse, je croisai les bras et suivis la progression de la cavalerie. Seule une dizaine de chevaux nous accompagnerait, leurs cavaliers tous équipés d'arc et de carquois de réserve. Les soldats choisis étaient les plus légers, et généralement les plus jeunes, à l'exception de la caporale.

Le soleil avait souligné plusieurs mèches grisonnantes dans ses cheveux avant qu'elle n'enfile son casque. Elle fit pivoter son cheval pour superviser l'alignement des cavaliers tandis qu'ils sortaient de la cour. Leur rôle serait de fournir les différentes équipes en flèches. Ils devraient donc se déplacer rapidement et éviter d'engager les gargouilles en combat direct.

De l'autre côté de la courtine, une escouade de simargs prit son envol, suivie de deux autres vagues. Les bêtes prirent de l'altitude avant de s'éloigner au-dessus des arbres. Tyrak nous fit signe et les escouades se mirent en rang.

Je reconnus le caporal Emmeric qui nous mènerait au combat et me dirigeai vers ses hommes. L'officier avait les sourcils perpétuellement froncés et donnait ses ordres d'une voix sèche, mais la discipline de son escouade était sans faille. Le silence descendit sur la cour et les formations sortirent une après l'autre par la porte principale. Des silhouettes étaient faciles à deviner sur les remparts, mais je me refusais à lever les yeux pour voir qui saluait notre départ.

Une fois dépassées les champs cultivés, les escouades se séparèrent en éventail pour se disperser dans les collines environnantes. Une heure plus tard, notre route croisa un hameau en ruine. Il ne restait plus que les restes d'une cheminée dans un carré calciné pour témoigner de la présence d'une maison. La terre avait été retournée non loin et des stèles marquaient les tombes des précédents occupants. Le soldat à mes côtés remarqua mon intérêt et chuchota, comme s'il craignait de troubler les morts.

– Le mois passé, les gargouilles ont attaqué le troupeau de moutons. Je crois que le feu a pris alors que les habitants essayaient de les chasser.

– Il n'y avait pas de milice pour les aider?

Le soldat secoua la tête.

– C'était un nouveau hameau. Le faubourg le plus proche est de l'autre côté du château. Le sénéchal le leur avait déconseillé, mais c'était le plus jeune fils d'un riche marchand et il était impatient de s'installer et de faire ses preuves.

Je regardai les ruines jusqu'à ce qu'elles disparaissent au détour d'une butte. Mes compagnons de route avaient tous des expressions sévères et le regard fixé vers l'avant. Ce triste tableau était un dur rappel des conséquences advenant un échec ce soir.

Notre marche dura encore un bon moment et le soleil avait presque atteint l'horizon lorsque le caporal nous fit signe d'arrêter. Nous étions sur un aplomb rocheux avec une excellente vue sur les environs. Des bruits de sabots me firent tourner, une flèche déjà encochée.

– Cavalier en approche.

Emmeric leva une main et les soldats baissèrent leurs armes. La jeune fille arrêta son cheval et lui tapota l'encolure.

– Caporal, c'est moi qui vous ravitaillerai. Les équipes au nord sont en place. Le capitaine Tyrak vous rappelle que vous devez attendre le signal pour attaquer la deuxième vague.

Au hochement de tête du caporal, elle écarta la main qui tenait ses rênes et le cheval pivota sur son arrière-train avant de repartir au trot entre les arbres. Emmeric envoya quelques soldats prendre position sous les frondaisons. Il dispersa les autres le long de la falaise et je me retrouvai à l'extrémité de la corniche.

Les derniers rayons de soleil disparurent derrière les montagnes et trois feux s'allumèrent dans la vallée. Un coup de coude me fit tourner vers Nicor qui me tendait une tranche de saucisson au bout de son couteau. Je pris la tranche avec un haussement de sourcil.

– Y a-t-il quelque chose pour te couper l'appétit?

Il eut un grognement amusé.

– Mourir le ventre vide serait vraiment trop triste.

Je secouai la tête et reportai mon attention vers l'horizon.

– J'ai trop de choses à faire pour me faire trucider par une stupide créature volante, répondis-je.

La femme soldat un peu plus loin sur la corniche secoua la tête.

– Elles sont loin d'être stupides. Leurs incursions sont de plus en plus fréquentes et elles arrivent toujours plus nombreuses.

Un cri dans la vallée me fit plisser les yeux. Des taches noires avaient commencé à apparaître à l'horizon. Le bruit des flèches contre leur carquois était le seul son audible sur la corniche. Je gardai mon arc baissé, bien conscient que je m'épuiserais à tenir la pose vu la distance des créatures.

Les torches s'agitèrent dans la vallée et les soldats battirent le rythme sur leurs boucliers. Comme Tyrak l'avait prévu, les gargouilles bifurquèrent de leur trajectoire pour investiguer. Une série de sifflements signala la première volée de flèches. Les créatures touchées poussèrent des cris outragés avant de piquer vers les coupables. Des bruits de combats nous parvenaient et les soldats s'agitèrent le long de la corniche.

Attendre la deuxième vague était plus facile à dire qu'à faire.

Des cris se firent entendre et une gargouille s'éleva dans les airs, une masse sombre entre ses pattes. Lorsqu'elle relâcha sa charge, le cri confirma mes pires craintes. Le soldat percuta le sol, emportant probablement des camarades qui s'étaient trouvés sous lui. Le caporal Emmeric se releva et leva le poing.

– En voilà assez. Le capitaine Tyrak les a menés à leurs morts. Nous allons porter renfort aux troupes dans la vallée.

Les soldats échangèrent des regards hésitants avant de ramasser leurs armes et se diriger vers le sentier. Je secouai la tête, surpris par son mépris des ordres.

– Nous mettrons trop de temps à arriver. Nous sommes plus utiles aux défenses du château depuis notre position actuelle.

Emmeric pivota vers moi, avec une grimace.

– Que sais-tu des défenses d'une forteresse, caravanier?

Je serrai les dents. Probablement plus que lui. Nicor s'avança à ma hauteur pendant que Terys et Barion se positionnaient derrière, les bras croisés. Je pris le ton que mon père utilisait pour discipliner ses troupes.

– Je sais que tu as eu tes ordres, *caporal*. Tu mets en danger toute l'opération en quittant ton poste.

– Restez ici, si les combats vous font peur.

Il fit signe à son escouade et reprit.

– Nos frères et nos sœurs ont besoin de renfort. On descend.

Les soldats s'engagèrent sur le sentier qui descendait le long de la falaise, complètement exposés. La femme soldat qui nous avait adressé la parole nous lança un regard troublé avant de suivre. Je secouai la tête et reportai mon attention sur le ciel.

Le temps n'était plus aux discours; les gargouilles avaient passé la première ligne de défense et la deuxième vague était sur nous. Je fis signe à Nicor et aux deux autres mercenaires. Ils ne perdirent pas de temps à encocher leurs flèches et à tirer. Les autres équipes postées sur la crête rocheuse plus loin joignirent leurs efforts aux nôtres. La plupart des tirs atteignirent leurs cibles et les gargouilles arrêtèrent leur progression pour plonger vers nous.

Je tirais aussi vite que j'en étais capable, mais la cuirasse des gargouilles était dense et il fallait plus d'un projectile pour les abattre. J'allais me résoudre à dégainer mon épée lorsque les créatures les plus proches plongèrent vers la base de l'aplomb rocheux. Je jurai en réalisant que l'escouade d'Emmeric s'était fait repérer. Les volées de flèches autour de nous avaient arrêté la progression de la deuxième vague, aussi je fis signe aux autres de me suivre vers le bas de la falaise.

Les cailloux roulèrent sous mes bottes alors que je dévalais le sentier à toute vitesse, une main au sol pour garder le contrôle sur ma descente. L'escouade s'était regroupée sur un plateau à mi-hauteur et la créature les avait acculés contre la paroi. Je devinais une masse au sol, derrière le barrage de bouclier; probablement des blessés. La bête était massive et sa crête osseuse était éclaboussée de sang. De l'écume blanchissait le cuir gris de son museau et je pouvais entendre le claquement de ses dents jusqu'ici.

J'envoyai mon arc dans mon dos et dégainai. Les risques de tirer sur un allié étaient trop grands. Mon épée dans une main et mon bouclier dans l'autre, je progressai en silence. Comme les piques des soldats accaparaient l'attention de la bête, je fis signe aux autres caravaniers de se positionner en éventail. Nicor tenait une dague dans chaque main et se déplaçait en silence. Barion avait gardé son arc en main, mais Terys avait dégainé sa hache, sa garde basse et ses genoux fléchis.

À quelques mètres, je leur fis signe et m'élançai. En quatre foulées, j'avais rejoint la gargouille et lui tailladai les jarrets. L'animal fit volte-face et je sautai vers l'arrière pour éviter son coup de griffes. Nicor en profita pour porter un coup à la voilure de son aile. La bête virevolta et le crochet au bout de son aile manqua le cuisinier de peu.

Les soldats de l'autre côté reprirent courage et piquèrent la bête à leur tour. Attaquée de toute part, elle feula et ses coups devinrent désordonnés. Terys en profita pour balancer sa hache et elle se logea dans le cou de l'animal, sans toutefois passer au travers. Le mercenaire tira sur son arme, mais elle était coincée et les battements d'ailes l'obligèrent à l'abandonner.

Barion en profita pour bander son arc et planter une flèche directement dans l'œil de la gargouille. Elle s'effondra au sol et ses mouvements perdirent en force, jusqu'à ce qu'elle soit complètement immobile. Terys lui mit un pied sur le museau et tira sur sa hache, avant de l'abattre à nouveau pour terminer le travail.

Je me tournai vers les soldats. Deux d'entre eux s'étaient effondrés au sol, visiblement blessés. Je fis signe à la femme soldat, toujours debout.

– Où est le caporal Emmeric?

Elle grimaça et pointa la paroi. Je m'approchai de la silhouette inerte. Son visage était reconnaissable, malgré ses traits exsangues. Une horrible balafre lui barrait le ventre, son armure et le sol autour recouverts de sang. Je soupirai et me passai une main sur le visage.

– Qui est son adjoint?

Elle avala péniblement.

– Moi, chuchota-t-elle.

Je l'évaluai de la tête aux pieds. Ses mains tremblaient et son visage était pâle dans l'obscurité. Elle devait avoir à peine vingt ans. Si elle avait fait preuve de courage durant le combat, je doutais qu'elle soit prête à mener une escouade. Surtout vu les circonstances. Je lui tapotai les épaules.

– Nous allons passer au travers de cette nuit.

Elle hocha la tête, les yeux écarquillés, mais ne bougea pas. L'heure n'était pas aux hésitations. Les troupes avaient besoin d'être reprises en main et l'adjointe ne semblait pas en état de le faire. Je me tournai vers les soldats et en pointai deux pour qu'ils remontent les blessés. Je fis signe aux autres.

– On remonte sur la crête. La troisième vague est sur le point d'arriver. Nous avons de la chance qu'aucune créature n'ait traversé nos défenses. Relevez la tête et faites honneur aux soldats tombés ce soir.

J'eus droit à quelques hochements de tête et tout le monde se mit à la tâche. Je relâchai mon souffle en silence, soulagé qu'ils aient suivi d'instinct la figure d'autorité. Le caporal Emmeric avait sans doute été un homme doué à ce qu'il faisait, mais cette erreur lui avait coûté la vie et elle avait bien failli causer la perte de son escouade.

De retour sur la corniche, la cavalière nous attendait. Son cheval piétina et elle tira sur les rênes pour l'empêcher de se déplacer.

– Où étiez-vous?

Son ton paniqué me fit lever une main pour l'apaiser.

– Un imprévu. Nous avons essuyé des pertes.

Elle fronça les sourcils, mais se tourna vers ses sacoches sans commentaire. Je signalai les autres.

– Remplissez vos carquois. N'oubliez pas de récupérer les flèches des blessés.

Nicor s'arrêta à mes côtés.

– Te voilà à la tête d'une belle catastrophe.

Je lui lançai un regard sévère.

– Je te l'ai dit, j'ai trop à faire pour mourir bêtement ici.

Je reportai mon attention sur la vallée en contrebas et le bruit des pas sur la corniche me signala que mes ordres étaient suivis. Les feus étaient encore allumés et j'espérais que ça voulait dire que les escouades tenaient bon. Le claquement des sabots du cheval s'éloigna alors que la vague suivante de gargouilles se profilait à l'horizon.

CHAPITRE 12
Sabaya

La nuit était bien avancée lorsque les escouades de simargs apparurent au-dessus des remparts. Je sautai sur mes pieds et dévalai les escaliers de la tour. Aucune gargouille n'avait passé les défenses dans la vallée, alors je supposais que c'était bon signe. Le chaos m'avait empêché de réellement interpréter ce qui se passait.

Le tiraillement qui ne me lâchait pas me faisait craindre le pire au niveau des pertes, mais sans maître d'armes, ma compréhension du champ de bataille était vague. Un messager se présenta à Kiall et confirma la fin des attaques. Le jeune homme envoya un soldat pour avertir les gens dans la grande salle. Vu les chiffres donnés par le messager, il faudrait sans doute transformer l'endroit en infirmerie temporaire.

La cavalerie suivit peu de temps après, les chevaux au pas, leurs flancs agités par leur respiration saccadée. Le maître des écuries se mit à donner des ordres et les palefreniers coururent en tous sens pour aider les cavaliers à démonter. Les animaux furent rapidement amenés pour laisser place à l'infanterie.

Les hommes et les femmes entrèrent en silence, les visages sombres. Mon cœur se serra devant ces mines défaites. Les soldats sur les remparts se mirent à frapper sur leurs boucliers pour saluer leur retour. La clameur prit en force et les combattants relevèrent la tête. Comme les habitants du château et les domestiques sortaient de la grande salle au même moment, leurs cris se joignirent au martèlement des boucliers.

Mes poings se crispèrent à la vue des blessés, certains épaulés par des camarades, d'autres sur des brancards improvisés. Des proches coururent pour enlacer ceux qui revenaient, sans se soucier de la saleté du champ de bataille. Je rejoignis la foule pour aider au triage, apportant réconfort et paroles rassurantes à ceux qui en avaient besoin.

Les premières heures furent chaotiques, avec l'arrivée progressive des blessés. La plupart des novices et des domestiques avaient les yeux cernés lorsque les choses se calmèrent enfin. Tarinne renvoya les plus fatigués et conserva une poignée de soldats qui n'avaient pas pris part aux combats.

Le calme revint finalement et je me retrouvai dans un coin de la grande salle, les mains gercées d'avoir essoré des compresses. Ma robe était fichue vu les traces de sang. J'avais intérêt à ne pas laisser Tarinne me voir dans cet état. J'allais faire une dernière ronde, lorsque je remarquai le capitaine Tyrak, assis sur un banc à l'écart. Son regard était perdu dans le vide, les mâchoires crispées alors que ses poings s'ouvraient et se fermaient sans cesse. Je m'approchai et appelai son nom à quelques reprises, mais il n'eut aucune réaction apparente. Je finis par mettre une main sur son épaule et il releva enfin les yeux. Je lui offris un sourire et parlai doucement.

– Il se fait tard. Allez-vous reposer.

Il hocha la tête, sans faire mine de se lever.

– Ça aurait pu être pire, dit-il.

Je pinçai les lèvres, incertaine de la meilleure réponse à donner.

– Mais ça ne se serait pas passé ainsi avec un véritable maître d'armes, n'est-ce pas?

J'ouvris la bouche pour lui répondre, mais il secoua la tête et se leva, m'obligeant à reculer d'un pas. Il me fit un bref salut et se dirigea vers la porte. Je dus fermer les yeux pour contenir mes larmes. Le choix du maître d'armes ne me revenait pas entièrement.

Le joyau n'avait pas jugé Tyrak digne du titre.

Si les choses avaient été différentes, il aurait pu tirer profit de mon support et des pouvoirs conférés par le joyau, mais le lien entre le joyau et le maître d'armes ne faisait qu'améliorer ce qui existait déjà. Et Tyrak ne serait jamais un meneur remarquable ou un stratège d'exception.

— Est-ce que ça va?

Je rouvris les yeux pour voir Jonas à quelques pas. Perdue dans mes pensées, je n'avais même pas eu conscience de son approche. Je rassemblai ce qu'il me restait de volonté et lui offris un sourire.

— Plusieurs soldats m'ont parlé de toi ce soir.

Il haussa les sourcils avec un sourire en coin.

— Ont-ils dit que j'avais crié comme une jouvencelle à la vue des gargouilles?

Je secouai la tête, surprise qu'il trouve l'énergie d'être impertinent vu l'heure et les événements de la nuit.

— Tu aurais sauvé une escouade, repris les rênes à la mort de leur caporal, puis réorganisé les défenses sur la crête.

Il se frotta le menton, sa barbe naissante crissant sous ses doigts. J'inclinai la tête sur le côté comme il restait silencieux.

— Le nies-tu?

— Les combats ont tendance à exacerber les impressions. Je n'ai rien fait de très héroïque.

Je croisai les bras et fis un pas vers lui.

— Si ces commentaires étaient tous venus de soldats fraîchement enrôlés, je serais d'accord avec toi, mais des officiers m'ont rapporté la même chose.

— Je plaide coupable, alors.

Il haussa les épaules avec un sourire, mais son expression se transforma en grimace et il comprima son bras contre ses côtes. Je fronçai les sourcils et tirai sur son poignet pour l'obliger à pivoter. Le fait qu'il se laisse faire sans résistance me confirma qu'il était blessé. Une griffe de gargouille l'avait atteint juste derrière l'épaule, là où l'avant et l'arrière de sa brigandine se rejoignaient. Le tissu de sa chemise était imbibé de sang séché. Je relevai la tête et lui servis un regard sévère.

– Pourquoi est-ce que cette blessure n'a pas été traitée?

– J'étais occupé à transporter des blessés.

Son expression était semblable à la mienne, comme s'il me défiait de le sermonner. Je raffermis ma prise sur sa main et l'entraînai vers l'âtre. Un des soigneurs releva la tête à notre passage entre les lits. Devinant mon intention, il me pointa un des chaudrons au-dessus du feu.

– L'eau de celui-ci est propre.

Je désignai une chaise à Jonas et m'éloignai pour trouver des compresses et des bandes de tissus. Vu la proximité avec l'articulation, il me faudrait faire des croisements. J'attrapai un deuxième paquet de bandes et revins vers Jonas. Il s'était sans doute résigné à son sort et il n'avait pas attendu les bras croisés.

Sa brigandine était à moitié détachée, mais il peinait à défaire les boucles de l'autre côté. Je m'approchai et chassai ses mains pour terminer la tâche. Il retira sa chemise en commençant par sa manche opposée, puis fit passer sa tête, avant de finir par le bras blessé. Ça ne semblait certainement pas être la première fois qu'il devait composer avec ce type de blessure.

Une fois la chemise retirée, je m'approchai de son épaule et entrepris de nettoyer la région. Un soigneur passa et déposa une bougie sur la table à mes côtés. Je lui marmonnai un remerciement tout en poursuivant ma tâche. La peau était ferme sous mes mains et les flammes de l'âtre y faisaient danser des reflets dorés. Son torse était un peu plus pâle que ses bras, témoignant des heures qu'il avait passées au soleil.

La chaleur qu'il dégageait était invitante, mais ce n'était pas le moment de me laisser déconcentrer. Je passai mon linge une dernière fois sur ses côtes avant de m'attaquer à la plaie en elle-même. La respiration de Jonas était parfaitement égale malgré mes soins, chose que j'avais rarement vue. Un rapide coup d'œil à son visage me confirma que ce n'était pas feint.

— Où un mercenaire a-t-il appris à mener des hommes au combat?

— Je ne sais pas, je ne connais pas la plupart des mercenaires.

Je secouai la tête devant sa réponse obtuse et rinçai mon linge. Le début de la plaie était assez franc, mais la bête ou lui avaient dû se débattre, et la chair avait été lacérée.

— D'accord, je reformule. Où as-tu appris à diriger une escouade?

Il inspira avec force alors que je terminais de nettoyer l'endroit le plus abîmé, aussi je tentai de le distraire.

— Je vais en avoir pour un moment à suturer, alors ne me réponds pas que c'est une longue histoire.

Il étouffa un rire et se mit à parler à voix basse comme je préparais mon aiguille.

— Mon père était le chef de guerre d'une grande famille du Sud, les Virdoshir. J'ai grandi dans une forteresse qui n'a rien à envier au château Violet.

J'eus un reniflement amusé et me positionnai pour faire les premiers points. Son torse vibra d'un grondement silencieux.

— Ce n'est pas une insulte, c'est la vérité. Mon père commandait plus de cinq cents hommes. Il m'avait donné le commandement d'une section et je supervisais la garnison.

Les premiers points s'étaient faits relativement rapidement, vu la forme de la plaie, mais je commençais la partie moins amusante.

— Que s'est-il passé? demandai-je.

Il inspira profondément, mais j'ignorais si c'était par ma faute ou en raison des souvenirs douloureux.

— Les Virdoshir s'étaient faits des ennemis au fil des ans et le seigneur a malheureusement sous-estimé leur rancune. Des membres de l'entourage de la famille ont été corrompus. Nous avons été attaqués de l'intérieur et nos défenses sont tombées avant même que l'alarme ne sonne.

Je le vis avaler péniblement et il reprit d'une voix rauque.

— Ils ont exécuté lord Virdoshir et sa femme devant mes yeux. Leur chef de guerre est un... il possède un sens de l'humour désaxé, et il a trouvé à propos de garder mon père prisonnier pour qu'il assiste à ce qu'il a appelé « la fin d'une ère ».

J'avais terminé les points et me relevai pour observer mon travail. Si l'infection ne nous jouait pas de tours, la cicatrice ne serait pas trop apparente. Je portai mon attention sur son visage et posai une main sur son épaule. Je parlai à voix basse, autant pour ne pas réveiller les blessées, que pour garder notre conversation entre nous.

— Je suis désolée que tu aies dû subir ces horreurs. Mais j'imagine que la fin de ton histoire s'améliore, puisque tu es ici, avec nous.

Il acquiesça et je commençai à placer les bandes autour de son torse puis de son épaule.

— Le seigneur m'a offert d'échanger ma liberté contre la vie d'un autre, plus particulièrement celle du

Virdoshir ayant trahi les siens, ce que j'ai accompli sans me faire prier.

Il releva les yeux vers moi.

– Peut-être que ça fait de moi un homme mauvais, mais j'y repense souvent avec satisfaction.

Je haussai les épaules, mon attention sur les bandages.

– Nos vies sont nuancées de bien trop de couleurs pour tracer ce genre de ligne.

Prendre soin de tout un château et des terres avoisinantes apportait le même type de décision déchirante. Ce qui avantageait les habitants du château nuisait parfois aux cultivateurs. Plus d'une fois, j'avais essuyé les accusations d'un sénéchal en colère aux côtés de mon seigneur.

Jonas m'étudia en silence avant de reporter son attention vers l'avant. Alors que je sécurisais les bandes, il reprit la parole.

– Je me suis promis d'y retourner avec une force suffisante pour renverser ceux qui nous ont volé nos vies. L'idée de mon père dans un cachot m'est insupportable, et le temps n'est pas mon allié. Quand j'aurai terminé, le nom des Keranshir, le mien et celui de mon père, sera prononcé avec respect, et une bonne dose de crainte, pour les décennies à venir.

J'étudiai le bandage et revins devant Jonas.

– Tes infortunes n'ont rien de réjouissant, mais je suis contente que tes connaissances aient pu aider nos soldats cette nuit.

Il se releva et attrapa sa chemise de sa main valide. D'un geste agile, il enfila sa première manche et passa sa tête dans le col, laissant son bras blessé contre son ventre.

– Je ne pouvais pas rester les bras croisés, dit-il.

Son humilité était peut-être feinte, mais ses actes ne mentaient pas. Il m'était impossible de douter de la noblesse de son cœur. Je pointai son épaule du doigt.

– Tu seras sûrement endolori demain. Si tu es intéressé, je pourrais demander à Nym de nous amener aux sources thermales dans la montagne. Elles sont plus chaudes que les bains et leur effet sur les raideurs est impressionnant.

Son regard chercha le mien puis un sourire étira ses lèvres.

– Ce serait avec plaisir. Bonne nuit, Sabaya.

Il s'éloigna entre les lits pour sortir de la grande salle. J'aurais voulu le rappeler, lui demander de me tenir compagnie, mais ça aurait été terriblement égoïste de ma part. Je me tournai vers le soigneur le plus près et me préparai à une longue nuit.

CHAPITRE 13
Sabaya

Ma première pensée au réveil fut pour mon expédition avec Jonas. Un sourire étira mes lèvres et je roulai sur le côté. Mon expression se transforma en grimace. Même avec l'aide du joyau, une nuit passée à soigner les blessés laissait ses traces. J'avais fait des rondes jusqu'à ce que les domestiques viennent prendre la relève.

La plupart des patients pourraient regagner la garnison, mais certains devraient rester sous la supervision des soigneurs à l'infirmerie. Je sortis du lit et mes pieds entrèrent en contact avec la pierre. Par habitude, je projetai ma conscience dans toutes les directions pour évaluer le château et ses habitants. Le moral semblait bon et les cuisines bourdonnaient d'activités. Les remparts aussi. Je poussai un peu plus loin et en compris instantanément la raison.

Mes épaules s'affaissèrent à l'idée que je devrais fausser compagnie à Jonas. Une vague de culpabilité m'assaillit aussitôt. J'aurais dû me réjouir de l'arrivée de mon seigneur. J'allais finalement rencontrer notre nouveau maître d'armes. C'était plus important que de passer du temps avec un voyageur.

Avec un soupir, je me préparai et sortis de mes quartiers. Je pris la direction des cuisines et croisai plusieurs domestiques. Je répondis aux sourires et aux salutations avec entrain. Un coup d'œil par une fenêtre me confirma que j'avais sans doute dormi toute la matinée. Je fronçai les sourcils et jaugeai la distance entre le château et lord Baygund. Il avait probablement chevauché une partie de la nuit pour arriver si tôt dans la journée. La bataille puis la nuit passée au chevet des blessés avaient émoussé mes sens.

Aux cuisines, Romita était trop occupée à donner des ordres pour remarquer ma présence. Je chipai un morceau de pain et sortis dans la cour avant qu'elle ne me mette à contribution. De la fumée sortait de la cheminée de la forge et les martèlements de Mikel battaient la mesure. Les soldats circulaient d'un côté à l'autre, certains pour rapatrier les blessés graves vers l'infirmerie, d'autres pour faire prendre l'air aux blessés en voie de guérison.

Maître Galdir était sorti des écuries avec la jument de l'autre jour, son poulain derrière elle. Je souris à le voir faire ses premiers pas dehors. Sa curiosité le poussait à s'éloigner de sa mère avant de revenir à toute vitesse, sa démarche gauche en raison de son contrôle sur ses longues pattes encore un peu chancelant.

Les caravaniers observaient l'agitation et je repérai Jonas près d'un chariot, les mains occupées par sa brigandine. J'attendis une accalmie et traversai dans sa direction. Il se releva en me voyant arriver et s'essuya les mains.

– J'ai entendu dire que nous attentions le retour du seigneur dans la journée.

– D'ici le midi. J'ai bien peur que nous devions reporter notre sortie.

Il acquiesça avec un sourire neutre et un pincement à la poitrine me prit par surprise. J'aurais réellement aimé pouvoir lui montrer les sources. Je m'efforçai de sourire à mon tour.

– Comme il revient avec notre futur maître d'armes, il y aura certainement un banquet ce soir.

Il fronça les sourcils et leva les yeux vers le ciel. De gros nuages blancs roulaient paresseusement de part et d'autre; pas assez pour diminuer la luminosité du jour, mais assez pour obscurcir le soleil par moment.

– Est-ce vraiment prudent?

– C'est le croissant de lune. Par le passé, les gargouilles n'ont jamais attaqué trois soirs de suite. Les remparts seront quand même surveillés, mais nous devrions avoir un répit de quelques jours.

Il hocha la tête.

– Je ne te retiens pas, tu dois avoir fort à faire.

Je pointai son épaule.

– Fais-moi signe si tu as besoin d'aide pour changer ton pansement.

– Ksara devrait pouvoir m'aider.

Un trou se creusa dans ma poitrine et je dus cacher mes poings dans mes jupes pour éviter de trahir ma déception. Je n'avais aucun droit de regard sur Jonas et la chose n'aurait pas pu être plus évidente qu'en ce moment même. Je le saluai et tournai sur mes talons. Les soldats étaient déjà en train d'ouvrir la porte principale en prévision de l'arrivée de lord Baygund.

Sa délégation était tout près, mais les cavaliers avaient démonté pour finir le dernier tronçon à pied. Seule une urgence aurait incité lord Baygund à pousser les montures jusqu'aux remparts. J'étais à la fois soulagée que rien ne le presse, mais ce délai supplémentaire me semblait une réelle torture. Je me dirigeai vers la grande salle pour voir si mon aide pourrait être utile aux domestiques.

À ma vue, Tarinne ne posa pas de question et m'envoya trier les couvertures utilisées la veille avec les lavandières. Puis l'annonce de l'arrivée du seigneur attira tout le monde dans la cour. Je suivis le mouvement pour éviter de soulever des questions auxquelles je ne voulais pas répondre. Le brouhaha des voix couvrait tout le reste.

Au milieu des pavés, Tarinne rappela ses gens à l'ordre et leur fit prendre un rang le long des remparts pour ne pas gêner la circulation. Les soldats sortaient des baraques et on pouvait entendre les aboiements enthousiastes des simargs qui saluaient le retour du maître des lieux. Romita sortit des cuisines et passa son bras dans le mien pour m'entraîner vers l'avant de l'attroupement, aux côtés de Kiall, Tyrak et Tarinne. Les deux femmes échangèrent un regard entendu au-dessus de ma tête et je fis de mon mieux pour l'ignorer. Je me plaquai un sourire aux lèvres.

Les premiers claquements des sabots sur les pavés furent rapidement noyés sous les exclamations des habitants du château. Quelques chevaux relevèrent la tête, notamment les nouveaux venus, mais le voyage les avait suffisamment taxés et hormis une jument avec les oreilles dans le crin, les autres bêtes avancèrent sans hésitation.

Les palefreniers rompirent les rangs et prirent la relève tandis que les cavaliers saluaient leurs proches dans la foule. Lord Baygund remit son cheval entre les mains de maître Galdir et ils échangèrent quelques mots avant qu'il ne se dirige vers son fils. Si le jeune Kiall était énergique et toujours en mouvement, Baygund était une force de la nature, inévitable comme une avalanche, avec un regard perçant. Ses silences étaient souvent sa meilleure arme pour obtenir l'obéissance de ses collaborateurs.

Ses cheveux étaient blond cendré, tout comme ceux de son fils, mais avec quelques fils argentés. Une cicatrice lui barrait la joue, raison pour laquelle il gardait généralement une barbe de bonne taille, un ton plus foncé que ses cheveux. Ses épaules étaient bien plus larges que celle de Kiall, mais le fils était aussi grand que son père et la promesse de sa taille à venir était dans les lignes de ses muscles.

Les applaudissements redoublèrent alors que Baygund attrapait Kiall par les épaules pour le saluer. Il échangea des poignées de main avec l'intendante et le capitaine avant de s'arrêter devant moi. Le calme se fit autour de nous, les gens trop curieux d'entendre ce que notre seigneur avait à me dire. Son regard me parcourut de la tête aux pieds avant que son visage ne s'éclaire d'un sourire paternel. Je lui offris une petite révérence avant de sourire à mon tour.

– Votre retour est un baume sur mon cœur, mon seigneur.

– Sur le mien aussi. La route m'a semblé interminable, mais nous voilà tous rassemblés à nouveau.

Son regard fit le tour de la cour avant de se poser derrière lui pour finalement revenir sur moi.

– Je vais me débarrasser de la poussière de la route et nous pourrons discuter dans mon étude. Je suis impatient de te présenter notre candidate.

Tous les regards se portèrent sur les nouveaux venus. Ils étaient quatre, deux hommes et deux femmes. De façon inconsciente, ils s'étaient disposés en pointe de flèche. La femme à leur tête était bien aussi grande que lord Baygund. Ses cheveux blonds avaient été tressés serré, mais des frisottis lui auréolaient la tête. Sa veste matelassée était accentuée du cyan de la garde du château Bleu, comme celles de ses compagnons.

Mes yeux croisèrent les siens et je restai surprise devant la détermination que je pouvais y lire. Son nez droit et son menton pointu lui donnaient un air sévère. Les deux hommes derrière elle échangèrent quelques paroles et je la vis pincer les lèvres pour camoufler son amusement. Un simple geste de la main près de sa cuisse suffit pour ramener les deux soldats à l'ordre. Je ne pus m'empêcher de sourciller. Sa sévérité était visiblement accompagnée d'une loyauté indéfectible de son escouade.

Je reportai mon attention sur lord Baygund et acquiesçai.

– Je vous retrouverai un peu plus tard. Bon retour chez vous.

Il acquiesça et se tourna vers son fils.

– Koberik m'a informé en chemin que nous avons des caravaniers en résidence.

Kiall l'entraîna vers les chariots. Les hommes et les femmes de la caravane étaient restés à l'écart de l'agitation, mais Lathar sortit du lot presque instantanément pour saluer lord Baygund. Les deux hommes échangèrent une poignée de main et quelques mots avant que le seigneur ne quitte la cour vers la tour principale. Le voyage avait dû l'éreinter pour qu'il soit aussi magnanime avec les étrangers.

Tarinne se dirigea vers les nouveaux venus et les précéda dans la tour adjacente à la garnison pour leur montrer leurs quartiers. Je fis l'objet de quelques coups d'œil, mais visiblement, ils décidèrent de respecter la décision de lord Baygund et d'attendre avant de faire les présentations.

Des soldats de la délégation étaient restés attroupés et je m'approchai pour voir ce qu'ils faisaient. L'un d'eux avait les mains liées dans le dos et le côté du visage tuméfié. Au signal d'un lieutenant, deux hommes l'empoignèrent et le traînèrent vers l'escalier qui menait aux cachots sous la garnison. J'ignorais le nom de celui qui avait été mis aux arrêts, mais je reconnus le lieutenant Tassian, un des deux officiers que lord Baygund avait choisi pour l'accompagner au château Bleu. Il dut sentir mon attention sur lui, car il me fit face et attendit que j'arrête à ses côtés pour me saluer.

– On dirait bien que vous avez rencontré des problèmes en route, dis-je. Est-ce en lien avec l'incident en mer?

Tassian écarquilla les yeux avant de reprendre une expression neutre.

– Je ne pensais pas que lord Baygund serait si rapide à vous mettre au courant.

Je lui souris sans démentir sa supposition et croisai les mains dans mes jupes. Il se frotta la nuque avec un regard fatigué vers la garnison.

– Nous avons eu des problèmes d'approvisionnement à l'aller. Au retour, les entraves des chevaux ont été sabotées deux fois plutôt qu'une. À ce moment, lord Baygund a commencé à se douter que quelque chose clochait. Pendant la traversée du fleuve, il a profité du fait que nous étions en quartiers clos pour tendre un piège au traître.

Mes épaules s'affaissèrent sous le poids de la tristesse. Nos gens étaient libres de quitter nos terres ou de demander un transfert vers un autre château, mais ces occurrences étaient rares. Pour cette raison, la plupart des crimes étaient punis par l'exil. Mais la trahison se terminait systématiquement par une exécution.

– A-t-il dit pourquoi?

Le lieutenant secoua la tête.

– Il est resté silencieux depuis sa capture. Si vous voulez bien m'excuser, je dois donner mon rapport.

Je murmurai un remerciement et le laissai partir. La cour était presque vide et j'allais prendre la direction des cuisines pour parler à Romita lorsque mes yeux croisèrent ceux de Jonas. Il se tenait en périphérie des chariots, les bras croisés. Son regard était songeur et l'envie irrésistible de le faire sourire me monta dans la poitrine. J'avalais péniblement et m'obligeai à continuer mon chemin. Le temps n'était plus aux distractions. Plus que jamais, je devais songer à mon futur maître d'armes.

Dans les cuisines, je pris place aux côtés d'Hella et épluchai quelques légumes racines. Au fil du temps, j'avais appris à maîtriser le petit couteau, mais jamais aussi bien que la vieille femme. Même sans ses yeux, ses traits étaient parfaits et elle n'avait jamais besoin de passer une deuxième fois. Elle travaillait en silence, ce dont j'étais infiniment reconnaissante.

Je pouvais sentir les coups d'œil de Romita et de Zastan. Les marmitons y étaient sensibles aussi, et malgré l'agitation dans la pièce, ils se contentaient de chuchoter et de marcher d'un pas léger. Je me concentrai sur le légume entre mes mains et les ignorai. S'ils avaient quelque chose à me dire, qu'ils le fassent. Sinon, je n'avais rien à ajouter.

Finalement, le chambellan de lord Baygund demanda des rafraîchissements et un goûter dans l'étude. Je me relevai et rinçai mes mains à l'eau claire avant de prendre la suite des deux domestiques chargés de plateaux. Ils échangèrent un regard à ma présence derrière eux, mais ne firent pas de commentaires. Je les précédai une fois sur le palier pour frapper à la porte et ouvrir le battant.

Lord Baygund avait délaissé le large pupitre pour prendre place dans le fauteuil devant l'âtre. Sa position était détendue, une cheville croisée sur le genou opposé. Kiall était debout à ses côtés, les yeux écarquillés, et faisait visiblement un effort pour rester calme. La femme que j'avais vue dans la cour était présente, cette fois sans son entourage. Elle avait pris place dans le fauteuil en face, mais elle s'était perchée au bord du siège, prête à réagir. Le capitaine Tyrak était debout derrière le sofa de velours mauve, celui que la défunte femme de lord Baygund avait préféré. Les deux domestiques me contournèrent et commencèrent à distribuer les verres.

Un raclement de pieds me fit tourner vers le corridor. Maître Jaclin arrivait, un recueil de chroniques sous le bras. Il me fit un sourire taquin, ce qui me permit de respirer un peu plus aisément.

– Tu n'avais pas besoin de m'attendre, belle Sabaya.

– Bien sûr que oui. Les prochains moments sont à marquer dans l'histoire du château Violet.

Je lui tendis mon coude et il y passa sa main à la peau tachetée par le temps.

– Tu flattes l'ego d'un vieil homme.

Il me relâcha une fois au bord du tapis qui délimitait le petit salon. Lord Baygund salua maître Jaclin d'une poignée de main et d'un sourire. Je me retrouvai avec un verre de cidre et remerciai les domestiques d'un murmure. Notre futur maître d'armes m'étudiait en silence et je dus m'éclaircir la gorge, sentant le rouge me monter aux joues. Lord Baygund se redressa avec un sourcillement amusé et nous présenta.

– Maelora est la fille aînée du maître d'armes du château Bleu. Elle a servi dans la cavalerie puis elle a dirigé une escouade d'infanterie. Elle n'est pas très familière avec les simargs, mais je lui ai assuré que les similitudes avec les chevaux étaient assez grandes pour qu'elle s'adapte rapidement.

J'acquiesçai avec un sourire forcé. Notre capitaine des simargs était très expérimenté; si elle savait écouter ses seconds, elle aurait vite fait de comprendre leur utilité. Maelora se leva de son fauteuil et s'avança pour me tendre la main. Je me mis sur pied et la serrai.

– Enchantée de faire votre connaissance. Je suis Sabaya.

– C'est un honneur de me joindre aux effectifs du château Violet.

J'avalai péniblement et m'efforçai de garder mon sourire en place. Elle avait passé plusieurs semaines sur la route avec lord Baygund, mais nous étions pratiquement des étrangères. Le joyau ne serait pas si rapide à compléter la connexion. L'intervention de Tyrak m'exempta de répondre.

— Votre réputation vous précède, capitaine Maelora.

Les mâchoires de cette dernière se crispèrent, probablement au rappel que, jusqu'à preuve du contraire, ils portaient tous les deux le même rang. Lord Baygund plissa les yeux, visiblement peu intéressé à assister à des hostilités. Il se tourna vers son fils.

— Tarinne me dit que nos réserves sont basses.

— Les torches et la viande principalement. Il faudra envoyer une équipe de chasseurs dès que... capitaine Maelora le jugera sécuritaire.

Tyrak vibrait pratiquement de frustration, mais un regard de lord Baygund l'incita à garder le silence. Maître Jaclin dut le prendre en pitié et intervint à sa place.

— C'est une des raisons qui ont motivé la stratégie d'hier. Déplacer les combats en dehors des murs nous a permis de conserver une partie de nos ressources.

Les épaules de Kiall se détendirent et il acquiesça. Son soulagement fut de courte durée, car lord Baygund secoua la tête.

— C'était un pari fort risqué.

Son attention se porta sur moi et son regard clair me cloua dans mon siège, les mains crispées dans mes jupes.

— Sabaya, aurais-tu été en mesure de venir en aide aux troupes?

Je pinçai les lèvres, consciente qu'il savait pertinemment qu'elle était ma portée. J'envoyai un rapide coup d'œil à Maelora qui écoutait d'un air parfaitement neutre.

– Pas sans un maître d'armes, non.

Lord Baygund se tourna vers le capitaine Tyrak.

– Cette décision aurait été excellente, si vous aviez été dans une autre position. Vous avez de la chance d'avoir essuyé si peu de pertes.

Tyrak blêmit et serra les poings.

– La solution appliquée épargnait le château et ménageait nos ressources.

Baygund secoua la tête avec un regard sévère.

– Votre plan aurait pu se résulter par le massacre de la majeure partie de nos troupes, laissant Sabaya seule pour défendre les remparts. Si les gargouilles n'avaient pas suivi le même schéma que le mois passé, vous auriez tout perdu.

Le soldat baissa les yeux, les mâchoires crispées. Le seigneur releva les yeux vers son fils.

– Tu as pris la meilleure décision avec les informations que tes conseillers t'ont données. Mais sans Sabaya, notre château n'est qu'un tas de roches. Je t'encourage à faire appel à elle pour considérer chaque décision que tu prendras à l'avenir.

Kiall m'envoya un regard navré et je lui retournai un sourire triste.

– Ton père est l'un des seigneurs les plus sages que le château Violet ait vu passer.

Ce dernier eut un grognement amusé.

– Je me rappelle que tu aies tenu des propos fort différents lors de mon seizième anniversaire.

Je haussai un sourcil, surprise qu'il mentionne cet incident vu notre présente compagnie. Son tour dans la fausse à ordures avait découlé d'une mauvaise communication entre nous. L'aventure lui avait servi de leçon, particulièrement à ne rien tenir pour acquis.

– Toujours est-il que tu as appris à poser les bonnes questions à partir de ce moment.

Son visage s'éclaira d'un sourire et il se passa une main dans la barbe avant de se tourner vers Maelora.

— La précieuse du château Bleu a la réputation d'être extrêmement à cheval sur l'étiquette. Tu réaliseras rapidement que Sabaya préfère traîner en cuisine et faire un tour à dos de simarg.

Je cachai mes mains où les légumes racines avaient laissé des traces orange. Les habitants du château ne se formalisaient jamais de mes préférences. Et nos invités avaient généralement le bon sens de ne pas commenter. Mais j'étais étrangement gênée devant le regard sérieux de Maelora.

— Je ne suis jamais bien loin, me justifiai-je. Vous n'avez qu'à appeler mon nom et je serai avec vous promptement.

Lord Baygund acquiesça, un doigt devant sa bouche pour masquer son sourire naissant. Je tournai la tête pour que Maelora ne me voie pas et je retroussai le nez en guise de réponse. Les coins des yeux du seigneur se plissèrent d'amusement. Au son de la voix de Maelora, je lui fis face à nouveau.

— Mon père m'a bien expliqué que chaque maître d'armes forge sa relation avec le joyau à son image, dit-elle. J'ai bon espoir que nous trouvions un terrain d'entente.

Je clignai des yeux, surprise qu'elle fasse référence à moi en parlant du joyau. Comme Baygund venait de mentionner que je n'étais pas à cheval sur la bienséance, j'aurais été malvenue d'exiger qu'elle m'adresse par mon titre de précieuse. Je trouvais quand même étrange qu'elle me traite si cavalièrement. Maître Jaclin agita une main.

— Il y a autant de précieuses différentes qu'il y a de joyaux. Les premiers maîtres d'armes ont dû définir leur rôle, surtout à l'époque où nos seigneurs étaient aussi des guerriers. De nos jours, nous savons mieux comment équilibrer les fardeaux de chacun. Ne sous-estimez pas votre importance auprès de notre petite Sabaya. Malgré ses longues années d'existence, elle n'en est qu'à son troisième maître d'armes. C'est la preuve, s'il en faut une, qu'elle porte une attention toute particulière à ses gens.

Le regard de Maelora se posa sur moi et une ombre y passa. Elle avait probablement réalisé son faux pas. Je m'éclaircis la gorge et pointai une main en direction de la porte.

— Si nous tenons un banquet ce soir pour célébrer votre arrivée, je ferais mieux d'aller prêter main-forte à l'intendante.

Lord Baygund leva une main.

— Je requiers ta présence encore quelques instants.

Il se tourna vers les gens assemblés avec une expression austère.

— Vous avez sans doute réalisé qu'un de nos soldats est revenu avec les fers aux poignets. Je le soupçonne d'avoir tenté de mettre en péril notre délégation.

— Sauf votre respect, l'interrompit Maelora, c'est bien plus que ça. Il vous a attaqué avec l'intention de vous blesser mortellement.

Kiall bondit sur ses pieds, sa chaise heurtant le sol avec un claquement. Lord Baygund leva une main pour le calmer et servit un regard de réprimande à Maelora. Cette dernière pinça les lèvres, mais ne recula pas. Le front de maître Jaclin se barra de sillons et il se pencha vers l'avant.

— Est-ce une attaque d'opportunité ou un plan savamment exécuté?

Le seigneur grimaça.

— L'exécution était loin d'être impressionnante. Wex n'est pas la lame la plus aiguisée du lot, alors je le soupçonne d'avoir agi sur les ordres d'un autre.

— A-t-il dénoncé quelqu'un? demanda Tyrak.

– Non, ce sera parmi les premiers mandats du capitaine Maelora.

Cette dernière acquiesça d'un signe de tête formel. Tyrak se racla la gorge.

– C'est la peine de mort qu'il encourt, dit-il.

Maître Jaclin haussa un sourcil à mon intention.

– Sauf si le joyau a une autre suggestion?

Le capitaine s'agita, la main sur le pommeau de son épée, comme s'il était déjà prêt à escorter le traître aux limites de nos terres pour mettre la sentence à exécution. Je secouai la tête.

– J'attendrai le verdict du capitaine Maelora, mais je me range à la justice de notre seigneur.

Du coin de l'œil, je vis Tyrak serrer les poings, mais il resta silencieux. Lord Baygund acquiesça et se leva de son fauteuil.

– Parfait. Comme il nous reste quelques heures avant le banquet, je suggère que nous en profitions pour passer la garnison en revue.

Comme cette tâche ne me concernait pas vraiment, je marmonnai une salutation et m'éclipsai rapidement. Je dévalai les marches sans attendre, de crainte qu'on suggère que je les accompagne. L'idée de faire la conversation ainsi pour les prochaines heures me tordait l'estomac. L'animosité qui émanait de Tyrak me laissait un goût amer sur la langue. Comme Maelora l'avait dit, nous trouverions éventuellement des points communs sur lesquels bâtir notre relation, mais pour l'instant, j'en étais bien incapable.

Je traversai la cour, étrangement déserte vu l'heure, et allai jusqu'à la courtine pour traverser dans le jardin des simargs. Ici aussi, l'endroit était vide, mais des bruits me parvenaient de l'extérieur des remparts, en provenance du champ de pratique.

Je tournai sur moi-même, à la recherche du pelage doré de Nym. Comme je ne le voyais nulle part, j'envoyai une sonde dans le sol pour prendre contact avec les environs. Je repérai le chien ailé dans les arbres environnants et l'appelai à moi. Il ne tarda pas à apparaître au-dessus des frondaisons. Il piqua vers le sol avant d'ouvrir toutes grandes ses ailes. Plusieurs battements puissants soulevèrent la poussière autour de moi et je levai les bras pour protéger mon visage. Nym sautilla et griffa le sol d'une patte impatiente.

– Que se passe-t-il?

Il tourna sur lui-même, avant d'étirer une patte pour abaisser son épaule. Visiblement, il voulait me montrer la source de cette agitation. Je relevai mes jupes pour les coincer dans ma ceinture et attrapai une poignée de poils sur son échine. D'un pied sur son coude, je me propulsai sur son dos.

À peine avais-je pris place, qu'il se mit à courir pour décoller. Je me plaquai contre son cou pour mieux épouser ses mouvements tandis qu'il prenait de l'altitude. Le vent me fouetta le visage et le soleil me chauffa le dos. Je soupirai d'aise et me laissai porter par mon fidèle compagnon. Mes pensées revinrent vers le château et mes responsabilités. Je n'étais peut-être par prête à me lier à Maelora, mais je devais faire confiance à mon seigneur. Elle ferait un excellent maître d'armes et le château bénéficierait de son expertise.

Une vibration sous mes mains me fit ouvrir les yeux et je réalisai que Nym nous faisait tournoyer au-dessus du champ de pratique. Les soldats s'étaient attroupés autour de deux hommes maniant des armes. Chaque impact faisait claquer le bois, confirmant que c'étaient des épées de pratique. Nym descendit graduellement pour se poser en périphérie du groupe. Je comptais au moins une vingtaine de soldats.

Lord Baygund ne tarderait pas à réaliser qu'une partie des effectifs manquait. Je mis le pied au sol et les soldats les plus proches m'envoyèrent des regards inquiets. Je m'avançai entre eux pour atteindre la zone dégagée pour le combat. Je reconnus Cello, un des soldats de la garnison; un jeune homme plutôt vantard que Tyrak avait dû réprimander à répétition au cours des dernières semaines.

Face à lui, la femme de l'escorte de Maelora se tenait en garde. Ses cheveux étaient nattés serrés, mais la couleur blond doré scintillait sous le soleil. La forme de son nez et celle de son menton rappelaient celles de Maelora, pas assez pour être sœurs, mais peut-être cousines.

Elle sauta si rapidement que Cello ne vit pas venir le coup sur sa cuisse. La douleur le fit grimacer et l'empêcha de se déplacer assez vite. Le deuxième coup lui fit perdre le contrôle de son arme et il dut lever les mains en signe de reddition. Je ne pus résister à l'envie d'applaudir en même temps que les autres.

— Elle est douée, dis-je.

— Tu devrais voir lorsque Maelora et Kallas se battent en équipe. C'est captivant.

Je me tournai pour réaliser que j'étais à côté des autres hommes de Maelora. Celui qui m'avait parlé avait le teint doré et les yeux bridés des peuplades du Grand Nord. Je serrai la main qu'il me tendait.

— Je suis Ilyon et voici Segast.

L'autre homme inclina la tête pour me saluer, les bras toujours croisés. Son regard se reporta presque immédiatement sur les autres soldats. Ses cheveux complètement noirs et frisottés contrastaient avec sa peau pâle. Une barbe fournie lui couvrait une bonne partie du visage, lui donnant des traits austères. Je suivis la direction de son regard sur le soldat qui se relevait péniblement.

– Est-ce que Cello a provoqué Kallas, ou est-ce une joute amicale?

Ilyon haussa les épaules avec un sourire espiègle.

– Il y a toujours des frictions lorsque des nouveaux intègrent un corps déjà existant.

J'allais insister lorsque mon attention fut attirée de l'autre côté. Certains caravaniers s'étaient joints aux spectateurs et des pièces changeaient de main, sûrement à la suite de paris. Jonas était du nombre, les bras croisés. Quelques soldats tentèrent de provoquer Kallas et elle les invita d'un signe de la main à la rejoindre au centre du cercle. À ma grande surprise, ce fut Jonas qui prit la parole.

– Un Nordien contre un Nordien, c'est un défi plutôt faible. Trop prévisible. Vous avez tous appris à la même école.

Kallas se tourna vers Jonas, mais Segast la prit de vitesse. Il ramassa une des armes de pratique et la fit tournoyer.

– Viens me montrer tes techniques, Sudiste. Voyons voir ce que tu vaux.

Les caravaniers se mirent à siffler des encouragements. Les soldats qui avaient vu Jonas se battre sur la crête lancèrent des paris assez effrontés pour faire sourciller Kallas, qui nous avait rejoints. Elle mit les mains sur ses hanches et se pencha vers Ilyon.

– Est-il si bon? Pas que je sois inquiète pour Segast...

– Son père était un chef de guerre, répondis-je.

Kallas tourna la tête vers moi, et elle écarquilla les yeux de surprise.

– Milady, je ne vous savais pas ici.

Ilyon se tourna vers moi et la lumière se fit dans ses yeux. J'agitai une main, mon attention rivée sur le combat.

En d'autres temps, j'aurais peut-être taquiné le nouveau venu, mais je n'osais pas détourner le regard de Jonas.

– Appelez-moi Sabaya. Ils me semblent aussi doués l'un que l'autre.

Les deux hommes se tournaient autour, chaque coup étant paré aussi vite qu'il était placé. Leurs pieds bougeaient si vite qu'ils étaient difficiles à suivre. On aurait dit une danse chorégraphiée lors d'un festival d'été. Leurs gestes étaient fluides et ne laissaient aucun temps mort. La sueur commençait à parler sur le front de Jonas et la respiration de Segast semblait de plus en plus rapide. Je fronçai les sourcils en repensant à la blessure de Jonas, mais il ne semblait pas en souffrir.

Pour le moment.

Kallas inclina la tête sur le côté, apparemment peu inquiète pour son compagnon.

– Ce caravanier doit être un démon sous les couvertures.

Son commentaire me fit tourner la tête et je vis Ilyon se frotter les mains.

– Je te paris que je teste la marchandise avant toi.

Kallas eut un grognement amusé et secoua la tête, ses longues tresses balayant ses épaules.

– Tu es un séducteur sans vergogne, mais j'ai entendu dire que les Sudistes étaient plus pudiques sur ce genre de chose.

– On ne le saura pas si on n'essaie pas. Je commence à voir plusieurs avantages à résider au château qui sert de relais.

Il agita des sourcils suggestifs dans ma direction et Kallas lui envoya un coup de coude dans les côtes.

– Laisse la précieuse tranquille. Maelora va te castrer si tu la touches.

Il mit une main sur sa poitrine et me servit un regard éploré.

– Vous resterez à jamais un idéal intouchable, belle dame Sabaya.

J'éclatai de rire devant tant de théâtre et le sourire de Kallas me confirma que c'était la bonne réaction. Je reportai mon attention sur les combattants. Ils en étaient à se tourner autour pour trouver une faille dans la garde de l'autre, lorsque le cercle de spectateurs s'agita.

Nym arriva derrière moi et roucoula un avertissement. Une rapide inquisition dans les environs m'apprit que le seigneur Baygund s'approchait d'un bon pas et qu'il n'était pas ravi de trouver ces soldats attroupés.

– Que signifie ce cirque?

Aux paroles de seigneur, les soldats autour de lui s'éparpillèrent et certains prirent la direction des remparts en courant. Comme Jonas et Segast étaient encore en plein combat, Maelora s'avança.

– Assez, soldat.

Segast bondit hors de portée de Jonas et se mit au garde-à-vous. Bon joueur, Jonas stoppa son attaque et recula d'un pas. Le regard de la capitaine se posa sur Kallas et Ilyon à mes côtés. Les deux soldats se raidirent et saluèrent leur supérieure. Une telle discipline n'était certainement pas apparue du jour au lendemain et je devais saluer l'autorité de Maelora. Le champ de pratique s'était presque vidé. Jonas s'avança vers ma future maître d'armes et s'inclina.

– Vos soldats sont d'excellents combattants. Vous m'excuserez de n'avoir pu résister à la tentation de tester leurs limites.

Les lèvres de Maelora se pincèrent, mais elle accepta le compliment avec un hochement de tête gracieux. Un coup de truffe sur mon coude me fit tourner vers Nym. Il se tenait la tête basse, mais les oreilles droites, le regard fixé sur Maelora. Kallas et Ilyon s'étaient éloignés pour rejoindre les autres et nous étions seuls. Je lui passai une main rassurante sur la nuque.

– Elle fera une excellent maître d'armes. Et peut-être qu'un des membres de son entourage te fera un bon cavalier.

Il redressa la tête et renifla avec dédain. Je lui tapotai l'épaule avec un sourire et montai lorsqu'il abaissa sa patte. Lord Baygund me regarda partir, les mains sur les hanches, avant de reprendre la direction des fortifications. Une fois de plus, mon seigneur avait vu à mes intérêts et je lui ferais honneur en me liant au maître d'armes qu'il avait choisi. C'était dans le meilleur intérêt du joyau et des habitants du château. Je fermai les yeux et suivis les mouvements du chien ailé alors qu'il décollait.

Fidèle à lui-même, Nym sembla deviner mon état d'esprit et, plutôt que de retourner vers le château, il prit la direction des champs avec des battements d'ailes réguliers. Quelques maisonnettes étaient visibles, celles des cultivateurs les plus éloignés du bourg principal. Des travailleurs dans les champs se redressèrent lorsque Nym se laissa porter par un courant descendant. Je rendis leur salut avec un sourire. Même si mes inquiétudes ne me quittaient pas, je pouvais au moins me rassurer en constatant que mes gens étaient bien portants.

Ma connexion avec eux était une constante, et avec le retour du seigneur au château, j'avais plus de facilité à évaluer les récoltes et le bétail. Je me plaquai contre l'encolure du simarg et fermai les yeux. Mon lien avec lord Baygund était telle une corde dorée entre nous, agitée par un vent invisible, mais solide. La périphérie de ma visualisation restait floue, mais ce serait le cas aussi longtemps que je ne serais pas liée avec ma nouvelle maître d'armes. Grâce à elle, ma perception des terres environnantes reprendrait en clarté et je serais en mesure d'appréhender les attaques de gargouilles.

J'espérais aussi que notre éventuel attachement me permettrait de chasser cet inconfort qui ne me quittait plus depuis que lord Baygund avait traversé le fleuve en bateau. Je rouvris les yeux et pressai les flancs du simarg pour qu'il prenne la direction du château. Il gronda de manière à peine perceptible et je souris.

– On ne peut pas se sauver de nos responsabilités indéfiniment.

Je sentis son intention une fraction de seconde avant qu'il ne passe à l'action et je resserrai ma prise sur la fourrure de son échine. Ses ailes se replièrent contre son dos et il vrilla avant de reprendre de l'altitude à grands coups d'ailes. Il maintint sa cadence et en quelques minutes, nous étions de retour au-dessus des remparts.

Le chaos ambiant me prit par surprise et Nym dut rester en vol, incapable de trouver un espace dégagé. Il tournoya et ajusta son angle d'approche pour se poser sur le toit d'une des tours. Je lui tapotai l'encolure en guise de remerciement et il ne perdit pas de temps à s'envoler vers la cime des arbres. Plutôt que de descendre les escaliers, je plaquai mes mains contre le muret et m'enfonçai dans la pierre. Je traversai les étages puis les pavés pour sortir du mur des écuries.

Devant moi, maître Galdir se tenait raide comme un piquet, les bras croisés. Je fis quelques pas pour m'arrêter à ses côtés. Il inclina la tête en guise de salut, mais son regard resta rivé sur la dizaine de chevaux qui courraient en tous sens. Une poignée de palefreniers tentaient tant bien que mal de les rattraper, par la ruse ou avec des poignées de grains.

Les chevaux semblaient prendre un malin plaisir à se regrouper au centre de la cour, puis s'éparpiller en tous sens avant de simuler un carrousel improvisé. Un des plus jeunes étalons du troupeau trottait avec de grandes enjambées, la tête haute et les naseaux dilatés. Il freinait sec pour souffler avec force avant de feinter, pivoter sur son arrière-train et repartir dans la direction opposée. Chaque fois, les autres chevaux s'égayaient de plus belle.

Des soldats s'étaient joints à l'effort et je vis le lieutenant Tassian passer une lanière de cuir au cou d'une des juments qui s'étaient dirigées vers le jardin à la recherche d'herbe fraîche. Elle renâcla, mais reconnut sa défaite et le suivit jusqu'aux portes de l'écurie.

Avec le retour de lord Baygund, mon influence sur les animaux me venait plus facilement. Je fermai les yeux et puisai dans la certitude tranquille qui caractérisait le joyau. L'énergie se regroupa autour de moi et je relâchai une onde de calme pour la diffuser dans la cour. Deux chevaux s'immobilisèrent et se laissèrent attraper placidement. Un autre s'arrêta, mais allait repartir, sauf que son hésitation suffit pour qu'un palefrenier lui mette la main dessus.

Le lieutenant Tassian ressortit des écuries et vint se poster à nos côtés alors que le jeune étalon fugueur était finalement maîtrisé. Je me tournai vers maître Galdir.

– Que s'est-il passé?

– Koberik a envoyé une nouvelle recrue.

Comme il n'ajoutait rien, je lançai un regard inquisiteur au lieutenant. Il pointa la jeune femme qui ramenait le dernier cheval. Elle devait avoir à peine douze ans, toute en jambes et en bras. Bien nourrie, elle aurait éventuellement la carrure parfaite pour être une excellente cavalière. Le bas de son pantalon était déchiré et le côté de sa chemise était brun, comme si elle était tombée dans le fumier.

– La jeune fille est douée avec les chevaux, mais elle a la malchance d'être l'aînée de huit enfants en bas âge, expliqua Tassian. Le père est mort d'un bête accident et la mère arrive à peine à gérer la ferme avec l'aide de ses proches. Ils espèrent que la paie au château sera suffisante pour les remettre sur la bonne voie, d'ici à ce que les autres enfants puissent prendre part aux tâches de la ferme.

Je l'observai manipuler le cheval dont l'arrière-train dansait d'un côté à l'autre, tandis que son nez restait à l'épaule de l'apprentie. C'était un animal magnifique, mais difficile à gérer.

– Et personne ne lui a dit qu'Acrobate avait mérité son nom autrement que sous la selle?

Le maître des écuries me lança un regard entendu.

– Si vous voulez bien m'excuser, j'ai des palefreniers à discipliner.

Je le regardai s'éloigner vers les portes. Dans la pénombre de l'allée centrale, je pouvais voir les palefreniers attroupés, certains en sueur, d'autres avec des airs coupables. Les émotions les plus fortes des habitants du château m'étaient accessibles, mais dans une journée, les joies et les peines étaient nombreuses. L'animosité ou la frustration pouvaient aller et venir sans que je la perçoive.

Quoique les émotions les plus fortes m'étaient généralement faciles à repérer.

Lorsque j'avais un maître d'armes en résidence.

Les querelles et les manigances comme le bizutage des nouveaux passaient généralement inaperçues, même en temps normal. Mes épaules retombèrent sous le poids de la défaite. Considérant les tentatives de sabotage et d'assassinat dont lord Baygund avait fait mention, quelqu'un en nos murs ressentait bien plus que de l'animosité, mais j'étais incapable de cerner qui.

L'inquiétude qui ne me lâchait pas prit de l'ampleur. Si quelqu'un parvenait à mettre fin aux jours de mon seigneur, un de ses enfants serait en mesure de reprendre son rôle, mais Kiall et Elidine étaient si jeunes; il y aurait un prix à payer. J'étais déjà vulnérable sans maître d'armes; la perte de mon seigneur pourrait bien être le coup dur dont le château ne se remettrait pas aisément.

Autour de moi, la cour s'était vidée et le calme était revenu. Le lieutenant Tassian était parti en direction de la garnison, me laissant seule au milieu des pavés. Une brève pulsation dans la pierre environnante m'apprit que les préparatifs du repas du soir allaient bon train en cuisine. Je pris la direction de la tour principale et grimpai les escaliers vers les appartements du seigneur. Comme il y était seul, ce serait le moment idéal pour lui poser des questions, loin des oreilles indiscrètes ou sensibles.

J'arrivai rapidement au palier et levai une main pour frapper à la porte. Le battant s'ouvrit avant même que je ne touche le bois. Kesho, le chambellan de lord Baygund, sourcilla en me reconnaissant. Il tenait une aiguière d'une main et une pochette de l'autre. C'était un homme grand et mince avec une présence si paisible qu'il passait généralement inaperçu. Il était entré en fonction à l'âge de quatorze ans, au moment où lord Baygund avait hérité de son titre. Sa discrétion faisait en sorte que nous avions peu d'occasions d'échanger, mais je savais sa loyauté inébranlable.

Sans me laisser le temps de réagir, il sortit dans le couloir, m'obligeant à reculer, et referma la porte du bout du pied. La poignée cliqueta alors que le pêne reprenait sa place.

– Dame Sabaya, puis-je t'être d'une quelconque utilité?

Je clignai des yeux, surprise qu'il me bloque le chemin. La présence de lorg Baygund était facilement perceptible de l'autre côté du mur et j'avais bien conscience qu'il n'était pas endormi. Kesho avait toujours été protecteur envers notre seigneur, mais ses motivations de me bloquer l'accès m'échappaient. Je m'éclaircis la gorge et pointai la porte.

– J'avais espoir de discuter avec lord Baygund avant le repas du soir.

– Le seigneur se repose. Veux-tu que je lui transmette un message?

Mon regard alterna entre la porte et le chambellan.

– Est-il souffrant?

– Le voyage a été difficile.

Comme il ne faisait toujours pas mine de libérer le passage, je portai mes mains à mes hanches, ma patience mise à mal.

– A-t-il expressément refusé de recevoir ma visite?

Kesho eut un moment d'hésitation et je sus que je le tenais.

– Je comprends que tu veilles sur sa tranquillité, mais j'ai certaines inquiétudes qui nécessitent son attention.

Il se redressa, les épaules crispées.

– C'est effectivement mon rôle de veiller sur lui. Et c'est là que nos perspectives diffèrent. Ton rôle est de voir à l'ensemble des habitants du château. Les années m'ont fait réaliser que cette responsabilité te fait perdre le menu détail des besoins individuels. Ma tâche principale est de pourvoir aux besoins de mon seigneur. Et c'est de repos dont il a besoin.

Le battant couina sur ses gonds et révéla lord Baygund avec une expression amusée.

– Impossible de me reposer avec vous deux qui vous chamaillez devant ma porte.

La bouche de Kesho se pinça et il repositionna sa prise sur l'aiguière. Baygund se tourna vers moi et inclina la tête.

– Je te prie d'excuser Kesho; le voyage a été éprouvant pour lui aussi. Je suis flatté par sa vigueur à défendre mon repos, mais ce n'est pas nécessaire. Prends une soirée de congé, Kesho.

Le chambellan s'inclina à partir de la taille et prit la direction des escaliers. Je le regardai s'éloigner avec un pincement de regret. Les derniers mois avaient été difficiles et j'avais troublé le sommeil de mon seigneur plus d'une fois, mais je n'avais pas pensé que Kesho le prendrait ainsi. Lord Baygund ouvrit la porte un peu plus largement et me fit signe d'entrer.

Un feu avait été allumé dans l'âtre et une paire de bottes avaient été mises à sécher tout près. Sur la console entre les deux fauteuils, une théière et une tasse fumaient. Lord Baygund pointa le vaisselier et m'invita à me servir. Comme je n'avais jamais développé de goût pour la boisson amer, je secouai la tête et pris place dans la deuxième bergère, celle que sa femme avait utilisée de son vivant.

— Tarinne me dit que les terres sont sèches.

— Et je lui ai dit que je ne contrôle pas les nuages. Les sources souterraines se portent bien. Les récoltes seront peut-être moins abondantes, mais la cuvée de vin sera excellente.

Un sourire éclaira le visage austère du seigneur et il prit une gorgée. Je m'appuyai sur le bras de la bergère avec un air faussement ennuyé.

— De mauvaises récoltes seront le dernier de nos soucis advenant le cas où tu perdrais la vie.

Il redéposa sa tasse avec soin avant de croiser les mains devant lui. Son regard resta fixé un moment sur les flammes. Sa patience se révéla plus grande que la mienne et je rompis le silence la première.

— Maelora a avancé que tu as amoindri la gravité de la situation, et maintenant, Kesho te couve comme une deuxième mère. Dois-je me faire du souci aussi?

– Je ne voulais pas effrayer Kiall. Sa régence semble déjà lui avoir coûté plusieurs nuits de sommeil.

Je soupirai et me calai dans mon siège.

– Chacun porte le poids de ses responsabilités à sa façon.

J'avais vu passer plusieurs seigneurs depuis la fondation du château Violet, et si certaines choses ne changeaient pas, d'autres variaient de l'un à l'autre. Baygund avait lui-même passé plus d'une nuit blanche.

– Je comprends tes craintes, Sabaya, autant à mon sujet que pour le château. Kesho te le reproche peut-être, mais c'est tout à ton honneur de toujours posséder cette vue d'ensemble.

Il resta silencieux un moment avant de reprendre.

– Quand ma femme est tombée malade, j'avais la conviction que je ne pourrais jamais poursuivre mon mandat sans elle. Comment aurais-je pu être un bon seigneur et un bon père tout à la fois?

J'ouvris la bouche pour protester, mais il leva une main pour m'arrêter.

Je sais aujourd'hui que ce n'était pas impossible. Ils ont été nombreux à se rallier pour alléger mon fardeau. Je sais aussi que tu as coordonné plus d'une mission de sauvetage pour me permettre de tout gérer.

Je haussai les épaules, embarrassée. Mes interventions avaient été minimes et personne n'avait été difficile à convaincre. C'était la preuve s'il en fallait une qu'il était un bon seigneur.

– Et c'est à ce moment que j'ai compris la leçon que mon père avait tant martelée pendant mes années de formation. Un fardeau partagé est bien moins lourd. Il parlait bien sûr du joyau et de sa relation avec le seigneur et le maître d'armes, mais j'ai depuis compris que cette vérité s'applique à bien des aspects. Ma femme n'est plus là pour porter le fardeau de la parentalité avec moi, mais ça ne veut pas dire que je suis seul dans ce rôle.

Il se tourna pour prendre la théière et remplir sa tasse. Je levai les yeux vers le portrait accroché au mur. La peinture datait de plusieurs années déjà et on y voyait lord Baygund avec un jeune Kiall d'à peine cinq ans devant lui, tandis que dame Irabel tenait un poupon dans ses bras. L'artiste avait capturé la couleur olive de son teint, rehaussant le vert de ses yeux. Irabel avait été une dame de château appréciée et sa fille démontrait la même vigueur un peu plus chaque jour.

Le décès de sa femme avait fortement marqué lord Baygund et j'avais craint pour lui. Plus d'une fois, j'avais utilisé la force du joyau pour nourrir la sienne, en espérant qu'il trouverait le courage de passer au travers de cette épreuve. Mon attention se reporta sur lui au son de sa voix.

– Je ne ferai rien pour me mettre en danger, mais je ne resterai pas oisif devant une menace directe. Si le prix à payer est ma vie, ce sera un autre qui prendra ma place. Et le joyau perdurera.

Je pinçai les lèvres pour éviter de répondre trop vite. Son sourire m'apprit que je ne l'avais pas berné et un soupir agacé m'échappa.

– Ne laisse pas la peur dicter tes actes. Je suis sur mes gardes; Kesho et Maelora aussi.

– Aussitôt que j'aurai complété le lien avec elle...

Lord Baygund secoua la tête et se leva de son fauteuil.

– Chaque chose en son temps. Tu m'as toi-même dit que tu voulais faire ce choix à tête reposée.

Je lui offris un sourire contrit et me levai à mon tour.

– Laisse de côté ton fardeau pour ce soir. Profites-en pour faire connaissance avec capitaine Maelora. Les choses se feront plus aisément si tu les laisses évoluer par elles-mêmes.

Je lui fis une courte révérence qui me valut un sourcillement amusé. Le battant cliqueta derrière moi et j'inspirai profondément. Je devais m'en remettre à la sagesse de mon seigneur. Le joyau envoya une vague de satisfaction, contenté par le retour de lord Baygund et la possibilité de se lier prochainement à un nouveau maître d'armes. Je devais faire confiance à l'avenir. Et à ceux qui partageaient mon fardeau.

CHAPITRE 14

Jonas

Je martelai le clou une dernière fois pour m'assurer qu'il était bien rentré dans la planche. Le nez d'une chèvre se glissa entre les lattes et je lui grattai le dessus de la tête. Elle s'ébroua et recula avec un bêlement, outrée que je n'aie pas de moulée à lui offrir.

À mon retour du champ de pratique, la cour était en pleine pagaille avec des chevaux qui s'égaillaient dans toutes les directions. Il avait fallu un moment aux palefreniers pour reprendre le contrôle et nos animaux avaient profité de l'agitation générale pour briser une section de leur enclos.

Cynrad, le second de Lathar m'avait remis un marteau et une poignée de clous, puis il avait pointé une extrémité tandis qu'il s'attaquait à l'autre. Je me tournai pour étudier le résultat de notre travail, satisfait de voir que la structure était solide à nouveau. Cynrad mit une main sur la planche du haut et donna une secousse avant de hocher la tête. Je lui rendis son marteau et pris la direction de mon chariot avec l'intention de changer de chemise.

Nous avions été invités au repas du soir pour célébrer le retour du seigneur. Entre les combats plus tôt et les réparations, ma chemise était imbibée de sueur. Des appels en provenance de la tour principale me firent presser le pas. En tournant entre deux chariots, je fus surpris de voir plusieurs personnes barrer le passage. J'allais bifurquer pour passer ailleurs, lorsque la voix fâchée de Ksara m'arrêta. Elle était généralement posée, aussi j'étais curieux de savoir ce qui pouvait bien l'avoir mis dans cet état.

Bien qu'il me tournât le dos, Edon était facile à reconnaître par sa stature. Je fus peu surpris de reconnaître la tignasse noire de Terys, qui se tenait de biais. Ils avaient acculé Ksara contre l'arrière de son chariot. Entre leurs épaules, je vis le visage de cette dernière, sourcils froncés et lèvres retroussées.

— Vous auriez dû vous en débarrasser.

— Qu'est-ce que ça change? Ce ne sont pas les affaires de Lathar, alors de quoi tu te mêles?

Elle pointa un doigt accusateur vers la veste de Terys et ce dernier mit une main protectrice sur la bosse de sa poche.

— Ces pierres ne nous apporteront que du malheur. C'est peut-être même à cause d'elles que nos chariots ont brisé, puis que les gargouilles nous gardent cloués ici.

— Ne me dis pas que tu crois à ces superstitions.

Un fourmillement désagréable me remonta le long des bras. Ksara parlait certainement des pierres jaunes que Terys avait en sa possession. Quelque chose me disait que ces pierres n'étaient pas de simples saphirs. Sabaya avait été très claire et ses paroles faisaient écho à celles de Ksara : les éclats obtenus par la violence portaient malheur.

Mes pieds avancèrent d'eux-mêmes et je m'inter-posai entre les deux hommes et la guérisseuse. Edon sursauta et porta la main à la dague qu'il portait toujours à la taille. Je levai une main en guise d'avertissement et pointai la poche que Terys protégeait.

— Tu vas te débarrasser de ces pierres, ou nous risquons d'être jetés hors de ces murs avant d'avoir des chariots en état de rouler.

Il envoya un rapide coup d'œil à Edon et je fléchis les genoux au cas où ils décideraient d'utiliser la force. Finalement, le mercenaire plissa les yeux et se pencha vers moi.

– C'est de l'argent vite fait.

Par-dessus mon épaule, je vis Ksara secouer la tête.

– Les morts n'ont que faire de l'argent.

Edon se balança d'un pied à l'autre, visiblement plus facile à impressionner que son compagnon. Terys montra les dents avant de se tourner vers moi.

– Trouve-moi un acheteur, et je te donne une part.

Je secouai la tête. L'idée de dénoncer Terys au seigneur du château me semblait tentante, mais terriblement risquée pour le bien-être de l'ensemble de la caravane. Après tout, c'était la raison pour laquelle Lathar me payait : je devais veiller à la sécurité de ses gens. Les encourager à vendre des pierres maudites, ou encore les soumettre à la justice des Nordiens, me semblait aller à l'encontre de ce mandat.

– Je ne suis pas intéressé par une mort précoce. Jetez ces pierres dans la fosse à ordures ou laissez-les dans votre malle à linges, mais je ne veux pas les revoir d'ici notre départ.

Terys avança vers moi avec un regard mauvais et Edon joua des bras par réflexe. Je lui envoyai un coup du tranchant de la main dans la gorge si vite qu'il n'eut pas le temps d'esquiver. Il se mit à tousser, plié en deux par la douleur. Terys recula précipitamment, les bras levés pour protéger son précieux fardeau.

– Je me fous de ce que vous décidez de faire, mais ne m'obligez pas à impliquer Lathar, dis-je. Si le seigneur du château vous prend sur le fait, vous aurez de la chance d'être exécuté de façon sommaire.

Il hocha la tête et attrapa Edon par le coude. Ce dernier commençait à reprendre son souffle et m'envoya un regard mauvais avant de s'éloigner. Je pivotai vers Ksara et surpris son expression calculatrice avant qu'elle ne reprenne son masque de neutralité habituel.

– Que sais-tu des pierres qu'ils ont en leur possession?

Elle secoua la tête et resta silencieuse. Je réprimai un soupir de frustration. Les caravaniers et leurs secrets.

– Si tu as besoin d'aide...

– Non. On dirait bien que tu es toujours là quand les choses tournent au vinaigre, mais je peux me défendre.

Sur ce, elle pivota et prit la direction de son chariot. Mes poings se crispèrent d'eux-mêmes. L'orgueil aurait raison d'elle. Je la savais indépendante, et Lathar évitait généralement de s'ingérer entre elle et les autres caravaniers. Peut-être que la perte de mes jeunes sœurs me rendait susceptible, mais l'idée qu'il arrive du mal à Ksara me pesait sur la poitrine.

Une cloche retentit à l'autre extrémité de la cour pour signaler que le repas serait bientôt servi. Je courus jusqu'à mon chariot pour me changer.

CHAPITRE 15

Jonas

La grande salle avait été décorée en l'espace de quelques heures et les odeurs qui arrivaient de la cuisine me mettaient l'eau à la bouche. Les activités de l'après-midi m'avaient creusé l'appétit. Mon regard parcourut la pièce, arrêtant sur la table d'honneur où le seigneur était assis en compagnie des nouveaux arrivants. J'étais bien obligé de reconnaître que Segast était un excellent combattant. Kallas avait démontré une économie de gestes et une puissance maîtrisée, mais son compagnon était une réelle tornade sur pieds.

J'étais curieux de voir Maelora se battre, mais je doutais qu'elle accueille ma demande avec magnanimité. La jeune femme était d'un sérieux inébranlable, ce que je ne pouvais pas lui reprocher. Dans sa position, j'aurais aussi voulu faire bonne impression.

Une fois le repas terminé, le bruit des conversations devint presque assourdissant. Les habitants du château avaient retrouvé une légèreté qui leur avait fait défaut à notre arrivée. Je me penchai pour avoir une meilleure vue sur la table d'honneur. Il y avait constamment quelqu'un pour venir saluer lord Baygund et échanger quelques mots. Il prenait soin d'inclure son fils et ses conseillers dans la plupart des conversations, mais l'affection et le respect de ses sujets étaient évidents.

À quelques places de là, Sabaya était assise aux côtés de Maelora. Leur échange semblait plutôt décousu et le sourire de Sabaya était crispé. J'attrapai ma chope dans l'intention d'aller la sauver lorsque Ksara me bloqua le passage.

— Tu as la tête d'un chien sur la trace d'un renard.

Je fronçai les sourcils et pivotai pour prendre une pose plus détendue.

– Je ne sais pas de quoi tu parles.

Elle pointa la table d'honneur du menton et fit tourner sa chope dans ses mains. Son regard ambré me scrutait avec intensité et je pris une gorgée pour m'y soustraire.

– Je sais que c'est ton premier voyage au Nord, et que tu n'es peut-être pas familier avec les coutumes d'ici, mais elle t'est inaccessible.

Mes mâchoires se crispèrent au souvenir de Luan qui m'avait fait la même remarque et je m'efforçai de lui sourire.

– Crois-moi, je sais ce qu'elle est.

Elle arqua un sourcil dérisoire avant de se tourner vers le reste de la salle. Le milieu de la pièce avait été dégagé pour créer une piste de danse. Luan avait trouvé un autre musicien pour l'accompagner et ils enchaînaient les cotillons. Des couples s'étaient formés en lignes parallèles et tapaient du pied en rythme. Les doigts de Ksara battirent la mesure sur sa chope avant qu'elle ne reprenne la parole.

– Pour elle, les habitants du château passeront toujours en premier.

– Comme il se doit.

Elle m'observa encore un moment avant de secouer la tête.

– Je ne te pensais pas si frivole. Tu risques beaucoup pour quelques heures de plaisir.

La mélodie cessa et les couples se séparèrent. Luan annonça la prochaine danse et des exclamations enthousiastes lui répondirent. Ilyon s'arrêta devant nous et s'inclina face à Ksara.

– Voilà une beauté devant laquelle je ne peux pas passer mon chemin. Ma dame, m'accordez-vous cette danse?

Ksara arqua un sourcil impérieux, auquel le soldat répondit d'un sourire espiègle. Je pris la chope qu'elle me tendait et la regardai s'éloigner avec son cavalier. Mon regard ne tarda pas à trouver Kallas qui avait choisi un partenaire parmi les habitants du château. Segast se tenait en bordure de la piste de danse et discutait avec Tyrak. Si les deux hommes pouvaient s'entendre, ça n'en serait que plus facile pour Maelora. Pas que leurs relations me concernaient. J'étouffai un grognement frustré et portai mon attention sur la table d'honneur.

Un éclair d'appréhension me traversa en réalisant que la place de Sabaya était vide. Je fis quelques pas avant de la retrouver parmi la farandole d'enfants qui dansaient devant Luan. Je relâchai mon souffle et m'appuyai contre un des piliers de pierre. Personne n'avait remarqué mon mouvement et je portai ma chope à mes lèvres en me maudissant.

Ksara avait raison.

J'ignorais comment elle l'avait deviné, si j'étais si transparent, mais je m'étais attaché à cette femme mystérieuse et pourtant si simple.

Lorsque la chanson prit fin, elle se détacha des enfants pour prendre un gobelet et le remplir au pichet d'eau voisin. J'en profitai pour longer les tables et la rejoindre. Elle releva la tête à mon approche et me sourit. Je pointai les tentures puis sa robe.

– Je sens un thème.

Elle baissa les yeux vers sa tenue mauve et passa ses mains sur sa taille. Le haut était plus pâle alors que la jupe était d'un violet plus profond que celui du joyau caché sous les fondations. La ceinture était en satin doré et donnait envie d'y poser la main, juste pour confirmer que l'étoffe était aussi douce qu'elle le paraissait. L'ensemble faisait ressortir les accents rosés de sa peau pâle et ses yeux paraissaient plus verts que bleus. Elle m'offrit une courte révérence avant de faire tournoyer ses jupes autour d'elle.

– On me dit que c'est la couleur que je porte le mieux.

J'acquiesçai d'un signe de tête et elle se pencha vers moi avec un sourire taquin.

– Je ne suis pas la seule à avoir fait un effort.

Je pinçai les lèvres pour ne pas lui rendre son sourire. J'avais effectivement sorti ma plus belle chemise de mon coffre, jumelée à une paire de braies noires. À bien y penser, Ksara pouvait bien avoir vu clair dans mon jeu. L'expression de Sabaya se ternit un peu et ses yeux se posèrent sur mon épaule.

– Comment va ta blessure? Les activités de l'après-midi l'ont certainement taxée.

Je grimaçai au souvenir du tiraillement dans les points.

– J'ai effectivement surestimé ma guérison. Ksara m'a fait un cataplasme et je me sens mieux. Je ne sais pas ce qu'elle utilise, mais c'est très efficace. Elle m'a aussi servi quelques noms d'oiseaux au passage.

Sabaya ouvrit de grands yeux.

– Va savoir pourquoi.

Mon visage se fendit d'un sourire malgré moi et elle secoua la tête avec un rire léger. Elle étira le cou quelques secondes avant que j'entende des pas derrière moi. Je me tournai pour voir Maelora dans un costume d'apparat aux teintes bleues. Des cordes partaient de son col pour s'attacher sur ses épaules, dénotant son rang, et mon cœur se pinça au souvenir des flèches qui avaient jadis orné mes poignets. Elle s'arrêta devant nous avec un hochement de tête formel. Sabaya tendit la main vers moi.

– Je ne sais pas si vous avez fait connaissance. Messire Jonas est arrivé avec la caravane il y a quelques jours et il a pris part aux défenses du château lors des deux dernières attaques de gargouilles.

Le regard de Maelora me parcourut de la tête aux pieds, de façon détachée et sans a priori. Mon respect pour elle ne fit qu'augmenter. Elle inclina la tête, son expression parfaitement neutre.

– Le récit de vos exploits semble avoir fait le tour de la garnison.

Je m'éclaircis la gorge et envoyai un rapide coup d'œil à Sabaya. Loin de moi l'idée de mettre la bisbille entre sa future maître d'armes et elle. Je citai une des phrases préférées de mon père.

– Bien peu d'exploits sont souvent le fait d'un seul homme. J'étais entouré d'une escouade disciplinée et bien entraînée. Je suis sûr que les défenses du château ne pourront que mieux se porter sous votre direction.

Elle hocha la tête et porta son attention sur Sabaya pour poser une question à propos des simargs. Je pris mon congé en silence et m'éloignai. Mon regard s'attarda sur le fond de ma chope vide et je pivotai pour trouver un plateau fraîchement ravitaillé. Je tournai le dos à Sabaya et Maelora pour éviter d'écouter leur conversation.

Mon verre rempli, je pris une bonne gorgée de bière. Le goût était plus prononcé que celui des boissons brassées dans le Sud et je trouvai l'amertume bienvenue, un rappel de la direction que mon humeur prenait. Le ménestrel ne semblait pas se lasser et il enchaîna une autre ritournelle. Le seigneur Baygund avait rejoint les danseurs et les dames du château semblaient se disputer la chance d'être sa prochaine cavalière.

Je m'approchai en bordure de la piste de danse et reconnus les larges épaules de Lathar. Ses cheveux brun foncé ne ressortaient pas vraiment du lot, mais ses traits étaient typiquement sudistes avec des pommettes saillantes et un long nez droit. Il se tourna vers moi et trinqua sa chope contre la mienne.

Son regard se reporta sur Ksara, qui avait changé de cavalier. Ses gestes possédaient la grâce des danseurs nés et ses cheveux noirs volaient autour d'elle. Si le chef de la caravane n'avait jamais été ouvertement possessif avec sa compagne, il semblait toujours conscient de ses déplacements. Je lui enviais soudainement la simplicité de sa relation. Il inclina la tête vers moi pour se faire entendre par-dessus la musique.

– C'est très différent de ce qu'on est habitué de voir au Sud.

Je fronçai les sourcils, perplexe. Lathar agita sa chope en direction des habitants du château.

– Tout le monde est avenant. Je n'ai pas vu de mendiant ni de voleur, lors de mes visites au faubourg.

Je haussai les épaules.

– C'est le résultat d'une bonne gestion, je suppose.

– Non, c'est plus que ça. Je connais la nature humaine, et je suis sûr que toi aussi. Il y a toujours des individus motivés par l'appât du gain, ou qui sont foncièrement mesquins et qui crachent leur malheur sur les autres. Je n'ai rien vu de ça ici.

J'allais contrer sa théorie en pointant que son échantillon était forcément trop petit, et que les habitants du château étaient peut-être circonspects en notre présence, puis je repensai à Sabaya. Elle était leur précieuse, leur lien avec le joyau.

C'était le cœur du château, chéri par ses gens.

De nature, elle était foncièrement enjouée et amicale. Soit son environnement l'avait façonnée ainsi, soit elle influençait ses gens pour qu'ils soient à son image. Mon silence avait dû être trop long tandis que j'avais cette révélation, et Lathar changea de sujet.

– Le forgeron me dit que nous pourrons reprendre la route d'ici deux jours.

Je répondis d'un grognement neutre, mon regard sur les danseurs.

– Seras-tu des nôtres?

Je me tournai vers lui et haussai un sourcil perplexe.

– Pourquoi en serait-il autrement?

Il inclina la tête, les yeux plissés, comme s'il considérait sa réponse.

– La vie de château semble te convenir. Je me suis dit que tu aurais peut-être envie de rester.

Je secouai la tête et pris garde de ne pas lancer un regard en direction de Sabaya.

– Ma route ne se termine pas ici.

Lathar resta silencieux un moment avant d'acquiescer.

– On me dit que les Nordiens acceptent plus facilement les couples du même sexe qu'au Sud.

Je fronçai les sourcils devant cet étrange changement de sujet.

– Les gens font ce qu'ils veulent, répondis-je.

Il pointa sa chope vers l'autre côté de la salle.

– Elles feraient un couple remarquable, non?

Je suivis la direction indiquée par sa main pour voir Sabaya, les yeux relevés vers Maelora. Les deux femmes étaient tellement différentes que c'en était frappant. Et ce n'était pas qu'une question de coloration. La précieuse était plus petite, toute en courbes délicates tandis que la maître d'armes était une étude en lignes droites, de sa mâchoire à ses vêtements. Les traits sévères de Maelora contrastaient avec l'expression naturellement radieuse de Sabaya.

Mon souffle resta coincé dans ma gorge à l'idée que j'aurais pu être celui à qui elle offrait ce regard. Dans d'autres circonstances, j'aurais été le meilleur maître d'armes pour elle. Il ne m'aurait fallu que quelques interventions bien placées pour mériter le respect des soldats de la garnison. J'aurais rapidement pris la direction des opérations et les idées ne me manquaient pas pour venir à bout de ces affreuses gargouilles. Le seigneur Baygund me rappelait l'homme pour qui mon père avait travaillé et j'avais la certitude que nous aurions su nous entendre.

Il ne me restait que deux nuits à passer au château, et j'allais en profiter autant que possible. Cette résolution se solidifia et je déposai ma chope sur la table la plus proche. Je marmonnai des excuses à Lathar et il me regarda m'éloigner avec un sourire en coin. Je m'arrêtai devant Sabaya et m'inclinai cérémonieusement. Maelora fronça les sourcils lorsque la précieuse se tourna vers moi.

– Je ne suis pas le meilleur danseur, mais je ne peux pas rester insensible aux talents de Luan. M'accordes-tu cette danse?

Elle baissa les yeux vers ma main tendue et y plaça la sienne. Je refermai mes doigts et l'emportai à ma suite. Je la vis lancer un regard d'excuses à Maelora, mais ne lui laissai pas le temps de s'expliquer.

D'une légère secousse, je la fis pivoter face à moi et posai mon autre main sur sa taille. La sienne trouva mon épaule et ses pieds suivirent la cadence. Je ne pus réprimer mon sourire. J'avais peut-être minimisé mes talents; mon père avait insisté sur le fait qu'un bon danseur se cachait sous chaque fine lame. J'avais servi de cavalier aux trois filles du seigneur Virdoshir ainsi qu'à mes soeurs pendant leurs leçons. Visiblement, même si Sabaya n'avait pas accepté d'autres invitations à danser, les pas lui étaient bien connus et elle me suivait sans effort apparent. Je me penchai vers son oreille.

– Qui te sauvera de l'ennui après mon départ?

Elle releva la tête et son nez frôla ma joue.

– Qui a dit que je m'ennuyais?

Je redressai la tête et haussai un sourcil avant de la faire tournoyer au rythme de la danse. Alors qu'elle revenait vers moi, j'approchai ma bouche de son oreille.

– Ton maître d'armes me semble beaucoup trop austère pour une personne si jeune.

Un sourire étira ses lèvres.

– L'âge n'a rien à y voir, dit-elle. Sinon je serais aussi sévère que les pierres des remparts.

Elle releva la tête et son regard accrocha le mien.

– Si un jour les choses deviennent trop grises, je n'aurais qu'à me rappeler un certain mercenaire impertinent.

Je resserrai ma prise sur sa taille, incapable de la laisser partir. Je changeai de direction vers un des corridors qui menaient vers un couloir de service. L'endroit était désert vu l'heure et les festivités en cours. Je reculai vers les ombres et elle me suivit sans hésitation. Une fois hors de vue des danseurs, je m'arrêtai et posai délicatement mes mains sur son visage. Son regard semblait translucide dans la pénombre.

– Me permets-tu de te laisser des souvenirs supplémentaires?

Ses mains se refermèrent sur mes poignets, et même si sa prise était légère, j'aurais été incapable de m'en dégager.

– Je suis la somme de tous mes souvenirs, dit-elle. Chaque moment avec toi s'y ajoute comme une marque indélébile.

Je fermai les yeux et posai mon front contre le sien. Ses mains quittèrent mes bras pour remonter vers mon torse. Je sentis ses doigts trouver l'ouverture de ma chemise et entrer en contact avec ma gorge. J'avalai péniblement et enfouis mes mains dans la masse soyeuse de ses cheveux. Son souffle caressa mes lèvres et mon nez effleura sa joue.

— Donne-moi cette soirée et je promets de te rendre à ta maître d'armes ensuite.

— Je ne pense pas pouvoir me contenter d'une soirée, dit-elle. Je t'offre une nuit. À moins que tu ne te sentes pas à la hauteur?

Un rire remonta ma gorge et je la pressai contre moi, sa chaleur me traversant comme celle d'une forge. Je fis courir mes lèvres sur son cou et l'entendis soupirer avec satisfaction. Le contact se rompit alors qu'elle reculait. Cette coupure soudaine me donna pratiquement le vertige, mais sa main agrippa la mienne et elle m'entraîna dans les couloirs.

Après quelques tournants et une volée de marche, elle poussa la porte de ses quartiers et m'attira à l'intérieur. Je refermai la porte derrière moi et lançai un regard circulaire. Le feu avait été couvert, mais les braises étaient suffisantes pour illuminer la pièce. Sabaya s'y dirigea pour le ranimer et j'en profitai pour faire le tour.

Les tentures étaient une déclinaison de toutes les teintes de mauve. Une arche menait vers un lit dissimulé par un paravent sur lequel un ciel étoilé avait été peint. Plus près du feu, des caissons de livres étaient disposés tout près de deux fauteuils, mais la plupart des ouvrages semblaient empilés sur la table d'appoint et au sol.

Les tablettes étaient plutôt occupées par des bibelots et des souvenirs. Le croissant de lune en bois offert par Moyra s'y trouvait au côté de petits portraits de la taille d'une main dépeignaient différentes personnes, certains datant visiblement de plusieurs années. Je me tournai au son des pas de Sabaya qui s'arrêta à mes côtés, le regard sur la collection.

– Beaucoup de choses n'ont que la valeur accordée par les gens qui les possèdent.

– Ils t'appellent leur précieuse.

Je me tournai pour lui faire face et tendis les doigts vers une mèche de cheveux. La lumière dorée projetée par les flammes dans l'âtre leur donnait des reflets caramel. Ses yeux se fermèrent alors que je libérais les épingles qui retenaient sa coiffure.

Une fois terminé, je passai mes doigts contre sa nuque et massai doucement, de la même façon que mon père l'avait fait pour ma mère si souvent. Je me rappelais être assis sur ses genoux alors qu'il le faisait un soir et elle m'avait dit que la tendresse d'un homme était un trésor précieux, et s'il ne fallait pas le gaspiller, il ne fallait pas non plus en être avare. Le mariage de mes parents en avait été un d'amitié et de respect et j'espérais un jour trouver la même chose.

– Les gens du château se préoccupent de ton état, repris-je.

Elle releva la tête, son regard fouillant le mien, toujours silencieuse.

– Mais je ne les ai pas vus s'occuper de toi, terminai-je.

Ses yeux s'assombrirent et elle avala péniblement.

– Ils prennent soin de moi, à leur façon.

Je levai un doigt pour suivre les taches de rousseur de son nez vers ses pommettes. Ses paupières s'abaissèrent et elle s'approcha jusqu'à ce que ses mains se posent sur ma taille. Mon cœur se serra et je parlai avant de réfléchir.

– Je voudrais que les choses soient différentes et que je puisse rester.

Un sourire étira ses lèvres, une touche de mélancolie dans ses yeux.

– Je serai ton étoile filante; une trace brillante dans le ciel à laquelle tu confies ton souhait.

Je fis courir mes mains sur ses épaules vers les lacets qui retenaient son haut.

– C'est plutôt moi l'étoile, dont le passage sera éphémère, dis-je.

Ses gestes firent écho aux miens et elle délaça ma tunique.

– Tu es une force de la nature bien trop grande pour être autre chose qu'un soleil, répliqua-t-elle.

Je me penchai et mes lèvres trouvèrent les siennes. Le contact était à la fois doux et brûlant. Nos bouches fusionnèrent tandis que nos vêtements étaient abandonnés au sol. Je me reculai pour reprendre mon souffle et l'entraîner vers le lit.

La lumière projetée par l'âtre faisait jouer des ombres sur sa peau et je glissai mes mains pour en découvrir les moindres détails. Elle était plus petite que moi d'une bonne tête, mais ses courbes remplissaient mes paumes à merveille et je ne me lassais pas de la toucher. Je m'assieds sur le bord du lit et l'entraînai entre mes jambes. Elle imita mon exploration et passa ses mains de mes épaules vers mon torse. Ses doigts tracèrent d'anciennes cicatrices avant de remonter vers mon cou. Ses mains s'enfoncèrent dans les cheveux de ma nuque et elle se pencha pour m'embrasser.

En cet instant, famille et honneur avaient bien peu de sens. J'aurais pu lui promettre n'importe quoi pour rester à ses côtés. Je fermai les yeux et posai mes lèvres sur sa poitrine, là où la protection des côtes rencontrait la chair tendre du ventre. Elle inspira et ses doigts se crispèrent dans mes cheveux. Je relevai les yeux vers elle pour voir sa bouche entrouverte et ses joues teintées de rose. Je tournai la tête et passai mon nez sur la peau satinée de sa poitrine. Sa tête retomba vers l'arrière sur un soupir et je le pris comme une invitation.

Je fis courir mes lèvres partout où j'avais accès, et lorsque ce fut fait, je l'attrapai par la taille pour la placer au milieu du lit. Mais plutôt que de rester sagement où je l'avais déposée, elle poussa sur mes épaules et renversa la situation. Je la laissai explorer, étouffant mes grognements causés par son touché délicat. Mes poings se refermèrent sur les draps pour éviter de précipiter les choses.

Le sourire qu'elle m'envoya confirma qu'elle avait deviné mes pensées, mais elle poursuivit comme si de rien n'était. Elle était la femme la plus extraordinaire qu'il m'ait été donné de toucher. J'étais comme le soleil auquel elle m'avait comparé et je me consumais complètement.

Après ce qui me sembla une éternité, elle revint finalement vers moi et j'attrapai son visage pour l'embrasser. Ses cuisses se placèrent de chaque côté de ma taille et je fis courir mes mains sur ses hanches pour la positionner. Je reculai ma tête pour que nos regards se croisent. J'allais lui demander la permission, mais son regard s'embrasa et elle s'empala sur moi. Les sensations m'assaillirent et mes mains descendirent vers ses cuisses pour l'ancrer en place. Mon grognement fit écho à son gémissement et après quelques secondes, elle se mit à bouger.

Je savais déjà qu'elle était bonne danseuse, avec un excellent sens du rythme, mais sous l'assaut de ses mouvements, toutes pensées cohérentes me quittèrent. Ses ongles se plantèrent dans ma poitrine alors qu'elle rejetait la tête vers l'arrière. J'augmentai la pression et son plaisir éclata telle une marée, m'emportant avec elle.

Après un moment, j'écartai les cheveux qui s'étaient répandus tout autour d'elle. Sa tête était logée sur mon cœur et la position était parfaite. Je passai mes mains sur sa taille et dessinai les courbes du bout de mes doigts. Lorsqu'elle frissonna, j'attrapai une couverture pour nous recouvrir, refusant de la laisser s'éloigner. Elle releva la tête vers moi.

— Je vois que la détermination dont tu fais preuve te suit du champ de bataille jusqu'au lit.

Je déposai un baiser sur sa tempe.

— Je ne suis peut-être pas un conquérant des grandes légendes, mais je n'ai jamais pu dire non à un défi.

Elle se redressa pour s'appuyer sur son coude, son autre main jouant avec la ligne de poils noirs qui courait de mes pectoraux vers mon bas ventre.

— Alors c'est une bonne chose que j'aie besoin de peu de sommeil.

J'éclatai de rire.

— Maintenant, je ne pourrai pas fermer l'œil avant l'aube.

Son rire se joignit au mien et je ne pus résister à la tentation de poser mes lèvres sur les siennes. J'eus un pincement au cœur en songeant que Maelora aurait toute une vie aux côtés de Sabaya alors que je devrais me contenter d'une nuit et des souvenirs de la dernière semaine.

J'espérais de tout cœur que la nouvelle maître d'armes se montrerait à la hauteur de cette femme douce et à la fois passionnée. Un jour, l'honneur de ma famille serait vengé et je pourrais passer à autre chose. J'aurais certainement la chance de revenir au Nord et revoir le château Violet ainsi que sa précieuse.

Une petite voix me chuchota qu'elle n'aurait rien à faire d'un homme sans attaches ni statut, mais je la fis taire et me perdis dans le plaisir d'être aux côtés de Sabaya.

Juste pour cette nuit.

CHAPITRE 16
Sabaya

Je lançai un coup d'œil par une fenêtre ouverte pour voir que le ciel gris faisait écho à mon humeur. Mes jupes dans une main, je gravis l'escalier à la suite du chambellan de lord Baygund. Il m'avait fait demander juste après le repas du matin.

Comme Jonas était allé voir où en était Mikel dans la réparation des roues de chariot, je n'avais pas vraiment de raison de traîner plus longtemps au lit. Des bruits de pas me tirèrent de mes souvenirs de la nuit précédente et je relevai la tête pour voir Maelora nous rejoindre. Le chambellan s'inclina en réponse à sa salutation avant de reculer d'un pas. Je croisai les mains devant moi.

– J'espère que votre première nuit au château a été reposante.

Elle porta la main au pommeau de son épée, probablement par réflexe.

– Après plusieurs semaines sur la route, on apprécie d'autant plus les petits conforts, dit-elle.

Comme sa réponse n'ouvrait pas à une réplique, je me balançai sur les talons, prête à reprendre ma route vers l'étude du seigneur Baygund, mais Maelora s'éclaircit la gorge.

– Dites-moi, dame Sabaya.

Je levai une main.

– Juste Sabaya, je vous prie.

– Sabaya... qu'aimez-vous faire pendant vos temps libres?

La question me prit par surprise et mon esprit se contenta de me fournir des images de Jonas et moi dans le jardin des simargs ou sous les fondations du château. Je secouai la tête pour les chasser et m'empressai de répondre devant le regard inquiet de Maelora.

– J'aime bien aider les soigneurs des simargs.

– Oh.

Elle se passa une main sur la nuque et son regard se dirigea vers la fenêtre par laquelle on voyait les remparts et les arbres géants. Elle reporta son attention sur moi.

– Jouez-vous à la bataille des rois?

J'acquiesçai. Le jeu était enseigné à tous les enfants de seigneur pour leur apprendre la stratégie. Lord Baygund était en mesure de me battre à plate couture depuis l'âge de quinze ans, mais j'arrivais encore à gagner à l'occasion contre Kiall. Ma dernière partie contre sa sœur s'était terminée en match nul. La petite rattraperait son frère bientôt.

– Je joue peu les tactiques les plus avancées, mais je sais me défendre.

Maelora m'offrit un sourire crispé.

– Que diriez-vous de me consacrer quelques heures pour une partie?

– Bien sûr.

Elle s'inclina brièvement.

– Il me tarde de passer du temps en votre compagnie pour faire plus amples connaissances.

Je lui rendis son sourire et l'invitai à me précéder vers l'étude. Je ne pouvais que louer les efforts qu'elle mettait à développer notre relation. Mon cœur se mit à battre plus vite à l'idée que je devais me lier à elle rapidement, malgré les assurances de lord Baygund. Je fis attention à contrôler ma respiration alors que je passais le seuil. J'avais ma part à faire et je devais me montrer indulgente.

À notre entrée, lord Baygund se leva de sa chaise et nous fit signe de le rejoindre. À ses côtés, le sénéchal se tenait les bras croisés avec une mine défaite. Après des salutations brèves, le seigneur tapota une missive sur son bureau.

– Les gargouilles n'ont pas attaqué hier, mais il semble qu'elles aient tout de même fait des victimes.

Le sénéchal Koberik acquiesça.

– Les gardiens de troupeau ont perdu un des leurs et les bêtes ont été retrouvées massacrées. Vu les traces, ça peut difficilement être un autre prédateur.

Maelora mit les mains sur ses hanches.

– Si ma compréhension est bonne, les créatures deviennent de plus en plus entreprenantes.

Lord Baygund acquiesça.

– Vu le couvert nuageux d'aujourd'hui, il y a fort à parier que nous essuierons une attaque ce soir.

Il se tourna vers le sénéchal.

– Nous allons envoyer des messages à tous les fermiers en dehors des faubourgs. Les simargs pourront aider.

Je secouai la tête alors qu'un frisson me remontait le dos. À la mention des nuages, j'avais poussé ma conscience plus loin dans les terres.

– Il ne faudra pas tarder, dis-je. Mieux vaudrait envoyer des chevaux. Une tempête traverse les montagnes et sera sur nous ce soir. Les vents ne feront que prendre en vigueur.

Le regard de Maelora alterna entre nous.

– Si les simargs ne peuvent voler, il en ira de même pour les gargouilles.

Lord Baygund secoua la tête.

– Non, les ailes de ces bêtes sont différentes de celles des chiens. Nous l'avons appris à nos dépens.

Je pinçai les lèvres au souvenir de la nuit où le précédent maître d'armes était mort. Lord Baygund lissa sa barbe, le regard au loin.

– Les simargs pourront quand même voler à basse altitude, mais on ne pourra pas compter sur eux pour intercepter les créatures en plein vol.

Il sortit le plan du château pour le mettre au milieu de son pupitre. Maelora et lui se penchèrent au-dessus du parchemin et se mirent à énumérer les façons dont les remparts seraient le plus efficacement protégés. J'avalai péniblement tandis que le sénéchal ajoutait son opinion concernant les faubourgs.

Les habitants du château étaient ma priorité. J'avais choisi mon dernier maître d'armes sur un coup de tête et nous en avions tous payé le prix. Cette fois, je ne pouvais pas laisser mes gens tomber. J'allais remplir mon devoir envers mon seigneur et ses vassaux. La finalisation du lien entre Maelora et moi prendrait encore sûrement quelques jours, mais je pouvais déjà sentir sa présence dans la composition de l'énergie du château.

– Sabaya?

Je relevai la tête pour m'apercevoir que lord Baygund, Maelora et Koberik me fixaient avec inquiétude. Je m'éclaircis la gorge.

– Pardon, j'étais éparpillée. Vous disiez?

– L'épée?

– Oh oui, bien sûr. Je vais aller la récupérer de ce pas.

Je tournai les talons et quittai la pièce. Le regard de lord Baygund pesait lourdement sur mes épaules, mais je gardai les yeux sur mes pieds. Il savait que j'aurais pu appeler l'épée à moi au travers des pierres. Mais j'avais besoin d'air frais.

Je m'arrêtai devant une fenêtre et poussai les battants en bois pour m'appuyer sur le rebord. Je fermai les yeux et laissai le vent me fouetter le visage. Les domestiques ne tarderaient pas à faire une tournée pour verrouiller tous les volets en place.

Je rouvris les yeux alors que le vent m'apportait des éclats de voix. Dans la cour, les caravaniers fermaient les auvents des chariots et sécurisaient les parties amovibles. Mikel était accompagné de deux costauds et de Jonas. Ils tentaient d'ajuster une roue, mais à l'expression frustrée des hommes, les choses ne se passaient pas comme prévu. Alors qu'ils retournaient vers la forge, Jonas leva la tête et son regard croisa le mien. Un sourire étira ses lèvres et je levai une main pour le saluer, avant qu'il ne reprenne son chemin. Je soupirai devant la complexité de mes émotions.

Un éclair d'énergie traversa les pavés et déclencha un fourmillement dans mes pieds, une excellente distraction pour oublier mes états d'âme. Je pivotai pour mieux saisir ce que le joyau tentait de me faire comprendre. Son impatience me poussa à courir jusqu'à la garnison. Le poste de répartition était désert, mais je vis une silhouette passer dans l'embrasure qui menait vers les quartiers de vie. Je poussai un appel dans les pierres et le soldat revint sur ses pas, les sourcils froncés. Je reconnus le lieutenant Tassian avec soulagement.

– J'ai besoin de Maelora et de plusieurs soldats de confiance dans les cachots.

Mon ton ferme me valut un salut martial et il partit au pas de course pour remplir ma demande. Je ressortis de la pièce pour descendre les escaliers, relevant mes jupes rapidement. D'une pensée, j'allumai une série de torches pour éliminer toutes les zones d'ombre. Une exclamation surprise me parvint du fond du couloir, suivie de raclements de pieds.

Devinant les intentions des fuyards, je projetai ma conscience dans les pierres et bloquai la porte à l'autre extrémité. Des bruits saccadés revinrent dans ma direction alors que je poursuivais ma progression d'un pas mesuré. Le capitaine Tyrak et le traître Wex tournèrent le coin. Je m'arrêtai avec un soupir. Le regard paniqué de Tyrak me parcourut, mais lorsqu'il réalisa que j'étais seule, il attrapa Wex par le bras.

– Il a tenté de s'échapper.

Le visage du prisonnier prit des plis hargneux, mais il ne se dégagea pas. Des bruits de pas résonnèrent dans l'escalier derrière moi. Soit le lieutenant avait fait du zèle, soit le seigneur avait insisté pour les suivre. Maelora et lord Baygund s'arrêtèrent à mes côtés, le souffle court. À leur posture, ils avaient deviné que la situation n'était pas aussi simple qu'il y paraissait.

– Qu'est-ce que ça signifie? demanda le seigneur.

– Je crois que nous avons identifié le responsable de l'agitation des dernières semaines, dis-je.

Tyrak avança d'un pas et traîna Wex à sa suite.

– Je l'ai surpris alors qu'il tentait de fuir.

Je secouai la tête avec tristesse.

– Je t'ai senti prendre les clés et venir ici alors que tous étaient occupés.

– Non, je l'ai surpris alors qu'il essayait de convaincre le soldat de garde de joindre sa cause et de tuer lord Baygund.

Wex tordit son bras brusquement et repoussa Tyrak contre le mur.

– Si je meurs, ce ne sera certainement pas en poltron, dit-il avant de se tourner vers nous. Cet idiot s'est mis dans la tête que si lord Baygund mourait avant de ramener un remplaçant, Kiall le nommerait maître d'armes.

Tyrak pivota et lui envoya un coup de poing au visage. Wex tituba et se rattrapa contre le mur, un filet de sang coulant le long de sa bouche. Le capitaine lui envoya un coup de pied au genou pour le faire tomber au sol.

– Salir mon nom ne te sauvera pas, traître.

Le prisonnier montra les dents et chargea. Je vis l'éclat de métal trop tard et mon cri d'avertissement se perdit dans le chaos. Wex s'effondra au sol alors que Tyrak retirait la lame qu'il lui avait plantée dans le ventre.

Une mare de sang rouge se répandit au sol et le joyau frissonna de tristesse à la perte d'un de ses habitants, mais aussi d'exultation, car le sang est porteur d'une connexion plus profonde encore. Une vague de chagrin monta en moi et déferla pour me retirer toutes mes défenses. Les dernières pensées du mourant défilèrent dans mon esprit et la culpabilité de Tyrak ne fit plus aucun doute.

Ma gorge se serra douloureusement alors que la mort de Wex me submergeait, laissant derrière elle un vide insoutenable. Puis la présence des gens autour de moi se fit sentir et je pus respirer à nouveau. Je me roulai dans leur chaleur, réconfortée par leur nombre.

Je n'étais pas seule. Mes gens étaient avec moi.

Ma main attrapa celle de lord Baygund et je poussai les souvenirs de Wex vers lui. Le contact flamba entre nous et un infime tremblement l'agita. Ses yeux luirent d'un bref éclat violet avant de reprendre leur couleur habituelle. Il hocha la tête à mon intention et s'avança vers Tyrak.

– Même si je le voulais, le joyau ne te laissera pas vivre parmi nous. Tu l'as mis en danger; tu as compromis la sécurité du château et celle de ses habitants.

Tyrak voulut le prendre par surprise, mais j'avais déjà commencé à l'immobiliser à son insu. Ses pieds restèrent figés sur les dalles où il se tenait. Son élan lui fit perdre l'équilibre et il tomba à la renverse. Sa dague glissa au sol avec un chuintement et Tassian la récupéra. Maelora maîtrisa Tyrak d'une main sur son épaule et elle fit signe à un autre soldat de lui lier les poignets. Une fois qu'il fut menotté, elle se tourna vers le seigneur.

– Je ne crois pas que nous puissions nous permettre d'attendre. Nous avons encore plusieurs heures avant le coucher du soleil.

Avec une expression résignée, il se tourna vers le lieutenant Tassian.

– Demande à maître Galdir de seller les chevaux.

Les cris de Tyrak nous accompagnèrent jusque dans la cour tandis qu'il clamait son innocence. L'endroit se remplit rapidement, les gens attirés par ses cris et l'agitation générale. Une foule compacte assista au départ de l'escouade qui accomplirait le mandat d'exécution. Les chevaux et leurs cavaliers passèrent les remparts dans un silence assourdissant.

Ainsi en allait la justice dans les terres du Nord.

Je leur tournai dos, bien résolue à ne pas suivre leur progression jusqu'aux limites des racines du joyau. Jonas se tenait non loin et il me rejoignit avec un regard perplexe.

– Qu'a-t-il fait?

Je me passai une main sur le visage.

– Il a comploté contre son seigneur dans l'espoir de prendre la place du maître d'armes.

Son regard se porta vers la route empruntée par les cavaliers. Un léger nuage de poussière témoignait de leur passage.

– Pourquoi l'exécuter loin des regards? Au Sud, les sentences sont toujours publiques.

J'avalai péniblement et chuchotai.

– Le joyau est un peu comme une mère qui refuse de voir le mal chez ses enfants.

Son regard croisa le mien et j'y vis la compréhension. La mort d'un de mes habitants, même s'il était un traître, me faisait souffrir. Mes yeux se remplirent de larmes et il m'attrapa par les épaules pour me serrer contre lui. Il n'était peut-être pas un des miens, mais son contact apaisa la douleur qui me cisaillait les côtes. Je me laissai bercer par son étreinte un bref instant.

CHAPITRE 17
Sabaya

Je sortis de la crypte avec l'épée et son fourreau sous le bras. Le vent balaya mes jupes contre mes jambes, des mèches de cheveux virevoltèrent dans tous les sens et je penchai la tête pour continuer à avancer. Un attroupement s'était formé au milieu de la cour et je pris cette direction.

Comme je m'y attendais, j'y trouvai Maelora en compagnie de ses lieutenants. Elle était restée au château pour préparer nos défenses en l'absence du seigneur. Ilyon me fit un clin d'œil et me céda sa place. Je saluai les autres personnes présentes d'un hochement de tête et le silence tomba sur leur groupe à la vue de ma charge.

Je tendis l'épée, une main sous la garde, et l'autre sous la lame. Maelora sourcilla à la vue du pommeau. La conception de l'arme était on ne peut plus simple, complètement droite, sans aucune fioriture. À l'exception de l'énorme pierre violette sertie au bout.

Maelora fit courir ses doigts sur le joyau avant d'empoigner l'épée. Un éclair me traversa et je me frottai les bras pour dissiper l'inconfort. Si le joyau réagissait à sa proximité, ça devait être bon signe. Nous serions bientôt en mesure de compléter la cérémonie qui nous lierait de façon permanente. Il ne me restait qu'à espérer que notre connexion naissante serait suffisante pour l'aider à vaincre les gargouilles ce soir. Le chuintement du métal accompagna son mouvement lorsqu'elle sortit l'épée du fourreau. Kallas envoya un coup de coude à Ilyon.

– La taille n'est pas toujours gage de meilleure performance, mais dans ce cas-ci, il faut avouer que c'est impressionnant.

Segast lui envoya un regard de réprimande tandis qu'Ilyon s'étouffait pour ne pas rire. Je dissimulai mon sourire d'une main alors que mes pensées se tournaient vers Jonas et la nuit que nous avions passée. Ni la taille ni les performances n'avaient déçu. Maelora envoya un regard sévère à son lieutenant avant de remettre la lame au fourreau. Elle se tourna vers moi et inclina la tête.

– Merci, dame Sabaya. J'espère en être digne.

Je lui répondis d'un hochement de tête, les épaules crispées. Elle finirait bien par arrêter de m'adresser formellement. Une série de consignes envoya notre entourage dans différentes directions et je me retrouvai seule avec elle. Je pointai l'épée alors qu'elle sécurisait le fourreau sur sa ceinture.

– Ce ne sera pas aussi efficace tant que notre lien ne sera pas complété, mais ça devrait nous permettre d'échanger durant les combats. N'hésite pas à faire appel à moi.

– Pareillement. Si vous voyez des faiblesses qui m'échappent, je vous serais reconnaissante de m'en informer. Lord Baygund m'a transmis énormément de connaissances, mais j'imagine qu'il m'en reste beaucoup à apprendre, sur le château et ses défenses.

J'acquiesçai et lui souhaitai bonne chance alors qu'un soldat arrivait au pas de course pour lui donner un message. Je les laissai finaliser les préparatifs de ce soir et me dirigeai vers les caravaniers. Le vent s'insinua dans mon col et je resserrai ma veste avec un frisson. Je m'arrêtai près du chariot de l'artisane qui m'avait remis le pendentif. La jeune femme me sourit et s'essuya les mains sur son tablier. Ksara était à ses côtés et elle me salua d'un geste de la main.

– Seras-tu dans la grande salle ce soir? demanda-t-elle.

Je secouai la tête.

– Je prendrai position au sommet de la tour ou sur les remparts pour prêter main-forte aux défenseurs.

Moyra plissa les yeux.

– Les soldats ont l'air de penser que les choses seront différentes ce soir, qu'ils réussiront à vaincre les gargouilles une fois pour toutes plutôt que de simplement les rabrouer.

Je croisai les mains dans mes jupes pour cacher mon agitation et hochai la tête. Ma réponse ne sembla pas la satisfaire et elle haussa un sourcil.

– Je comprends que le seigneur est en résidence, mais qu'est-ce que ça change?

Mon regard dériva vers l'endroit où Maelora discutait avec le capitaine des archers. Moyra étira le cou pour voir ce qui retenait mon attention.

– Qu'est-ce que cette femme a de spécial? demanda Ksara.

Je sentis le rouge me monter aux joues et me tournai face aux deux caravanières. Je n'étais pas à l'aise de leur expliquer le fonctionnement du joyau et de notre lien, aussi je me contentai de donner la réponse la plus évidente.

– Elle a été formée dans un château semblable au nôtre. Son expertise nous sera précieuse.

Moyra semblait peu convaincue, mais Ksara lui fit signe d'aller vers la grande salle.

– Puisse ta confiance être bien placée.

Je regardai les deux femmes s'éloigner dans la cour avant de gravir les marches menant aux remparts. Le soleil avait disparu à l'horizon dans une symphonie de mauve et d'orange, puis les soldats avaient allumé leurs torches. Tous les regards étaient tournés vers l'est dans l'attente de l'apparition fatidique des gargouilles. Le vent avait pris en vigueur et les nuages étaient si bas que lumière des remparts s'y reflétaient.

Des appels se répercutèrent d'un poste de garde à l'autre pour signaler le retour de lord Baygund. Maître Galdir sortit des écuries et alla personnellement récupérer le cheval sans cavalier. Les palefreniers attendirent qu'il ait disparu dans le bâtiment avant de s'occuper des autres bêtes. Les quelques personnes dans la cour observèrent en silence et saluèrent le seigneur avant de reprendre leurs tâches.

Des gouttes de pluie se mirent à tomber, assombrissant les pierres et faisant crépiter les torches. Je levai mon visage vers le ciel et fermai mes paupières. La fréquence des impacts augmenta jusqu'à ce que je sois complètement mouillée. Je rouvris les yeux aux cris d'alarme des soldats. Les silhouettes étaient difficiles à repérer en raison du couvert nuageux et elles étaient presque arrivées sur nous.

J'entendis les différents capitaines relayer les ordres de Maelora. Des battements d'ailes signalèrent le départ des escouades de simarg. Les cavaliers et leurs montures prirent leur envol pour intercepter les gargouilles, leur formation basse et espacée pour éviter que les bourrasques les prennent par surprise. Les deux fronts se rencontrèrent dans un tourbillon d'ailes et de griffes. Les combats étaient difficiles à discerner, mais les grognements et les aboiements nous parvenaient par-dessus le bruit de la pluie.

Plusieurs gargouilles prirent de l'altitude pour prendre les simargs à revers. Ces derniers étaient restreints par leurs cavaliers, obéissant aux ordres donnés plus tôt, et les gargouilles en profitaient. Les simargs tentèrent de reformer les rangs, en vain. Je vis Nym, sans cavalier, plonger et attaquer toutes griffes dehors. Mon cœur se mit à battre à toute vitesse. Il avait beau être féroce, il n'était pas de taille à se battre seul contre toute une volée de gargouilles.

Le clairon d'un cor retentit, pour signaler la retraite des chiens ailés. Les cavaliers firent tourner leurs montures et les archers se préparèrent à tirer une première volée pour couvrir leurs arrières. Un cri retentit et les flèches partirent dans un sifflement. Les projectiles obligèrent les gargouilles à s'éparpiller, mais une dizaine d'entre elles fonçait droit sur nous. La deuxième volée ne tarda pas, mais les monstres étaient encore plus agressifs qu'à l'habitude et les soldats sur les remparts durent sortir leurs épées pour se défendre. Les griffes des créatures crissèrent alors qu'elles atterrissaient sur le chemin de ronde.

Je pris contact avec la pierre autour de moi et fis de mon mieux pour immobiliser les ennemis à ma portée. Leurs cris perçants couvraient les aboiements des simargs qui étaient revenus prêter main-forte aux défenseurs des remparts. Je fis de mon mieux pour ignorer la cacophonie et handicaper le plus de créatures possible. Une profonde inspiration m'apporta l'odeur de la terre et de la roche humides et je m'y raccrochai. Ma conscience courait le long des remparts et la pierre se modelait à ma volonté pour nuire à nos ennemis.

Une douleur vive à la poitrine rompit ma concentration et je m'approchai du parapet pour voir que des combats s'étaient engagés dans la cour. La lueur des torches se reflétait sur les membranes des ailes d'au moins trois gargouilles. Je reconnus l'armure de Maelora avec son emblème bleu. Segast, Ilyon et Kallas étaient à ses côtés et la gargouille fut rapidement mise en lambeaux. Un peu plus loin, les caravaniers s'étaient attaqués à un autre adversaire en suivant la même tactique.

Une gargouille tomba du ciel, suivi d'un simarg et son cavalier. L'horrible bête grise pivota et envoya un coup de queue pour tenir le chien ailé à distance. Son feulement perça l'air et ses yeux rougeoyèrent sous l'éclat des torches.

Maelora gesticula et cria quelque chose, probablement pour demander au simarg de retourner au-delà des remparts. Mais le cavalier ne l'entendit pas, ou ignora ses ordres, et continua de déjouer les manœuvres de la gargouille. Les soldats durent libérer l'espace pour éviter de blesser le simarg et les gargouilles en profitèrent pour prendre le dessus.

Un caravanier hurla alors que des griffes lui lacéraient les côtes. Jonas bondit et sectionna la patte de la gargouille d'un coup puissant. Le blessé se traîna jusqu'à la muraille où il s'effondra. Maelora continuait de donner des ordres, sans succès.

Je fermai les yeux pour lui envoyer une poussée d'énergie. Le précédent maître d'armes pouvait imposer sa volonté à ses hommes pour de brèves commandes grâce à mon apport. Je canalisai mes forces vers la cour, mais alors que l'énergie arrivait dans les pavés sous Maelora, ma concentration se fractura, comme si un courant essayait de m'attirer ailleurs, et l'énergie s'éparpilla dans tous les sens.

Une partie revint vers moi tel un coup de foudre et ma respiration se bloqua. À genoux sur les pavés, je peinais à reprendre mon souffle. Je n'avais jamais eu ce problème auparavant. La panique me comprima la poitrine et des engourdissements se répandirent dans mes doigts. Si je ne pouvais pas venir en aide à mon maître d'armes, la situation risquait de devenir catastrophique. Elle n'avait pas encore établi son autorité sur les troupes, ce qui lui nuisait, mais avec mon support, elle aurait dû maîtriser le terrain.

Les poings crispés, je rassemblai mon énergie et l'envoyai à nouveau vers la cour. Les pavés sous mes yeux devinrent flous et un vertige m'obligea à appuyer mon front au sol. Mon énergie trouva enfin un réceptacle et j'y déversai tout ce que j'avais. Des cris me parvinrent de la cour et je me relevai péniblement.

Les gargouilles avaient été éventrées et gisaient au sol. Sur les remparts, les soldats continuaient de faire pleuvoir des volées de flèches. Notre ennemi semblait avoir battu en retraite à quelques distances. Leurs silhouettes étaient visibles contre les nuages, et leurs cercles concentriques n'avaient rien de rassurant. Elles n'en avaient pas encore fini avec nous. Les défenses du château ne tiendraient pas toute la nuit et il fallait que je trouve le moyen de mettre fin aux combats.

Mon lien avec la maître d'armes était fragile, mais bien tangible et grâce à lui, ma conscience infusa les terres autour du château aussi facilement qu'un flacon d'huile renversé. Dans mon esprit, les gargouilles étaient autant de points lumineux sur la toile noire des environs. Une énorme boule de lumière hostile se profilait à la sortie de la forêt. Je me tournai vers cette étrange apparition et tâtonnai pour comprendre de quoi il s'agissait.

L'énergie ambiante semblait attirée vers cette masse, comme un siphon. La nature semblait se flétrir et les racines du joyau se tordaient dans le sol, à la fois attirées et repoussées par cette présence. Les gargouilles se massèrent autour et je remarquai de fines lignes d'énergie, comme si elles étaient liées à la nouvelle apparition.

Les gargouilles reprirent leur formation de vol et se tournèrent une fois de plus vers le château, suivies par ce nouveau joueur. La panique me fit sauter sur mes pieds et je dévalai les escaliers. Je traversai la cour, une main sur mes jupes imbibées d'eau pour éviter de trébucher. Maelora me vit arriver et se tourna vers moi.

— À l'orée du bois, quelque chose a rassemblé les gargouilles. On ne peut pas le laisser s'approcher du château.

Elle acquiesça et se tourna pour donner des ordres. En quelques instants, des chevaux furent sortis des écuries.

S'il avait été décidé de ne pas les utiliser, maître Galdir les avait quand même fait préparer pour ce genre d'éventualité.

La cavalerie se rassembla et la herse fut levée pour les laisser partir. Le silence dans la cour était lourd et j'hésitais entre retourner sur les remparts pour suivre la progression de la maître d'armes ou encourager les troupes restées sur place. Une main sur mon épaule me fit sursauter et je relevai les yeux vers Jonas. Ses cheveux mouillés étaient plaqués contre son crâne et des traces sombres marquaient son visage et sa brigandine. Une rapide pulsation d'énergie me confirma qu'il n'était pas blessé.

– Sais-tu quelle est cette nouvelle menace?

Je secouai la tête.

– C'est une abomination et elle ne doit pas entrer en contact avec le joyau. Avec la présence de Maelora sur le terrain, je devrais avoir une meilleure idée de ce que nous affrontons.

Il acquiesça avec une mine sombre. Comme les attaques sur les fortifications avaient cessé, je retournai sur les remparts, suivie de Jonas. Les soldats se tenaient sur le qui-vive, leur arc baissé, mais une flèche en main. Je m'avançai sur le chemin de ronde et plaquai mes mains contre le parapet. Mon énergie bouillonna autour de moi, comme si elle hésitait à s'éloigner. Je poussai un plus fort et l'envoyai vers Maelora.

Les cavaliers étaient à découvert au milieu du champ, mais les gargouilles se contentaient de voler en cercles concentriques. Je tentai de prendre contact avec Maelora, mais c'était comme si j'avançais dans la boue d'une rivière en crue. Malgré mes efforts, je n'arrivais pas à la rejoindre.

Les larmes me montèrent aux yeux et je serrai les dents. J'avais besoin de savoir ce qui se passait pour l'aider. Sa présence aurait dû me permettre de mieux comprendre à quoi nous faisions face. Ce n'était rien d'humain, et je doutais qu'elle réussisse à vaincre cet ennemi sans mon soutien.

Les cavaliers s'agitèrent et je plissai les yeux pour discerner leurs mouvements. Le nouveau venu avait engagé le combat et les gargouilles se mirent à attaquer en piqué. L'énergie autour des combattants enfla et me repoussa. Je reculai d'un pas, surprise d'être ainsi bloquée de mes propres terres. Je me tournai vers les soldats sur les remparts et courus vers le capitaine des archers.

— Envoyez les simargs à leur aide. Sortez le reste de la cavalerie.

Le capitaine ouvrit de grands yeux et les soldats autour de nous échangèrent des murmures inquiets.

— Tout de suite!

La discipline du capitaine prit le dessus sur sa surprise et il tourna les talons pour signaler aux escouades de simargs perchés sur les remparts. Je sifflai une série de notes aiguës et fus récompensée par un hurlement canin. Nym apparut dans les airs devant nous, les bourrasques provoquées par ses battements d'ailes envoyant la pluie me fouetter le visage.

Je m'écartai et lui fis signe d'atterrir. Je ne perdis pas de temps à empoigner le pelage de son échine. Une main sur mon coude me tira vers l'arrière et la voix de Jonas m'arrêta dans mon élan.

— Que fais-tu?

— Je vais aller rejoindre les combattants. Je n'arrive pas à les aider à cette distance.

Il secoua la tête, les sourcils froncés.

— Tu es leur précieuse, ta place est ici, pas sur le champ de bataille.

— S'ils meurent tous, alors je serai morte aussi et ça n'aura pas d'importance.

L'énergie crépita entre nous et je plissai les yeux. Pour une raison obscure, Jonas était réceptif au joyau. Mais je n'avais pas le temps de me pencher sur la question. Si Maelora tombait devant ce nouvel ennemi, tous les habitants du château seraient en danger. Je tirai sur mon bras, mais Jonas secoua la tête.

– Laisse-moi y aller. Si la situation est vraiment désespérée, je sonnerai la retraite. Une fois les troupes à proximité, tu pourras intervenir.

J'avalai péniblement et acquiesçai. Nym s'ébroua alors que Jonas sautait sur son dos. Il manqua perdre l'équilibre lorsque l'animal s'agita et je lui indiquai où s'asseoir et comment se tenir. Nym fit quelques pas pour s'assurer que son cavalier était bien en place et rejeta la tête vers l'arrière.

Son hurlement couvrit tous les autres bruits et fut repris par les simargs à proximité. Il bondit avant de prendre les airs et plusieurs chiens ailés se débattirent contre le contrôle de leurs cavaliers pour le rejoindre.

Devant toute cette agitation, le capitaine finit par lever une main pour donner une série de consignes. Une partie de l'escouade prit son envol pour rejoindre Nym et Jonas, mon cœur les accompagnant.

CHAPITRE 18
Jonas

Le vent et la pluie me fouettaient le visage et je me penchai sur l'échine du chien ailé. Sauter sur le dos de l'animal avait été une décision impulsive. Mes réticences m'avaient rattrapé dès que j'avais senti les puissants muscles de ses ailes se contracter pour prendre son envol. Une fois dans les airs, les sensations ressemblaient à celles sur le dos d'un cheval. Le battement des ailes avait son rythme propre, semblable à celui du galop, et mon corps s'y était rapidement habitué. Je préférais ne pas penser à l'atterrissage, qui promettait d'être intéressant.

Les bourrasques rendaient le vol saccadé et je resserrai ma prise. Nym plongeait et reprenait de l'altitude chaque fois qu'un courant le malmenait et mon estomac se contractait à chaque soubresaut. Je plissai les yeux pour mieux étudier ce qui m'attendait. Les soldats avaient pris une position défensive contre un pic rocheux, ce qui leur permettait d'affronter les gargouilles d'une seule direction à la fois.

Nym émit un autre hululement et des réponses me parvinrent juste derrière nous. Je tournai la tête pour voir que d'autres chiens ailés nous avaient suivis. C'étaient les plus gros spécimens de la ménagerie, ceux avec une envergure semblable à celle de Nym. Une bête au pelage pâle dans l'obscurité battait des ailes sans relâche pour nous rattraper, et lorsqu'elle arriva à notre hauteur, je reconnus le capitaine sur son dos. Je pointai la scène qui se rapprochait.

— Il faut éparpiller les gargouilles puis aider la maître d'armes.

Il acquiesça et leva une main. Ses troupes se divisèrent en deux et il me fit un salut comme son simarg plongeait pour attaquer les gargouilles. Je me retournai vers l'avant et me concentrai sur Maelora et son adversaire. Je poussai Nym pour qu'il s'en approche. Ce dernier replia ses ailes et piqua vers eux.

La silhouette devant Maelora me semblait définitivement masculine, et si la maître d'armes était d'une bonne carrure, son opposant la dépassait d'une tête. Son armure était celle des anciens chevaliers, tout en plaque de métal. Il maniait une énorme épée à deux mains dont l'extrémité brillait d'un éclat jaunâtre. Chacun de ses coups était calculé et d'une force implacable. Le simple fait de parer semblait avoir épuisé Maelora. La pointe de son épée traînait au sol dans la boue alors qu'elle tentait d'éviter les coups.

Nym bascula son poids au dernier moment pour mettre ses pattes arrière en premier. Il griffa le heaume du chevalier et j'absorbai la secousse. Un grondement inhumain nous parvint alors que le simarg reprenait de l'altitude. Une fois assez haut, Nym fit volte-face et plongea à nouveau. Le chevalier dut nous esquiver et Maelora profita de l'ouverture pour lui assener un coup à la cuisse. Il se tourna vers elle et balança son épée dans un mouvement circulaire.

Le simarg tenta de l'attaquer de dos, mais le mouvement me fit perdre l'équilibre et je me retrouvai au sol. Je glissai dans la boue et bondis sur mes pieds. Le temps que je retrouve mes repères, Nym était déjà en train d'exécuter un autre passage. Je dégainai mon épée et courus vers le chevalier.

Maelora perdait du terrain à chaque coup. À mon approche, le pommeau de son épée se mit à luire, éclairant la scène d'une lumière violette. Elle releva la tête et sembla trouver une dernière réserve d'énergie. Elle chargea le chevalier et lui asséna plusieurs coups.

Mais ce dernier parait inlassablement.

Je sautai dans la mêlée et l'obligeai à gérer deux fronts. Alors que son attention était sur moi, Maelora se jeta sous sa garde pour l'atteindre entre les plaques de son armure, au niveau de l'épaule. Mais le chevalier se retourna avec une rapidité surprenante et lui envoya un coup de pied en pleine poitrine. La maître d'armes fut propulsée dans les airs et atterrit plus loin, son épée hors de portée.

J'assaillis le chevalier d'un barrage de coups, tous plus rapides les uns que les autres, destinés surtout à le distraire pendant que Maelora reprenait ses esprits. Mais au bout d'un moment, je dus me résoudre à l'idée qu'elle était hors d'état. Le chevalier profita de ce que je lui jetais un coup d'œil pour placer une série de coups à me faire vibrer les avant-bras.

« Prends l'épée. » me chuchota la voix de Sabaya.

Un frisson me remonta des pieds jusqu'à la tête, me laissant quelque peu désorienté. Dans les ornières créées par nos pieds, le pommeau pulsa d'un éclat mauve. Je feintai le chevalier et me ruai sur l'arme. Je l'empoignai et me tournai juste à temps pour parer la lame qui s'abattait sur ma tête.

Un crissement me vrilla les oreilles et je serrai les dents tout en repoussant mon adversaire. Il recula d'un pas et inclina la tête sur le côté, le mouvement trahissant de la surprise. Je profitai de son hésitation et repartis à la charge.

À chaque coup, le joyau brillait plus fort jusqu'à complètement éclairer la scène. Le chevalier se mit à reculer sous mes assauts. Un coup bien placé l'atteint à la hanche et un rugissement bestial me parvint depuis son heaume. Une lueur jaune miroita derrière sa visière et il recula de quelques pas.

Derrière moi, j'entendis les aboiements victorieux des simargs. Le chevalier leva une main et une gargouille atterrit derrière lui. La bête était mal en point et un liquide noirâtre coulait de plusieurs plaies sur sa cuirasse. Nym bondit à mes côtés, babines retroussées avec un grognement parfaitement audible. Le chevalier sauta sur le dos de la gargouille et prit les airs. Nym sautilla pour me faire monter sur son dos, prêt à se lancer à sa poursuite. Je secouai la tête et regardai les gargouilles battre en retraite.

Je passai l'épée dans ma ceinture et courus vers l'endroit où Maelora était tombée.

À genoux à ses côtés, je passai mes mains sur son crâne pour voir si l'impact avait causé des dommages plus graves. Ses paupières s'agitèrent et elle grogna. Un haut-le-cœur souleva sa poitrine et je l'aidai à pivoter sur le côté alors qu'elle rendait le contenu de son estomac. Une série de jurons me confirma qu'elle avait terminé.

Et qu'elle était consciente.

Je passai mes mains sous ses aisselles pour l'aider à s'asseoir. Un grondement de Nym me fit relever les yeux et je l'apaisai d'un geste de la main en reconnaissant les lieutenants de la maître d'armes qui s'approchaient. Segast contourna le chien ailé avant de s'agenouiller à mes côtés pour étudier les blessures de Maelora.

— Tu vas survivre, mais on ferait mieux de trouver un soigneur rapidement.

Elle hocha la tête et s'essuya la bouche avec sa manche, étalant une trace de boue en échange. Le simarg du capitaine atterrit à nos côtés et ce dernier mit pied à terre pour nous rejoindre.

— C'était risqué, mais ça a fonctionné.

Il m'envoya une tape sur l'épaule et je lui souris.

— Tu diras au ménestrel d'écrire ça sur ma pierre funéraire.

Maelora grimaça alors que Segast l'aidait à se relever.

— Merci, dit-elle. J'ignore à quoi j'avais affaire, mais ce n'est certainement pas un homme.

Je me tournai vers la ligne d'horizon, là où avait disparu ce mystérieux ennemi.

— Espérons que Sabaya pourra nous en dire plus.

Le regard de Maelora descendit vers l'épée à ma ceinture.

Le sang quitta mon visage et ma sueur devint glacée. Le poids de ma décision me tomba dessus comme un échappe de plomb. Je n'avais pas réfléchi bien longtemps en voyant Sabaya prête à se mettre en danger pour ses gens. Et je pouvais comprendre ce qui la motivait.

Pendant mon séjour, j'en étais venu à apprécier plusieurs habitants du château. J'avais eu du plaisir à aider le forgeron, et la cuisinière m'avait refilé quelques pâtisseries après notre première rencontre. Plusieurs soldats étaient revenus me voir après les combats de l'autre nuit, pour discuter ou jouer aux dés. Lord Baygund m'avait fait demander pour un entretien, et je devais reconnaître que si son fils devenait la moitié de l'homme que son père était, ce serait un grand seigneur.

Je n'avais tout simplement pas pu rester les bras croisés devant le danger qui menaçait ces gens. Ma gorge se serra alors que je tendais l'épée vers sa propriétaire légitime. Elle la fixa comme si je tenais un serpent avant de secouer la tête.

— Garde-la. Pour l'instant.

Sur ce, elle pivota et boitilla vers les soldats qui avaient combattu les gargouilles. Le capitaine des simargs me tapota l'épaule d'une main pesante.

— Je vais envoyer un messager demander des chariots pour les blessés.

J'acquiesçai avec l'impression d'être un imposteur.

Les hommes autour de moi m'avaient suivi au combat et ils continuaient de se tourner vers moi pour des directives. Mais il n'avait jamais été question que je m'installe au château Violet. D'autant que je n'étais pas sûr d'y être le bienvenu.

Le regard de Maelora me hantait.

Je savais ce que c'était que de voir son avenir partir en fumée. Toutes mes pensées étaient consumées par l'idée de rétablir les tors perpétrés à l'encontre de ma famille et de notre seigneur. Je pouvais difficilement concevoir que la maître d'armes allait accepter que j'usurpe son rôle sans se battre.

Et mon père mourrait en prisonnier si j'abandonnais ma mission. Les poils de ma nuque se hérissèrent et je m'ébrouai.

Pour l'instant, le champ de bataille était parsemé de blessés. Il y avait plus urgent à faire que de se torturer. Il me faudrait bientôt répondre de mes actes, et vivre avec les conséquences.

J'avalai péniblement en imaginant le regard trahi que me servirait Sabaya. Je chassai cette image et fis de mon mieux pour organiser les soldats en attendant l'arrivée des chariots.

CHAPITRE 19
Sabaya

Debout au milieu du jardin, je peinais à y croire. Des appels se répercutaient sur le chemin de ronde pour annoncer le retour des troupes. J'aurais probablement dû me déplacer jusque dans la cour pour les accueillir, mais j'en étais incapable.

J'avais failli à mon devoir.

Pire, j'avais trahi la confiance des vassaux du château Violet et de mon seigneur. Je frissonnai, autant de désespoir que de froid, ma robe complètement imbibée d'eau. La pluie avait perdu en force, mais elle continuait de tomber à bon rythme. Tarinne cesserait peut-être de s'inquiéter pour les dernières récoltes.

Des bruits de pas me firent tourner la tête vers l'arche de pierre. Lord Baygund s'avança jusqu'à moi, une torche en main. Son regard me parcourut de la tête aux pieds avant qu'il ne soupire.

Il savait.

Il ne pouvait en être autrement, vu son lien avec le joyau, avec moi. Il pivota à la recherche d'un socle pour déposer sa torche puis revint vers moi. Comme je ne bougeais toujours pas, il prit place sur la margelle de la fontaine, les mains sur ses cuisses. Il arrivait probablement de la grande salle, car l'eau ruisselait sur sa cape cirée. Le tissu de son pantalon commençait à s'assombrir sous l'assaut inlassable des gouttes. Je clignai des yeux, bien consciente que j'étais en état de choc.

– Je suis désolée.

– À quel sujet?

Je pinçai les lèvres pour éviter de me lancer dans une énumération. Lord Baygund avait toujours porté une attention féroce aux détails et je ne me sentais pas de taille pour un interrogatoire.

– Avec la distance, le joyau devrait rompre son lien avec Jonas et je pourrais travailler avec Maelora.

– Je ne crois pas que ce soit si simple.

Mes épaules s'affaissèrent. Les prochaines semaines s'annonçaient désagréables et j'allais payer un lourd prix pour cette erreur. Quoique le mot n'était pas vraiment juste.

Le lien entre Jonas s'était fait à mon insu. J'avais déjà entretenu des relations avec d'autres membres du château, ou des voyageurs, et le joyau n'avait jamais réagi de la sorte. Sa formation militaire avait probablement joué en sa faveur, jumelée à mon affection pour lui. Je me frottai le visage pour remettre de l'ordre dans mes idées.

– Si le joyau l'a choisi, c'est qu'il remplira son rôle, dit lord Baygund.

Je secouai la tête.

– Il a des engagements au Sud qu'il n'abandonnera pas si facilement. Et Maelora...

J'étouffai un sanglot. La pauvre n'avait pas mérité d'être reléguée au second rang de la sorte.

Je n'avais fait justice à personne. J'envoyai une pointe d'énergie vers le joyau et il me répondit d'un battement stable et paisible. Sa certitude ne m'était d'aucune aide devant l'énormité de cet impair.

Le seigneur Baygund continuait de m'observer calmement et je dus fermer les yeux pour ne pas crier de frustration. Comment pouvait-il balayer si facilement les problèmes auxquels nous allions devoir faire face? Je m'étais liée à un homme qui ne resterait pas à mes côtés. Je doutais que Maelora passe par-dessus l'offense et tente quand même d'endosser le rôle de maître d'armes.

J'allais ouvrir la bouche, mais un nouveau venu dans le jardin me fit hésiter. La haute silhouette était facile à reconnaître, d'autant plus avec l'énergie du joyau qui crépitait sous ses pas. Il s'approcha et la torche illumina ses traits, confirmant qu'il s'agissait de Jonas.

Mon regard le parcourut à la recherche de blessure, même si le joyau m'avait déjà permis de déterminer son état. Le sang sur ses manches n'était pas le sien, à mon grand soulagement. Lord Baygund se leva et Jonas s'inclina légèrement pour le saluer. Son regard alterna entre nous et je devinais aisément qu'il hésitait à aborder le sujet de notre lien devant une tierce partie. Sa considération me fit sourire et je secouai la tête. Lord Baygund parla le premier.

– Messire Jonas, encore une fois, votre intervention nous a sauvé la mise.

– J'ai été une pièce sur le plateau de jeu de maître Maelora. La victoire nous revient à tous, quoique je doute que nous ayons vu la fin des attaques ce soir.

Le seigneur acquiesça et se passa une main sur sa barbe.

– Ce nouveau joueur est assez préoccupant. Dites-moi, vous m'avez dit que vous aviez grandi auprès d'une grande famille du Sud. Quelle a été votre éducation exactement?

Jonas cligna des yeux à quelques reprises avant de réciter les matières qu'on lui avait enseignées. Ma poitrine se creusa à l'idée que mon seigneur s'informait en vain. Même si Jonas ressentait de l'affection pour moi, je ne voyais pas comment il pourrait faire une croix sur sa vengeance. Alors qu'il terminait ses explications, lord Baygund acquiesça d'un air résolu.

– Vous êtes un candidat parfait pour le poste de maître d'armes. Seriez-vous prêt à prendre ces fonctions à mes côtés?

Je fermai les yeux, refusant de voir la réaction de Jonas. Ses paroles me prirent par surprise et mon regard trouva le sien.

– Qu'en est-il du capitaine Maelora? Je comprends que vous l'avez recrutée dans ce but précis.

Lord Baygund m'envoya un regard pointu avant de reporter son attention sur Jonas.

– Il va sans dire que je suis ennuyé que mes démarches n'aient pas porté ses fruits. Mais les générations de seigneurs qui m'ont précédé entre ces murs ont partagé leur savoir et leur expérience par le biais de chroniques. Une constante se démarque sans cesse; le joyau ne peut être contraint.

Le regard de Jonas était rivé sur moi, comme s'il essayait de me transpercer. Je me détournai et fis quelques pas dans l'obscurité, incapable de soutenir cette intensité. La voix du seigneur rompit le silence.

– Je vous offre la position de maître d'armes du château Violet. Le joyau a déjà donné son aval. Acceptez-vous cette offre?

Devant l'absence de réponse, je me tournai pour voir que Jonas avait porté une main à ses yeux. Sa main retomba. L'expression sur son visage était celle de la défaite. Je resserrai mes bras autour de moi, devinant déjà la réponse qu'il s'apprêtait à formuler.

– J'ai des engagements au Sud dont je ne peux pas me soustraire. Si la situation était différente, je serais honoré d'accepter.

Une vague de froid me traversa la poitrine. C'était comme si la lumière venait de s'éteindre en moi et je lui répondis comme si un gouffre me séparait de ma douleur.

– C'est parfaitement compréhensible et c'est tout à ton honneur.

Jonas pinça les lèvres et tendit une main vers moi. Je secouai la tête et reculai d'un pas. Le regard de lord Baygund alterna entre nous, ces sourcils broussailleux se touchant au milieu de son front.

– Quel genre d'engagement?

– Mon père a été injustement emprisonné. Je ne pourrai le reprendre que par la force ou en payant une rançon exorbitante.

Le reste des explications se perdit dans le brouillard de mes pensées. Je n'avais moi-même aucune fortune, si ce n'était le joyau. Je ne pourrai jamais produire un éclat assez gros, ou un nombre suffisant d'éclats pour obtenir la somme dont Jonas avait besoin.

Je ne pouvais pas non plus vider les coffres du château sous prétexte que j'avais fait un mauvais choix. L'hiver approchait, nos réserves étaient basses en raison de l'ennemi qui ne cessait de nous attaquer. Une voix me souffla que nos problèmes seraient terminés si Jonas se joignait à moi, mais je n'avais aucune certitude.

Lord Baygund se releva d'un mouvement décidé et fit signe à Jonas de le suivre. N'ayant pas suivi leur conversation, je restai plantée là alors qu'ils se dirigeaient vers la cour. Le contour de leurs silhouettes se brouilla lorsque les larmes envahirent mes yeux.

C'était le propre du joyau; il était immuable alors que les humains se joignaient à moi pour quelques années avant de s'éteindre telles les étoiles face au soleil du matin. Ce cycle était sans fin.

Je plaquai mes mains contre ma bouche pour étouffer mes sanglots. Je n'avais jamais tempêté contre ma réalité, mais en ce moment précis, j'aurais hurlé ma colère, si seulement quelqu'un avait pu m'entendre.

CHAPITRE 20
Jonas

Je suivis le seigneur alors qu'il gravissait les marches de la plus petite tour. Les yeux rivés sur ses épaules, je ne pouvais penser à rien d'autre qu'au regard de Sabaya.

J'avais trahi sa confiance.

Elle ne m'avait rien demandé, mais j'avais tant voulu lui donner, qu'elle n'avait eu d'autre choix que de recevoir. Le joyau s'était lié à moi, car j'avais fait en sorte de me rendre indispensable.

Je m'étais voilé la face en songeant que mon séjour serait de courte durée et que les dommages seraient minimes. C'était sans compter que la précieuse donnait tout ce qu'elle avait pour les gens autour d'elle. J'avais profité de ce qui aurait dû être une force, et non une faiblesse.

Une fois à l'étage, je remarquai que le nombre de fenêtres était beaucoup plus grand que pour les autres tours. L'espace n'était qu'une seule pièce dont le centre était occupé par des rayons de livres. Sous chaque fenêtre, un pupitre avait été installé.

Vu l'heure et les attaques de gargouilles, les volets étaient tous fermés, mais des pentures et des attaches étaient installées pour en faciliter l'ouverture. Des chandeliers étaient fixés sur chaque morceau de mur disponible et toutes les chandelles étaient allumées. Des réflecteurs de métal poli avaient été installés en angle pour que la luminosité soit la plus grande sur les espaces de travail.

Lord Baygund longea le premier rayon pour atteindre l'autre côté. Des chuchotements nous parvenaient, accompagnés du raclement d'une plume sur un parchemin.

Mon regard s'attarda sur une carte de la région, où l'on voyait très bien le château, avec ses faubourgs à l'ouest, les arbres où nichaient les simargs à l'est, adossés sur la chaîne de montagnes inhospitalière.

Juste à côté, une deuxième carte représentait le nord du continent dans son entièreté, avec sept sigles, que je devinais être différents châteaux, chacun doté d'un joyau. Comme lord Baygund avait pris de l'avance, je pressai le pas, mais me promis d'y revenir avant mon départ.

Maître Jaclin releva la tête de l'ouvrage qu'il étudiait. Deux apprentis occupaient les espaces de travail de part et d'autre de son fauteuil. La jeune fille ne réagit même pas à notre arrivée, trop concentrée sur son travail. Le jeune homme fronça les sourcils et allait ouvrir la bouche, lorsque maître Jaclin tapota son parchemin d'un doigt. L'apprenti rougit avant de reporter son attention devant lui. Le seigneur lui fit un bref salut.

– N'est-il pas tard pour chroniquer les événements?

Un sourire joua sur les lèvres du vieil homme.

– C'est quand ils sont frais à notre mémoire que nos mots sont les plus justes. Demain, le repos nous aura donné un peu de recul et il sera temps de corriger les erreurs causées par les émotions.

Lord Baygund inclina la tête et m'envoya un regard sévère.

– Voilà de sages paroles.

– Je suis sûr que vous n'êtes pas venus débattre philosophie à cette heure. Que puis-je pour vous, lord Baygund?

Ce dernier tendit une main vers moi.

– Nous avons un détail délicat à régler avant que notre nouveau maître d'armes entre en fonction.

Il me fallut quelques secondes pour comprendre les paroles du seigneur. Je secouai la tête, mais il leva la main pour arrêter mes protestations. Mes poings se crispèrent de frustration. Je ne pourrais jamais donner plus que quelques semaines aux habitants du château Violet avant de devoir partir. La culpabilité m'enserrait la gorge alors que maître Jaclin plissait les yeux en nous observant. Lord Baygund reprit.

— J'aimerais consulter les chroniques du château Bleu, celles de la deuxième génération, je crois.

Les sourcils du maître Jaclin grimpèrent tout en haut de son front avant qu'un sourire n'étire ses lèvres. Il referma son livre avec précaution et le déposa sur la table de travail à ses côtés. D'un signe de mains, il appela un des apprentis à lui. Le jeune homme s'inclina et écouta le maître archiviste débiter une série de chiffres et de lettres, avant de la répéter et de partir entre les rayons. Maître Jaclin croisa les doigts devant sa bouche et m'étudia.

Comme nous attendions visiblement le retour de l'apprenti, j'en profitai pour défendre ma cause.

— Vous ne pouvez pas laisser Sabaya s'attacher à moi plus que de raison. Ce n'en sera que pire à mon départ. Si vous tenez à votre précieuse, vous devez me laisser partir avant que les dommages soient irréversibles.

Le seigneur posa son regard bleu sur moi. Nous étions de la même hauteur, mais il était bien plus imposant. Avec cette cicatrice sur la joue, il avait l'air d'un chef de guerre plus que d'un seigneur épargné par les rigueurs de la vie. Il se pencha vers moi et appuya un doigt contre mon sternum.

— La sens-tu vibrer au fond de toi? Sens-tu son énergie compléter la tienne? Tu devrais tomber de fatigue après une nuit pareille, mais non, tu pourrais continuer pendant des heures. C'est le joyau. Il comble tes lacunes et veille à tes besoins. J'y suis lié depuis la mort de mon père, près de vingt ans plus tôt. Je me souviens encore de la différence.

J'avalai péniblement. La présence de Sabaya m'attirait comme un papillon vers les flammes. Je pouvais la sentir encore dans le jardin tout en bas. Ma perception de cet espace aurait dû être inexistante, pourtant, j'étais conscient de la moindre chose qui nous séparait. Ses émotions étaient aussi douloureusement claires pour moi. Mon rejet la faisait souffrir, et cette douleur m'enserrait la poitrine comme une armure mal ajustée.

– Si je pouvais rester, je le ferais.

Lord Baygund acquiesça. Je ne savais pas si je devais être déçu ou soulagé. Les pas de l'apprenti nous firent tourner tandis qu'il déposait un imposant volume devant maître Jaclin. Ce dernier le remercia et le renvoya à son travail de recopie. Il enfila des gants blancs sur ses mains aux articulations nouées et commença à tourner les pages délicatement. Je pris plusieurs respirations mesurées pour éviter de lui demander de se presser. Rien de ce qui transpirerait ce soir ne changerait quoique ce soit à ma situation.

– Voilà.

Il fit pivoter le texte et lord Baygund se pencha pour lire. Maître Jaclin me sourit par-dessus sa tête.

– Les précieuses ont une forte propension à n'en faire qu'à leur tête et notre histoire en est riche d'exemples.

Le seigneur se releva avec un hochement de tête satisfait.

– Serez-vous en mesure de recopier ce passage et d'envoyer les messages rapidement?

Maître Jaclin acquiesça.

– Nous y consacrerons la journée de demain. Vous devrez me prêter quelques simargs pour assurer une livraison prompte.

Je fronçai les sourcils et me penchai au-dessus du texte.

CHAPITRE 21
Sabaya

Je m'étais rarement sentie aussi seule de toute mon existence. Mon regard se porta vers l'eau de la fontaine. Avant de trop y réfléchir, mes pas me portèrent vers la margelle et je plongeai une main sous la surface glacée. J'inspirai profondément sous le choc, mais poussai outre pour envoyer ma demande par-delà les montagnes vers le château Nacré. J'eus une brève hésitation en songeant à l'heure tardive, mais mon besoin de parler à quelqu'un était plus grand que l'emprise de la bienséance.

Une pulsation répondit à mon appel, mais il me fallut attendre encore quelques instants avant que l'image de Dariane s'affiche. Ses longs cheveux blonds étaient tressés et une de ses mains tenait les pans de sa robe de chambre. Elle haussa les sourcils à ma vue.

— Que t'arrive-t-il, ma chère? Tu as l'air misérable.

Je fermai les yeux pour éviter d'éclater en sanglots. Après quelques inspirations, je parvins finalement à parler.

— Je suis désolée de te tirer du lit à cette heure.

— Tu es certainement désolée, mais pas pour cette raison.

Son regard perçant me fit détourner la tête.

— J'ai fait une terrible erreur.

Dariane se contenta d'attendre en silence que je poursuive.

— Je me suis liée à un voyageur de passage plutôt qu'à la maître d'armes que mon seigneur a recrutée.

Elle plissa les yeux, la bouche pincée.

— Est-ce que lord Baygund l'a refusé?

Je haussai les épaules et essuyai les larmes qui avaient débordé malgré mes efforts.

— Si le joyau l'a choisi, il doit être méritant, dit-elle. Certains maîtres d'armes ont besoin d'être convaincus plus que d'autres. Je suis certaine que tu pourras trouver les arguments pour qu'il reste.

Je secouai la tête et les larmes coulèrent de plus belle.

— C'est bien là le problème.

Je lui racontai la triste histoire de la famille de Jonas tandis qu'elle m'écoutait, sourcils foncés. Je terminai avec la mauvaise nouvelle qui couronnait cette terrible soirée.

— Une créature étrange s'est jointe aux gargouilles et elle semble les contrôler. Nous faisons face à un ennemi doué de conscience plutôt qu'à des bêtes menées par l'instinct. Je ne pourrai pas repousser cette menace seule. Je dois absolument forger un lien avec Maelora pour la survie du château.

Dariane se tapota les lèvres d'un doigt.

— Penses-tu que le désir de vengeance de Jonas est plus grand que son désir de sauver son père?

Je repensai à ses paroles, plus tôt.

— Par l'argent ou par la force. Il maîtrise la deuxième alors qu'il lui manque la première.

Dariane s'agita et l'image se brouilla comme elle changeait de position. Sa main reprit contact avec l'eau et les ridules à la surface de l'eau s'estompèrent.

— Tu étais probablement trop occupée avec la construction de ton propre château pour te le rappeler, mais au début de notre histoire, il y a eu des problèmes au château Bleu. Le précieux s'était lié à un puissant guerrier, mais ce dernier était venu par bateau et sa femme avec leur enfant à naître l'attendait au Sud.

Je fronçai les sourcils et fouillai ma mémoire, mais rien ne me vint. Je secouai la tête et Dariane poursuivit son histoire.

– C'était au début de la Guerre des sylphes. Mon seigneur a déterminé que, si le château Bleu tombait, le nôtre risquait de suivre et qu'il était donc de l'intérêt de tous qu'un maître d'armes compétent soit en poste.

– La Première collaboration?

Elle acquiesça avec un sourire triomphant. Je secouai la tête.

– Je me souviens que les circonstances extraordinaires sont éligibles à une Collaboration, mais on parle de famine, d'épidémie ou...

– D'attaques non provoquées et de risque d'invasion.

Je clignai des yeux à plusieurs reprises.

– Les seigneurs accepteront-ils?

– Si je me fie à la réputation de lord Baygund, il va s'assurer qu'ils acceptent.

Je me tournai alors que la présence de Jonas se rapprochait et un frisson me parcourut de la tête aux pieds. Je me penchai vers la surface de la fontaine.

– Merci, je t'adore.

– J'attends votre cérémonie avec impatience.

Elle m'envoya un sourire taquin avant de rompre la connexion. Je bondis sur mes pieds et essuyai ma main sur mes jupes. J'allais passer l'arche du jardin vers la cour lorsque Jonas apparut devant moi. Mon élan m'entraîna trop loin et il dut mettre ses mains sur mes épaules pour éviter la collision.

Son regard fouilla le mien et un doute terrible m'envahit. Peut-être qu'il ne voulait pas être lié à moi, au joyau et au château. Il fit un bruit de gorge désemparé et me serra contre lui. Le nez contre sa chemise, je pouvais sentir l'odeur du champ de bataille, âcre et doucereuse, en contrepoint à celle de Nym qu'il avait chevauché.

Je devais me raccrocher au fait qu'il avait un certain attachement pour notre château et ses gens. Je pris une bonne inspiration et reculai d'un pas. Ses mains glissèrent le long de mes bras, mais il ne fit rien pour me retenir.

– Lord Baygund et maître Jaclin m'ont expliqué qu'ils peuvent demander la collaboration des autres châteaux et qu'ils seraient en mesure de ramasser les fonds nécessaires à la rançon.

Un sourire étira mes lèvres malgré moi. Je n'aurais jamais dû douter de mon seigneur. Il avait toujours eu mon bien-être à cœur, à sa façon et dans la mesure de ses moyens. Mon expression redevint sérieuse en songeant aux implications.

– Une fois lié au joyau, tu ne pourras pas changer d'idée. Tu cesseras de vieillir et tu seras connecté à ces terres au même titre que moi ou que le seigneur Baygund.

Il inspira profondément et tourna la tête vers la cour derrière nous. On pouvait entendre les soldats rentrer dans les baraques. Maître Galdir venait de renvoyer les palefreniers au lit et il passait pour éteindre les dernières lanternes. Jonas reporta son attention sur moi et prit mes mains dans les siennes.

– Mon père m'a souvent répété que je devais servir un seigneur digne de moi. La famille Virdoshir était noble, mais ils ne m'ont jamais inspiré la loyauté que je ressens pour toi et le château Violet. En quelques jours à peine, j'avais été prêt à tout risquer. Je l'ai d'ailleurs fait.

Je pinçai les lèvres et hochai la tête. Mes doigts se crispèrent sur les siens.

– Ce n'est pas non plus... tu ne seras pas obligé de... notre relation n'est pas...

Ma phrase se termina en grognement frustré. Je ne savais pas comment lui laisser une porte de sortie sans lui donner l'impression de piétiner notre relation à peine entamée. Le rire de Jonas me fit monter le rouge aux joues et il me serra contre lui à nouveau. Son nez trouva mon oreille et son souffle sur ma nuque me fit frissonner.

– Si tu veux abuser de moi, tu es la bienvenue.

Je lui enfonçai un doigt dans les côtes et fus satisfaite lorsque son rire se transforma en gargouillement. Mes mains autour de son torse, je relevai la tête pour le regarder dans les yeux.

– Ce n'est pas la coutume, pour le maître d'armes et la précieuse d'être... en relation. Mais ce n'est pas non plus interdit.

Je haussai les épaules et il me sourit avant de passer une main sur mes cheveux.

– Oui, on m'a bien précisé que ton bonheur était primordial.

– Pas au détriment du tien.

Il déposa un chaste baiser sur mes lèvres.

– Mais tu prends soin de tout le monde, sans faire attention à toi. Je mettrai un point d'honneur à veiller sur toi. Au nom des habitants du château, bien sûr.

Ce fut mon tour de rire et de secouer la tête.

– Dariane m'a assuré que j'aurais les arguments pour te convaincre, mais tu sembles déjà avoir fait le travail à ma place.

Ses lèvres trouvèrent les miennes et je me laissai aller contre lui. J'aurais été incapable de le lâcher en cet instant précis, mais je devais m'assurer d'une dernière chose. Je rompis le contact à regret, les yeux fermés, mon souffle saccadé. J'appuyai mon front sur sa poitrine pour éviter d'être distraite.

— Je ne pourrai jamais te donner d'enfants. Ce n'est pas la nature du joyau.

— Je t'ai vu avec les enfants du château. Tu t'en occupes comme si c'étaient les tiens. Et selon ma compréhension de mes nouvelles fonctions, j'aurai à superviser toute la garnison du château; l'infanterie, la cavalerie, les simargs, les recrues...

Je le sentis secouer la tête.

— Si je ressens un jour le besoin d'avoir un fils, je trouverai bien un orphelin sur qui jeter mon dévolu.

Ses lèvres se posèrent sur mes cheveux et je soupirai d'aise.

— Voilà qui ne s'est pas passé comme prévu, murmurai-je. Mais j'en suis ravie.

— Avoue que tu as surtout hâte de m'utiliser à ta guise.

Je secouai la tête en riant et reculai d'un pas.

— Tu vas avoir besoin d'un bain avant que je tire avantage de quoi que ce soit.

Il me fit une courbette cérémonieuse.

— Après vous, ma dame.

CHAPITRE 22
Jonas

Maître Jaclin me précédait dans les escaliers menant à la crypte, un recueil dans une main et un apprenti à ses côtés. Je lissai le devant de ma nouvelle tunique et replaçai ma ceinture. J'avais craint qu'on me donne une veste d'apparat mauve, mais finalement, ce n'était que le col qui était rehaussé d'une broderie violette et or. Je n'avais rien contre la couleur, mais Sabaya la portait mieux que moi. La teinte ocre du tissu me convenait bien mieux et je me rappelais avoir vu lord Baygund porter la même couleur.

L'écho de dizaines de voix nous assaillit alors que nous arrivions dans les galeries souterraines. La salle du joyau avait été complètement illuminée et mes yeux se portèrent à un balcon en demi-lune sur la moitié de la longueur. L'obscurité ambiante à ma précédente visite me l'avait dissimulé. La plupart des habitants du château y avaient pris place, tous les visages fendus d'un sourire.

Le matin même, après à peine quelques heures de sommeil, Tarinne était venue chercher Sabaya pour la préparer. Je l'avais entendue protester que ce n'était pas un mariage et qu'il n'était pas nécessaire de s'emballer, mais l'intendante l'avait sermonné en lui rappelant que la seule personne vivante au château à se souvenir de la dernière cérémonie de ce genre était la vieille cuisinière Hella.

Selon ma compréhension, une autre cérémonie se tiendrait lors de la passation des pouvoirs de Baygund à Kiall, mais les occasions étaient plutôt rares et les habitants du château étaient fébriles à l'idée d'y assister. L'excitation générale avait fini par me contaminer et j'étais aussi anxieux qu'un futur époux.

– Laisse cette pauvre tunique tranquille, dit maître Jaclin. Tu vas déchirer les coutures.

Il avait les sourcils froncés, mais le sourire aux coins de ses lèvres le trahissait. Je laissai retomber mes mains de chaque côté et celle de gauche frôla le pommeau de ma nouvelle épée. La chaleur du joyau me réconforta plus que de raison, et à son contact, je sus immédiatement où se trouvait Sabaya dans l'immense souterrain. Elle ne tarda pas à apparaître à ma vue et maître Jaclin me fit signe de poursuivre.

Je grimpai les marches vers la plateforme centrale où lord Baygund m'attendait. Il me fit signe de me placer à ses côtés, tandis que Sabaya se tenait à l'opposé. Dans notre dos, le joyau dégageait une vague de chaleur en continu, chassant l'humidité naturelle de l'endroit. Sabaya se pencha derrière le seigneur pour m'envoyer un sourire et mon cœur manqua un battement.

Sa tête était ceinte d'une couronne de feuilles jaune et ocre, soulignant le contraste entre ses cheveux bruns et sa peau pâle. Sa robe était du même vert pâle que ses yeux, avec une ceinture et des manches d'un mauve profond. Elle était tout simplement magnifique. Je ne savais pas qui avait choisi nos tenues respectives, mais quelqu'un avait fait un effort particulier pour les accorder.

Le silence se fit progressivement et tous les visages se tournèrent vers nous. Au premier rang se trouvaient le sénéchal, l'intendante, la cuisinière, les différents maîtres du château et les capitaines de la garnison. Mes gens, ma nouvelle patrie.

Mon regard se porta un peu plus loin, et je trouvai Maelora, un bras en écharpe, avec ses lieutenants. Elle inclina sa tête en guise de salut et j'eus une pointe de regret pour elle. Sa discussion avec lord Baygund avait duré plusieurs heures en matinée. À sa sortie, elle avait les yeux rouges, mais une expression sereine. Elle m'avait félicité et souhaité bonne chance dans mes nouvelles fonctions. Ses paroles avaient semblé sincères et elle avait refusé mes excuses.

Les caravaniers avaient été invités et s'étaient regroupés en marge des domestiques et des habitants du château. Lathar se pencha vers Ksara pour lui murmurer quelque chose à l'oreille. Les deux m'envoyèrent des signes de la main avec des sourires gamins. Je pinçai les lèvres et détournai le regard, refusant de réagir à leurs taquineries silencieuses.

Lord Baygund s'avança et attendit que tous les regards soient sur lui avant de prendre la parole.

– Lorsque mon père me formait à prendre sa relève, il m'a dit que tous les jours se ressemblaient dans un château tel que le nôtre. Nous ne sommes pas des conquérants et notre quotidien se résume à faire fructifier nos terres. Le joyau est immuable et traverse le temps alors que nos vies s'élèvent et s'éteignent autour de lui.

Il se tourna vers Sabaya avec un sourire et elle inclina la tête gracieusement. Le seigneur reprit.

– Ensuite, il m'a expliqué que chaque jour m'apporterait son lot de surprises et de défis. Parce que Sabaya est un être de chair et de sang, aussi sensible que n'importe lequel d'entre nous. Elle se réjouit de notre naissance et elle pleure notre départ. Elle tombe aussi sous le coup des émotions les plus terre à terre, et elle peut faire preuve de passion et d'impulsivité. Il suffit de penser aux bonbons que notre cuisinière garde toujours sous la main.

Les pieds de Sabaya raclèrent le sol et une vague de rires prit naissance dans la salle, rapidement étouffée par des raclements de gorge réprobateurs.

– C'est ainsi que notre précieuse a choisi son nouveau maître d'armes. Et si je ne m'attendais pas à ce choix, je ne peux que louer sa lucidité. Jonas est parmi nous depuis peu, mais il s'est rapidement démarqué, que ce soit auprès de notre maître forgeron que de nos soldats. Je m'en remets au jugement de Sabaya et je vous invite à accueillir notre nouveau maître d'armes avec la même ferveur.

Il recula d'un pas et Sabaya s'avança vers moi. Elle tendit ses deux mains, paumes vers le haut et j'y plaçai les miennes. Un frisson me parcourut et j'inspirai profondément pour rester immobile. Nos mains se mirent bientôt à luire et une douce chaleur me remonta les avant-bras. Le centre de la poitrine de Sabaya dégageait une lueur violette et je baissai les yeux pour voir la même chose sur moi.

Mes pensées se mirent à tournoyer et je fermai les yeux pour conserver mon équilibre. Derrière mes paupières, l'histoire du joyau se mit à défiler et je vis les premiers hommes qui s'étaient installés. Je vis le château se bâtir pierre par pierre et les générations de seigneurs se succéder. Au fil des ans, une constante restait : Sabaya était à leurs côtés. Et maintenant, j'étais avec elle.

Des étincelles colorées se mirent à clignoter à la limite de ma perception. Je sentis Sabaya les toucher une à une et je compris instinctivement qu'il s'agissait des autres joyaux du Nord. Chacun brillait d'une couleur distincte, mais aussi d'une énergie différente. Je sentis leur joie pour nous et elle me réchauffait comme une gorgée d'alcool fort, se répandant dans ma poitrine pour se diffuser dans mes membres.

Je rouvris les yeux sur la salle illuminée de torches, entouré par plusieurs centaines de personnes. Tous ces cœurs battaient à l'unisson. Sabaya lâcha une de mes mains pour la donner à lord Baygund et je sentis avec clarté le lien entre eux. Puis maître Jaclin gravit la plateforme et vint lui tendre ses doigts noueux.

Et la chaîne humaine se poursuivit jusqu'à traverser toute la salle.

Chaque personne présente était baignée d'une aura violette et je pouvais sentir l'ensemble aussi bien que les individus avec une précision incroyable. Je baissai les yeux vers Sabaya et mon souffle se coinça dans ma gorge. Son sourire était radieux et l'amour qu'elle portait à ses gens n'avait jamais été aussi évident. Je me jurai à cet instant de tout faire pour préserver leur sécurité.

Le seigneur Baygund prit la parole et sa voix se réverbéra sur les murs de la caverne.

– Ce moment en est un de célébrations, car nous solidifions les défenses de notre château, mais les prochains jours seront sous le signe des combats. Chacun de vous serez appelé à participer, et aujourd'hui est un rappel puissant de la force, mais aussi de la fragilité de notre mode de vie. Le joyau est notre fondation et nous sommes le souffle de vie qui fait battre son cœur.

Les mains se relâchèrent une à une et la lueur s'estompa doucement. Romita annonça qu'un repas serait servi dans la grande salle et invita tout le monde à s'y rendre. La caverne se vida tranquillement, dans un brouhaha de conversations et de rires. Lord Baygund avait raison de rappeler la menace qui pesait sur nous, car la couverture nuageuse n'avait pas libéré le ciel et la probabilité d'une attaque ce soir était terriblement forte.

Une pointe de crainte traversa ma résolution, mais ce n'était pas la mienne. Je me tournai vers Sabaya et étudiai son expression. La plupart des torches avaient été remontées à la surface et la principale source de lumière était le joyau à nos côtés. Ses traits étaient baignés de lilas et de bleu. Son air songeur ne laissait pas deviner le trouble que je ressentais là où le joyau résonnait en moi. Elle releva les yeux et grimaça devant mon regard inquisiteur.

– Désolée, j'ai perdu l'habitude de garder mes émotions pour moi.

Je secouai la tête.

– Ne change rien. Dis-moi plutôt ce qui te préoccupe.

Elle soupira et ramassa les torches restantes autour de nous avant de les éteindre. Je l'imitai en silence et elle finit par prendre la parole.

– Tu comprends l'ampleur du lien qui m'unit aux habitants du château. Plus ils sont nombreux et épanouis, et plus le joyau prospère. Il faudrait une catastrophe d'envergure pour que la situation devienne précaire. Mais je ne peux m'empêcher de repenser au chevalier d'hier.

– Et tu vois son potentiel destructeur.

Elle inspira, les lèvres pincées, et prit la direction des arches menant aux galeries. Arrivée devant un support de fer, elle y déposa les torches éteintes et attendit que je fasse de même pour gravir les escaliers.

– Je viens de te trouver, je ne veux pas te perdre.

J'attrapai sa main et tirai pour l'arrêter. Une marche au-dessus, elle se tourna et baissa les yeux pour croiser les miens.

– Est-ce que tu parles en ton nom ou celui du joyau?

Son visage et son cou prirent une jolie teinte rosée et je ne pus réprimer un sourire. Elle mit sa main libre sur sa hanche avec un regard contrarié.

– C'est la même chose.

Je secouai la tête.

– Nos responsabilités nous font souvent porter un manteau différent de celui qui nous convient réellement. J'ai vu ces deux aspects de ta personnalité; tu es celle qui profite de ce que la vie a à offrir et tu es aussi celle qui prend en charge la sécurité et le bien-être de ses gens.

Elle inclina la tête sur le côté

– Et à quoi ressemble le manteau que tu portes en ce moment?

– C'est celui d'une vie passée à apprendre des stratégies militaires, à diriger des hommes et à coordonner des effectifs. Et il se marie à la perfection au tien.

Ses doigts se resserrent sur les miens et elle me sourit.

– Je te fais confiance.

– Moi aussi. Nous allons vaincre le chevalier. Ensemble.

– Oui. Mais avant, allons manger. J'ai vu ce que Romita a préparé pour le dessert et je ne veux pas manquer ça.

Je gravis les marches qui nous séparaient et déposai un baiser sur ses lèvres. Une vague de chaleur me traversa à ce bref contact et mon sourire fit écho au sien.

– Qu'il ne soit pas dit que je me suis mis entre toi et tes bonbons au caramel.

Elle m'envoya un coup de coude dans les côtes avant de remonter ses jupes pour courir vers le palier. Son rire me précéda jusqu'à la grande salle.

CHAPITRE 23

Jonas

La cloche du guet se mit à sonner en fin d'après-midi. La grande salle s'était progressivement vidée après le banquet et j'avais passé les troupes en revue. Je refusais de faire traîner l'affrontement contre l'étrange chevalier, et un coup de force s'imposait.

Mais il restait encore plusieurs heures avant le coucher du soleil.

Tassian m'envoya un coup d'œil auquel je répondis par un hochement de tête. J'avais rapidement mis le lieutenant de mon côté en lui déléguant plusieurs tâches. Qu'il se réfère déjà aussi facilement à mon autorité était bon signe. Si le seigneur était d'accord, il pourrait rapidement être promu au rang de capitaine. Il tourna les talons et se dirigea vers la tour pendant que je donnais de rapides consignes aux soldats autour de moi.

Lord Baygund sortit dans la cour et il me rejoignit au moment où Tassian finissait de parler à un éclaireur. Le lieutenant courut vers nous et pointa les remparts.

– Il semblerait qu'il faut le voir de nos propres yeux.

Je gravis les escaliers à sa suite et m'avançai sur le chemin de ronde. Le ciel était obscurci par des nuages lourds de pluie, mais l'horizon au-dessus des montagnes était dorénavant complètement noir. Et ce n'était pas l'absence de soleil, mais bien une nouvelle couche de nuages qui semblait se répandre comme une flaque d'encre. Sa progression était bien plus rapide qu'un crépuscule ordinaire.

Ma perception du joyau nouvellement acquise me permit de reconnaître la présence de Sabaya et je me tournai alors qu'elle arrivait sur le chemin de ronde. Elle s'appuya contre le parapet, son regard sur l'horizon.

– Je sens une menace, mais je suis incapable de cibler son origine.

Le regard du seigneur alterna entre nous.

– Notre maître d'armes pourra peut-être l'identifier si tu lui montres où chercher.

Je pris la main qu'elle me tendait et ma vue se réfracta, comme si je regardais la surface d'une eau limpide. L'image était légèrement déformée, mais reconnaissable. Je sentis l'énergie de Sabaya me guider au-delà des murs, vers les limites des terres sous l'influence du joyau. D'infimes traces violettes courraient dans le sol, marquant sa présence. À l'endroit où se terminaient ses racines, la nature perdait progressivement en force pour devenir plus aride.

Une masse noire et grouillante se tenait à la frontière.

Mon attention se fixa sur les mouvements des ombres et je parvins à distinguer des silhouettes. Je pouvais différencier les gargouilles les unes des autres. En leur centre, le chevalier étudiait le terrain. Il tendit une main et son pouvoir sortit comme une nuée de mouches bourdonnantes. Lorsque l'essaim toucha une des racines violettes, un horrible crissement me fit porter mes mains à mes oreilles.

Je retrouvai les perceptions de mon propre corps pour voir Sabaya pliée en deux, le souffle court. Une voix me chuchota à l'oreille « Corruption », et je reconnus l'intervention du joyau. Le reste de son message n'était pas si clair, mais je pouvais sentir sa peur, un écho des craintes que Sabaya avait partagées plus tôt. Lord Baygund l'aida à se redresser et elle m'envoya un regard d'excuse, mais je secouai la tête pour la rassurer. Je pointai l'horizon d'une main.

– Qu'est-ce qui se trouve par-delà ces montagnes?

Le lieutenant Tassian me répondit en premier.

– C'étaient les terres du château Jaune.

Je plissai les yeux et citai la comptine que j'avais entendue chaque jour depuis mon arrivée au château.

– Celui qui a « perdu son trône »?

Lord Baygund acquiesça, les mâchoires crispées.

– Ce joyau est mort, dit-il. Le premier seigneur a essayé de le contrôler par la force. Il a fait appel à des joailliers pour chauffer la pierre et essayer de retirer ce qu'il considérait des impuretés. Quand ça n'a pas fonctionné, il l'a fait tailler en milliers d'éclats. Tous ceux qui ont fait appel au pouvoir contenu dans un de ces éclats ont connu des fins abruptes et violentes.

Je hochai la tête, repensant aux paroles de Sabaya.

– Car un éclat de joyau doit toujours être offert, et non pris par la force.

Elle me fit un sourire peiné. Je repensai aux éclats de pierre jaune que Terys et Edon avaient en leur possession et un malaise me traversa. Puis le souvenir de ces pierres jaunes en déclencha un autre. Celui du chevalier corrompu, balançant son épée avec une force surhumaine. Je baissai les yeux vers ma propre épée, celle sertie d'un joyau violet.

– Chaque château possède-t-il une épée de ce genre, avec un éclat du joyau?

– Je crois que le château Nacré en a fait forger plusieurs, mais oui, chaque maître d'armes s'en voit remettre une.

Le pommeau de l'épée du chevalier corrompu avait brillé d'une lueur jaune, dont l'éclat me rappelait celle du joyau violet. Je reportai mon attention vers l'horizon, et même sans l'aide de Sabaya, je parvins à me projeter aux limites de nos terres. Cette créature était liée à un joyau, et je pouvais sentir son énergie appeler celle du joyau violet.

Mais l'éclat jaune que je parvenais finalement à distinguer autour du chevalier corrompu était strié d'impuretés.

– Je crois que nous avons affaire au maître d'armes du château Jaune.

Un silence pesant accueillit ma déclaration. Sabaya ferma les yeux et ses épaules se crispèrent après quelques secondes.

– Tu as raison. Maintenant que je sais ce que je cherche, c'est évident.

Elle rouvrit les yeux et je pouvais y voir l'horreur que ressentait le joyau.

– On ne peut pas le laisser s'approcher. Il ne doit pas entrer en contact avec le joyau.

Lord Baygund fronça les sourcils, son regard sur l'horizon.

– Cette chose est-elle contagieuse?

– Je le pense, dit-elle. J'ai la distincte impression que les gargouilles ne sont pas nées ainsi. J'ai toujours pensé qu'elles avaient beaucoup de similarités avec les simargs.

Des regards horrifiés s'échangèrent autour de nous. Le lieutenant Tassian prit la parole en premier.

– Tu veux dire que ce sont les chiens ailés du château Jaune que nous abattons depuis des semaines?

Sabaya acquiesça, les yeux pleins de larmes. J'aurais voulu la prendre dans mes bras pour la rassurer, mais vu notre auditoire, je serrai les poings. Aussi sensible que moi à sa détresse, lord Baygund posa une main sur son épaule. C'était le moment de m'approprier pleinement mes fonctions. Mon plan prit forme et je fis signe au lieutenant.

– Nous ne pouvons pas le laisser approcher. Je veux les simargs les plus rapides, ainsi que les cavaliers les plus doués à l'arc. Nous serons trop loin pour que les archers des remparts nous aident, mais ils doivent être prêts en cas de retraite.

Tassian acquiesça puis s'inclina devant lord Baygund avant d'aller transmettre mes ordres. Des cris retentirent dans la cour, rapidement suivis par le martèlement des bottes et le bruit des sabots. Je pris mon congé et montai vers l'étage supérieur de la tour principale.

Tarinne m'avait décerné les quartiers voisins de ceux de Sabaya. Même si je n'y avais pas encore dormi, mes vêtements et mes caisses s'y trouvaient déjà. Je récupérai ma brigandine, mes brassards et quelques couteaux à lancer aux côtés de ma nouvelle lame. Je m'assurai que le tout ne me gênerait pas sur le dos de Nym.

Une fois prêt, je me tournai pour trouver Sabaya qui m'observait depuis le seuil. Je me laissai enfin aller à l'envie de la prendre dans mes bras. Elle me retourna mon étreinte avec la force du désespoir. Je pris son visage dans mes mains et l'obligeai à croiser mon regard.

– Le savoir est une arme puissante sur un champ de bataille. Et le joyau est en mesure de nous fournir énormément d'information. Je n'aurai jamais été aussi bien informé que pour le combat à venir.

– Je sais que tu as raison.

Je déposai un baiser sur son front. Elle devrait réconcilier ce savoir avec ces émotions, car elle m'avait confié la sécurité du château, et ses doutes ne me feraient pas hésiter. Je tournai les talons et allai dans la cour pour donner mes dernières instructions aux cavaliers. Sabaya me suivit ensuite jusqu'au jardin des simargs où Nym m'attendait déjà.

Autour de nous, l'escouade était prête et son capitaine me fit un signe de tête. Le chien ailé trépigna à mes côtés et gémit d'impatience. Je lui fis signe d'approcher pour étudier le harnais qui avait été installé sur son dos. Le siège ressemblait à celui d'une selle, avec des poignées de chaque côté des épaules. Les sangles passaient sous son ventre pour s'attacher de part et d'autre des ailes et se rejoindre à l'avant sur son poitrail. Je reconnaissais l'équipement à celui qu'arboraient les autres simargs.

Un jeune palefrenier traversa la courtine en courant avant de s'arrêter devant moi.

– Les cavaliers ont passé les portes.

Je le remerciai et fis signe aux autres de se mettre en selle. Sabaya n'était plus à mes côtés et mes sens la trouvèrent rapidement sur les remparts. Le roucoulement de Nym me rappela à l'ordre et je sautai en selle. Il fit quelques pas pour me laisser m'habituer et je lui tapotai l'encolure pour le remercier.

Le capitaine donna le signal et les chiens ailés prirent leur envol. Nym eut tôt fait de prendre la tête du peloton aux côtés du capitaine. Quelque chose me disait que ce chien ne se contenterait jamais de suivre. J'enfouis une main dans son pelage alors que le vent me fouettait le visage. Je pouvais difficilement lui reprocher un trait de caractère que je partageais aussi.

Plus nous nous éloignions du château et plus l'obscurité était profonde. La masse grouillante de gargouilles était à peine visible, mais le froissement de leurs ailes était audible. Je sentis l'énergie du joyau irradier depuis ma poitrine, là où elle ne m'avait pas quitté depuis la cérémonie, et ma vue se transforma pour me montrer le paysage en ton de gris, dévoilant la texture du terrain et révélant les zones d'ombre. Le capitaine me fit signe.

– On n'y voit rien; se battre dans ses conditions sera risqué.

D'instinct, je poussai le pouvoir vers mes compagnons et quelques exclamations surprises me confirmèrent que j'avais réussi à leur étendre les effets du joyau. Le capitaine m'envoya un regard appréciateur avant de reporter son attention sur notre cible. Au sol, les cavaliers étaient visibles, encore à une certaine distance de notre objectif. Nym commença à prendre de l'altitude et l'escouade se disposa en éventail tout autour. Les gargouilles ne tardèrent pas à nous repérer. Leurs cris aigus emplirent la nuit tandis que nos troupes fondaient sur elles.

Au sol, je pouvais clairement voir les fines racines mauves du joyau luire dans l'obscurité. Je poussai cette connaissance vers le capitaine des simargs pour qu'il dirige ses troupes. Un peu plus loin, le chevalier corrompu avançait le long de la frontière invisible. Son pouvoir se répandait autour de lui, semblable aux tentacules des poulpes qui étaient parfois pêchés au Sud. La couleur jaune était traversée d'éclairs ambrés et noirs. Les racines violettes semblaient se flétrir à son contact, permettant au chevalier d'avancer un peu plus et de reprendre ses attaques.

Nym dut éviter la charge d'une gargouille et je me plaquai contre son échine alors qu'il manœuvrait pour lacérer une aile à son adversaire. La créature n'abandonna pas si facilement et attaqua à nouveau. Il referma ses ailes pour se retrouver sous elle avant d'attaquer la chair fragile du ventre. Le cri de la gargouille me fit grimacer, mais sentant l'intention de Nym, je braquai mon poids pour lui permettre de se retourner plus rapidement. Il donna quelques coups d'aile puissants et referma ses crocs sur le cou de la gargouille. Il relâcha sa prise rapidement, mais il avait réussi son attaque et la créature plongea vers le sol dans un bruissement d'ailes.

Le clairon d'un cor signala l'arrivée des cavaliers, mes sens ayant déjà reconnu leur présence, et les simargs battirent en retraite, comme convenu. À mon signal, Nym fit le contraire et replia ses ailes pour plonger vers le sol. Aussitôt le ciel dégagé d'alliés, une volée de flèches perça la nuit en direction des gargouilles. Les projectiles sifflèrent juste au-dessus de nos têtes. Je me cramponnai de toutes mes forces aux poignées du harnais tandis que la distance entre le chevalier corrompu et moi s'amenuisait. Nym bascula son poids vers son arrière-train et attaqua toutes griffes sorties.

Le chevalier esquiva au dernier moment et fendit l'air de sa lame. Nym dut battre des ailes pour reprendre de l'altitude et éviter le coup. Je l'obligeai à se poser un peu plus loin, même s'il gronda de désaccord. Je lui envoyai l'image d'un combat à l'épée pour lui faire comprendre ce qui m'attendait. Il montra les dents, mais je secouai la tête; hors de question que je le mette entre le danger et moi. Il s'ébroua alors que je posais le pied au sol. Je m'attendais à ce qu'il reprenne les airs, mais il me suivit jusqu'à la limite des racines du joyau, les poils de son cou dressés.

Derrière nous, j'entendis un chien hurler de douleur. Ma respiration se fit saccadée sous l'impulsion d'aller lui porter secours, mais je poursuivis mon chemin. Je devais faire confiance à mes troupes et neutraliser la menace que représentait le chevalier corrompu.

Des cavaliers galopèrent de chaque côté, et tirèrent des flèches avant de faire demi-tour pour attaquer de nouveau. Je reconnus Maelora et Segast à leurs armures bleutées. Le chevalier donna un coup de lame et dévia le premier projectile. Le deuxième se planta dans l'articulation de l'épaule droite et l'impact l'obligea à arrêter sa progression. Sans même lâcher son arme, il donna un coup sur la hampe pour la casser. La blessure ne semblait même pas l'incommoder.

Je laissai les cavaliers tirer une deuxième fois avant de charger. Nym sauta dans la mêlée et obligea notre adversaire à rester constamment en mouvement, l'empêchant de prendre assez d'élan pour frapper de toutes ses forces. Les échanges restaient brutaux et les archers ne pouvaient plus me porter assistance vu la rapidité de nos mouvements.

Le joyau de mon épée luisait de plus en plus fort, mais je savais que mes bras finiraient par se fatiguer. Déjà, je pouvais sentir le prix exigé à mes muscles. L'énergie fournie par mon lien avec le joyau me donnait une résistance plus grande que ce que je n'avais jamais connu, mais l'arrogance serait ma perte.

Nym alternait entre des charges au sol et des plongeons de quelques mètres. Une gargouille sauta sur son dos et l'obligea à se détourner du chevalier corrompu. Maelora et Segast faisaient un nouveau passage au galop et je pouvais entendre leurs flèches siffler de part et d'autre. J'avais les bras et les jambes striées de fines coupures; autant de touches par le chevalier corrompu.

De son côté, j'avais abîmé la plaque d'une épaule et la pièce gênait ses mouvements. Mais c'était mon seul gain. À ce rythme, il me faudrait toute la nuit pour en venir à bout. La sueur me ruisselait sur le front et ma respiration était saccadée.

Plusieurs simargs hurlèrent et la mort d'un des cavaliers me percuta en pleine poitrine. Le joyau envoya une onde de colère et de tristesse que je partageais pleinement. Nos gens mouraient et je devais trouver une solution rapidement. Je pris un peu de recul pour évaluer le terrain, mais le chevalier corrompu avait bien choisi son champ de bataille et je n'avais aucun élément facile à exploiter.

Maelora apparut à mes côtés, son épée en main, et se fit l'écho de mes pensées.

– Finissons-en.

J'acquiesçai et chargeai en même temps qu'elle. Elle était une excellente combattante et ses gestes faisaient preuve d'une économie étudiée. Je tenaillai le chevalier alors qu'elle faisait pleuvoir des coups sur sa garde. Plusieurs attaques touchèrent leur cible et le chevalier trébucha pour la première fois.

Nos cris de guerre s'élevèrent en duo et je redoublai mes attaques. Chaque impact claquait à mes oreilles et je ne sentais plus mon bras. Des gouttes de sueur me firent cligner des yeux, et l'instant suivant, une brûlure me traversa les côtes, là où l'épée du chevalier avait fait mouche. Je bondis en arrière et évitai d'être pourfendu de justesse.

Maelora prit son élan et chargea. Les mâchoires crispées, je raffermis ma prise sur mon épée et attaquai par le côté. Mais plutôt que d'esquiver le coup de Maelora, le chevalier corrompu laissa la lame l'atteindre, la pointe perçant sa chair juste sous la cuirasse. Une odeur de pourriture se répandit et me donna un haut-le-cœur. Pire que l'odeur des entrailles sur un champ de bataille, c'était celle de la décomposition. Le chevalier profita de ma surprise pour dévier mon coup et sa main libre se referma sur mon poignet.

Le monde changea de couleur et mes muscles se tétanisèrent.

Un hurlement effroyable s'éleva, comme si le vent lui-même était prisonnier dans ma tête et cherchait à en sortir. Mon lien avec le joyau violet vibrait dans ma poitrine, luttant contre cette invasion. Je baissai les yeux vers mon bras et les veines visibles au-dessus des brassards semblaient noires contre ma peau. Mon regard croisa celui du chevalier corrompu et je pouvais voir une lueur ambrée y brûler. Sa prise se resserra et une sensation de froid remonta jusqu'à mon coude.

La douleur me cisaillait en deux.

Ma vue se teinta d'ambre, avec à peine quelques étincelles mauves en périphérie. Je cherchai mon lien avec Sabaya, mais c'était comme saisir un poisson avec des mains recouvertes d'huile. Le contact m'échappait.

J'aurais voulu hurler, mais aucun son ne sortait. Un voile noir tomba devant mes yeux et un terrible sensation de perte monta dans ma poitrine. C'était pire que tout ce que j'avais ressenti lorsque la famille Virdoshir avait péri, que ma mère avait été abattue, avec mes frères et sœurs, tandis que mon père était torturé. L'idée de ne jamais revoir Sabaya me remplit d'une rage terrible.

Des ennemis de la maison de mon seigneur m'avaient tout pris. Mon futur comme chef de guerre avait disparu du jour au lendemain pour faire place à la solitude et au désespoir. En venant au Nord, j'avais trouvé une deuxième chance, que Sabaya m'avait offerte sans réserve et de tout son cœur. Je ne pouvais pas accepter que ce premier obstacle soit le dernier.

Une vive douleur éclata dans mon torse et je l'accueillis à bras ouvert. La vue me revint, tout en mauve et en violet.

Depuis le centre de ma poitrine, le joyau envoya une forte poussée d'énergie. La présence corrompue du joyau jaune frétilla sous l'assaut. Les deux vagues se livraient combat en moi et ma bouche s'ouvrit pour laisser sortir un cri guttural.

J'avais la certitude que le joyau jaune, ou l'étrange corruption qu'il était devenu, voulait utiliser mon lien pour atteindre le joyau violet.

Il était hors de question que le château Violet connaisse la même fin que le château Jaune et qu'il sombre dans l'oubli.

Je tentai d'appeler Nym, mais avec la présence de la corruption et cet horrible son qui me coupait du monde extérieur, je n'étais pas sûr de réussir. Je n'aurais pas dû douter, car la présence du joyau pulsa dans ma poitrine, inébranlable.

Un éclair passa dans la nuit et ses griffes se plantèrent dans les épaules du chevalier. J'en profitai pour tourner mon bras et me défaire de son emprise. Ce dernier fit face au chien ailé et balança son épée avec un cri de rage. Nym esquiva, mais un glapissement confirma que le chevalier avait touché sa cible. Maelora sauta dans la mêlée pour protéger l'animal.

Mon esprit chercha celui de Sabaya, horrifié à l'idée que ce contact avec la corruption ait pu rompre notre lien, mais sa présence lumineuse m'envahit et ramena un silence béni dans mon esprit. J'enchaînai une série de coups pour obliger le chevalier à séparer son attention entre ses adversaires. Mes attaques lui firent perdre du terrain, mais je n'arrivais toujours pas à passer sa garde.

La voix de Sabaya résonna en moi.

« On ne pourra peut-être pas le vaincre, mais avec ton aide, je peux le bannir. »

C'était une solution temporaire qui pourrait aisément se retourner contre nous, ou pire, contre les autres châteaux de la région.

Mais un seul contact avait été suffisant pour me couper l'envie de ne jamais le retoucher. Je savais au plus profond de moi que cette créature ne devait jamais s'approcher du joyau violet ni de notre précieuse. La protection de nos terres passait avant mon orgueil.

J'aurais préféré vaincre cet adversaire de façon définitive, mais ce combat avait bien plus d'implication que ma fierté. Les paroles de Sabaya firent à écho à mes pensées.

« C'est une retraite pour mieux se regrouper. Les autres châteaux pourront nous aider à éradiquer la menace pour de bon. »

Je m'en remis à son jugement et suivis les indications que le joyau m'envoyait.

Les racines violettes au sol brillaient encore plus fort qu'auparavant. Quelque chose me disait que c'était lié au sang versé par nos gens. Ce n'était pas la méthode préférée du joyau, mais il n'était pas du genre à gaspiller un sacrifice fait en son nom.

Je chargeai le chevalier une dernière fois de toutes mes forces pour l'obliger à reculer. J'avais calculé mon mouvement pour être au-dessus d'une des racines, et aussitôt le chevalier repoussé, je mis un genou au sol. L'énergie du joyau bouillonna en moi, encore plus forte qu'avant. Je changeai ma prise sur l'épée et la plantai dans la terre.

Une onde de choc me traversa pour s'étendre à tout le champ de bataille.

Le chevalier corrompu hurla sous son heaume, un son inhumain et déchirant. Je courbai la tête, mon front sur le joyau, pour me protéger de cet horrible bruit. L'énergie magique continuait de pulser en vague pour recouvrir la moindre surface.

L'obscurité était remplacée par une lumière mauve éclatante. Les gargouilles restantes s'égaillèrent dans tous les sens. Celles qui s'étaient trouvées du côté des racines du joyau tombèrent au sol lourdement, inanimées, tandis que les autres se sauvaient à tire-d'aile.

Le chevalier raffermit sa prise sur sa lame et me chargea. Le joyau et Sabaya m'envoyèrent tous deux une onde d'énergie pour m'encourager à tenir ma position. Un frisson d'horreur me remonta le dos et je fermai les yeux en attendant l'impact.

Qui n'arriva pas.

Le chevalier corrompu percuta un mur de lumière violette et fut projeté dans les airs pour atterrir au sol comme une marionnette désarticulée. L'espoir me fit inspirer profondément pour la première fois depuis le début de ce combat.

Mais le corps bougea et leva une main. Deux gargouilles apparurent dans le ciel et piquèrent vers lui.

Elles l'attrapèrent de leurs serres et le soulevèrent à grands battements d'ailes.

Genou au sol, je les regardai s'éloigner au-dessus des arbres, à la fois satisfait et effrayé. Ce n'était que partie remise. Mais le château Violet serait à l'abri, pour un temps au moins.

CHAPITRE 24
Sabaya

La corruption s'était retirée.

Aussi loin que je tentais de pousser, je ne sentais rien du tout. Même le malaise irrationnel que j'avais ressenti dès la première attaque de gargouilles était absent. Nos troupes revenaient vers le château, et la terre qu'elles foulaient était entièrement la nôtre.

Je me tournai vers lord Baygund et hochai la tête pour confirmer la bonne nouvelle. Des cris retentirent partout sur les remparts.

Maître Galdir fit sortir les chevaux de trait pour les atteler aux chariots. Les conducteurs passèrent les portes avec une escouade armée de torches, par précaution. Les premiers simargs étaient en vue au-dessus des grands arbres et un messager se pressa de descendre de sa monture pour donner des nouvelles du champ de bataille.

C'était un des plus jeunes, mais ses prouesses précédentes lui avaient valu son rôle dans le combat de ce soir. Son âge ne lui avait pas encore volé cette capacité à s'émerveiller et son récit était agrémenté de grands mouvements de bras pour raconter, à bout de souffle, le combat entre Jonas et le chevalier corrompu. Je fermai les yeux et m'éloignai, incapable d'écouter ce que j'avais vécu bien différemment.

Nous avions cru le joyau jaune mort depuis longtemps. Son premier seigneur avait été son seul et dernier seigneur. C'était un homme avare et violent. Les demandes d'aide du précieux avaient souvent troublé les eaux de ma fontaine. Mais chaque tentative d'aide avait empiré la situation, au point où mon seigneur de l'époque avait fait appel aux autres.

Les différents châteaux s'étaient concertés et avaient envoyé une force d'intervention. Qui avait été fort mal accueillie. Le joyau était si abîmé qu'il ne restait que son socle. Les chroniques racontaient qu'ils étaient fous à l'arrivée des secours, et le seigneur ainsi que son maître d'armes avaient dû être abattus. Ils avaient ensuite été enterrés dans une crypte aux côtés des restes du joyau.

Ça avait été une erreur.

Mais comment aurions-nous pu savoir que le joyau réagirait ainsi, redonnant la vie à son maître d'armes sous une forme monstrueuse? Car je n'avais aucun doute que c'était ce que nous avions affronté. Un frisson d'horreur me parcourut à l'idée que ça aurait pu être mon sort.

La présence de Jonas était de plus en plus proche des murs et je pris une profonde inspiration avant d'aller aider Tarinne. Notre victoire avait coûté cher à nos soldats et la nuit n'était pas terminée.

J'avais commencé à aider les soigneurs lorsqu'un palefrenier vint me chercher en panique. Lorsqu'il me guida jusqu'au jardin des simargs, l'appréhension me saisit à la gorge. Aussi, je fus soulagée de voir Nym, sautillant d'un côté et de l'autre, pour échapper au soldat qui tentait de nettoyer les blessures sur son nez et sa croupe.

– Assez!

Le chien ailé s'écrasa au sol et battit de la queue avec un regard implorant. Je mis les mains sur mes hanches avec un regard sévère.

– Tu vas les laisser faire, ou je te prive de pomme.

Le chien couina d'un air indigné, mais s'allongea docilement. Je m'agenouillai à sa tête et glissai mes mains dans sa fourrure de chaque côté de ses oreilles. Le soldat m'envoya un coup d'œil hésitant avant de s'avancer avec sa boîte de soins et son seau. Il rinça les plaies et fit approcher un apprenti avec une torche pour les inspecter.

Heureusement, aucune des plaies ne nécessita des points de suture et je relâchai un soupir de soulagement lorsque les soins furent terminés. Si les blessures de Nym étaient aussi bénignes, je ne pouvais qu'espérer qu'il en soit de même pour Jonas. Mais le joyau m'aurait averti s'il en avait été autrement, et je devais le laisser faire son travail.

Il vint me trouver plusieurs heures plus tard dans la grande salle alors que je me lavais les mains. Quelqu'un avait pansé les coupures sur ses bras, et son visage avait été nettoyé en hâte, les pourtours encore poussiéreux. Son regard me parcourut et je sentis sa satisfaction de me savoir saine et sauve, rapidement suivie par son agacement que je n'ai pas pris le temps de me reposer. Mon sourire lui fit plisser les yeux avant qu'il n'évalue la situation dans le reste de la salle. Les soigneurs avaient la situation sous contrôle, aussi je lui attrapai la main et le tirai vers nos quartiers.

Tarinne avait fait apporter une large étuve de bois, probablement plusieurs heures plus tôt, et l'eau du bain était froide. Je fermai les yeux et appelai la chaleur des profondeurs de la terre sous le château pour la réchauffer. Un léger nuage de vapeur s'éleva de la surface et je relâchai ma concentration avec un soupir de soulagement. Jonas me regarda faire avec un sourcil arqué.

– Est-ce que tu essaies de frimer pour m'impressionner?

Je retroussai le nez avec une grimace.

– Peut-être, mais ne me demande rien de plus.

Il m'aida à défaire les lacets de ma veste avant de se déshabiller pour me rejoindre. Tarinne avait toujours insisté pour utiliser la plus grosse cuve à mon usage, et j'avais toujours trouvé cette décision frivole, mais comme je pouvais maintenant tremper contre Jonas, je découvrais une nouvelle appréciation pour les attentions de l'intendante.

– Merci.

L'eau clapota comme Jonas refermait ses bras autour de moi.

– Tout ce dont tu as besoin.

Après un moment de silence, je repris.

– Je ne crois pas que le chevalier corrompu pourra revenir sur les terres du joyau, mais nous aurons probablement à l'affronter à nouveau quand même.

– Je serais un bien piètre maître d'armes si je te disais que cette éventualité m'effraie.

Je relevai les yeux vers lui.

– Maintenant, c'est toi qui frimes.

Son rire fit vibrer sa poitrine contre moi et il déposa un baiser sur mes lèvres.

– Si j'ai réussi à le chasser quelques heures à peine après avoir complété notre lien, imagine ce dont je serai capable dans quelques semaines.

Je souris et pris appui contre les bords du bain pour l'embrasser à mon tour. Les joyaux étaient peut-être de nature paisible, sans chercher à se battre pour étendre leur territoire, mais les humains étaient différents. Un maître d'armes avait toujours été une nécessité depuis aussi longtemps que j'avais pris conscience de ma propre existence. Pour la première fois en trois cents ans, j'avais la certitude d'avoir choisi le maître d'armes parfait.

ÉPILOGUE
Sabaya

Je mis ma main en visière pour protéger mes yeux du soleil de début de journée. Kiall se retourna sur sa jument et nous envoya un signe de la main une dernière fois avant de mettre sa monture au trot. Le reste de son escorte fit de même; une dizaine de guerriers aguerris et un apprenti archiviste.

La fébrilité de Jonas à mes côtés était palpable. Il leur faudrait plusieurs semaines pour atteindre la ville sudiste où avaient vécu les Virdoshir. Lord Baygund avait envoyé plusieurs pigeons à des amis de la région et Kiall devrait être bien entouré pour négocier le retour du père de Jonas.

Le seigneur croisa les bras avec un air songeur à mes côtés et je ne pus résister à l'idée de le taquiner.

— As-tu peur qu'il ramène une épouse au terme de son voyage?

Jonas m'envoya un regard surpris avant de se tourner vers lord Baygund. La compréhension illumina ses traits.

— Est-ce ainsi que vous avez rencontré la mère de Kiall et Elidine?

— C'est la coutume de faire un voyage initiatique avant de se lier au joyau de façon irréversible.

Il inclina la tête vers Jonas avec un regard entendu.

— Pour éviter les regrets. Kiall s'en sortira très bien, mais il a effectivement montré peu d'intérêts pour les jeunes femmes, ou les jeunes hommes, du château.

Il soupira et je me sentis obligée de le rassurer.

– Peut-être qu'il va réaliser la qualité des dames du château Violet. Rien de mieux que de comparer pour réaliser la valeur de ce que l'on possède.

Sa main se posa sur mon épaule et il m'offrit un sourire.

– Ta foi en nos gens est toujours aussi louable.

Il tourna les talons et retourna vers la tour principale. Maelora l'intercepta et ils s'arrêtèrent pour discuter. Le vent me porta une partie de leurs paroles et je n'eus besoin que d'une infime poussée de pouvoir pour que les pierres me rapportent le reste.

Un bruit attira mon attention vers les caravaniers dont le dernier chariot recevait sa nouvelle roue. Ils seraient prêts à reprendre la route sous peu. Tout comme Maelora, même si cette dernière ne savait pas encore quels seraient ses plans. Je tirai sur la manche à Jonas et il se pencha vers moi.

– Va me chercher Lathar et allons discuter avec lord Baygund.

Il haussa un sourcil, mais le joyau dut lui transmettre une partie de mon idée, car il s'inclina formellement avant de déposer un baiser chaste sur ma joue. Il se dirigea à grandes enjambées vers les caravaniers alors que je retroussais mes jupes pour rejoindre lord Baygund et Maelora.

– À ma connaissance, tous les postes des maîtres d'armes sont occupés, mais peut-être qu'il y aura des opportunités pour un poste de capitaine, disait-elle.

Le seigneur acquiesça avec un sourire triste.

– J'aurais aimé vous garder parmi nous, mais je comprends vos réticences.

Je m'arrêtai près d'eux et Maelora me salua avec un sourire.

– J'aurais une requête, si vous étiez disposée à l'écouter, dis-je.

Je lançai un coup d'œil par-dessus mon épaule et vis Jonas approcher en compagnie de Lathar et Ksara . Je me déplaçai et leur fis signe de s'intégrer à notre groupe. Lord Baygund m'envoya un regard pointu et je lui fis un sourire d'excuse de le mettre devant le fait accompli. Comme l'attention de tous était sur moi, je me lançai.

– Le joyau carmin ne donne plus de nouvelles depuis bien trop longtemps. Je crains que le pire ne soit arrivé et que le château ne soit désert. Aux dernières nouvelles, les habitants avaient essuyé une épidémie puis une sécheresse.

Lord Baygund fronça les sourcils.

– Avec cette créature corrompue qui rôde, un château abandonné me semble une proie facile. Je ne crois pas que nous ayons intérêt à ce qu'elle acquière plus de pouvoir.

J'acquiesçai, la gorge serrée. Lathar croisa les bras, mais je pouvais sentir que c'était plus une façade qu'un réel refus.

– Qu'est-ce qui nous dit que nous ne croiserons pas le chemin de cette créature? J'avais plutôt prévu de prendre la direction opposée.

Maelora secoua la tête et lui répondit.

– Les ruines du château Jaune sont un peu plus au nord, tandis que le château Carmin est sur la côte est. Si j'étais le chevalier corrompu, je prendrais la direction du château Bleu ou du château Nacré. Ce sont deux des joyaux les plus puissants de la région, et les plus proches.

Elle se tourna vers lord Baygund.

– Je peux faire le voyage, mais comme la région sera vraisemblablement abandonnée, il me faudra des provisions suffisantes.

– Considérez cette mission comme officielle, acquiesça-t-il. Je financerai l'expédition et je m'attends à un rapport complet, capitaine. Les châteaux sont peut-être indépendants, mais l'équilibre du Nord repose sur la saine gestion de chacun d'entre eux. Nous ne pouvons pas en laisser un tomber entre de mauvaises mains.

Un sourire étira ses lèvres.

– Vous nous quittez peut-être, capitaine Maelora, mais nous avons encore besoin de vous.

Il se tourna vers les caravaniers.

– Quatre cavaliers atteindraient leur but plus vite, mais je crains que la situation sur place nécessite des renforts. Le château Carmin bénéficiait d'un commerce florissant grâce au trafic maritime; vous pourrez certainement y trouver votre compte.

Lathar se frotta la mâchoire et échangea un long regard avec Ksara. L'expression de cette dernière était indéchiffrable, mais leur communication silencieuse semblait chargée; j'avais la certitude que leur choix était influencé par la nature sylphe de Ksara. La forêt autour du château Carmin avait été reconnue pour ses colonies sylphes avant la guerre. Si elle était à la recherche de ses semblables, elle aurait bien plus de chance de les trouver dans cette région. Lathar finit par se tourner vers lord Baygund et acquiescer.

– Si vous êtes prêt à nous ravitailler à peu de frais, nous prendrons part à l'expédition.

Les deux hommes échangèrent une poignée de main avant de s'éloigner pour trouver Tarinne. Ksara prit la direction des chariots et héla les autres caravaniers pour leur annoncer la nouvelle. Maelora se tourna vers Jonas.

– J'ai été honorée de me battre à tes côtés et je te réitère mes félicitations pour ton entrée en fonction.

Jonas inclina la tête et lui rendit son compliment.

– Tu serais la fierté de n'importe quel château et j'espère que tu trouveras ta place.

Elle s'inclina cérémonieusement devant moi avant de rejoindre ses lieutenants qui sortaient des écuries. Je me tournai vers Jonas et fus saisi par l'intensité de son regard.

– Je suis l'homme le plus chanceux du continent.

– J'espère que tu le penseras encore dans une centaine d'années.

Son sourire me réchauffa de l'intérieur. Mes gens prospéraient, le joyau était en sécurité et j'étais aimée. Une précieuse ne pouvait demander mieux.

Caysen

La vibration dans le sol me réveilla en premier. Cette fois-ci, ce n'étaient pas des animaux, mais bien des Hommes de sang. Un frisson de révulsion me parcourut, mitigé par le désir brûlant d'aller à leur rencontre et de les accueillir. J'étais si seul, depuis si longtemps. Les conversations au coin du feu me manquaient, tout comme les parties de bataille des rois jouées jusque tard dans la nuit. L'absence d'enfants m'était douloureuse, avec leurs cris et leur énergie inépuisable, un peu comme celle du joyau.

Les étrangers approchaient.

Je clignai des yeux et reconnus la pièce autour de moi. Combien de temps avais-je dormi? Le château était désert et la seule étincelle de vie résidait dans le verger. L'énergie des arbres fruitiers m'avait nourri et gardé en vie. Les racines du joyau étaient en bien triste état, à peine le quart de leur longueur d'avant. L'émotion me serra la gorge. Il y aurait beaucoup à faire pour remonter la pente.

Mon exploration des terres environnantes se poursuivit et je comptai rapidement le nombre de personnes qui approchaient. Le groupe était suffisamment important pour nourrir le joyau par leur simple présence. Ce serait un bon début. Mais à la limite de ma perception, une présence putride me laissa un goût amer en bouche. Ces visiteurs avaient une abomination sur leurs traces.

Dans le même univers
La Chronique des Joyaux, fantasy épique
Le crépuscule violet
L'aurore carmin
Le zénith nacré

Aussi disponibles
La Coureuse des grèves, fantasy urbaine
Les eaux empoisonnées
Les flots ensorcelés
Les vagues fugitives – sortie prévue le 22 juin 2023

Windigo, fantasy urbaine
La proie du Windigo
L'ennemi du Windigo
La chasse du Windigo

Dominix Kemp, space opéra
Gemellus
Similis
Dominus

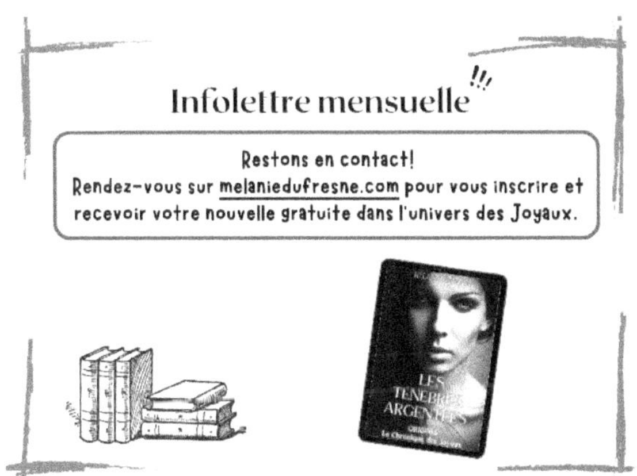

Remerciements

Je tiens à remercier mon conjoint David, sans qui cette histoire aurait certainement manqué d'ambition. Tu me pousses toujours plus loin et je t'en suis reconnaissante. Un gros merci à mes lectrices bêta Lori Anne et Valérie. Votre aide est précieuse et je suis chanceuse de vous avoir à mes côtés dans cette aventure. Merci à mes amis écrivains, Isabelle Michael et Philippe pour leur soutien et ces échanges d'information bien pratiques. Merci aux membres du groupe des Plumes de l'imaginaire, parmi qui j'ai recruté une super équipe de lancement; vous êtes géniales, je n'aurais pas pu demander mieux! Et merci à vous, chers lecteurs! Votre enthousiasme est ma plus belle récompense.

À propos de l'auteure

Mélanie est originaire de la banlieue ouest de Montréal, au Québec. Déjà à 10 ans, elle passe une bonne partie de ses nuits à lire sous les draps avec une lampe de poche. Le reste du temps, elle rêve d'écrire ses propres histoires. À 17 ans, elle quitte sa ville natale pour poursuivre ses études. Elle rencontre son conjoint dans le Bas-du-Fleuve et lui offre une vie de servitude en échange de bons repas. Finalement, c'est lui qui cuisine et c'est mieux ainsi. Ils habitent en banlieue de la ville de Québec avec leurs deux merveilleux enfants et un chien affectueux, mais pas très brillant. Ses plaisirs coupables sont le chocolat et les romances paranormales.

Rejoignez l'auteure sur ces réseaux
Site Web : melaniedufresne.com
Facebook : www.facebook.com/MelanieDufresneEcrivaine
Instagram : www.instagram.com/melanie_ecrit

www.ingramcontent.com/pod-product-compliance
Lightning Source LLC
LaVergne TN
LVHW050857200726

843508LV00011B/2038